CYBERIADA
机器人大师

STANISŁAW LEM

[波兰] 斯坦尼斯瓦夫·莱姆 著

毛蕊 译

下

Stanisław Lem
CYBERIADA

幸存机

某日傍晚,天才的机器建造大师特鲁勒心情低落地来到他的好朋友克拉帕乌丘斯家中,愁眉紧锁,一言不发。克拉帕乌丘斯讲了几个赛博笑话,想要逗他开心,可是他似乎根本心不在焉。突然,他开口道:"你就别用你那些笑话来逗我了,这根本无法把我从低落的心情中拯救出来。我心里有了一个非常真实的认知,那就是我们一直勤勤恳恳、兢兢业业地工作,却一点有价值的东西都没能创造出来!"

他一边说着,一边带着嫌弃而质疑的目光打量着克拉帕乌丘斯的书房墙上挂得满满当当的金光闪闪的奖状和和仔细装裱的证书。

"你这么说有什么依据?你这眼神是什么意思?"克拉帕乌丘斯问话的语气也变得很严肃。

"我现在就来给你列举一下:我们让两个一直战乱的国家恢复和平共处,我们给那些君主制造了人工统治机、会讲故事的机器、能制造猎物的机器,我们打败了星系中可怕的独裁暴君和杀人不眨眼的恶魔,可是我们无非就是在实现自我满足罢了,我们只是在自己的眼睛里变得高大伟岸了,可是我们根本没有为了普世的幸福做出丝毫贡献!我们在星际冒险时,所有想要解救我们遇到的小小存在的举动,以及为他们带去完美世界的愿望,最终又有哪一次创造出了完美无缺的幸福呢？一次都没有！我们本应带去的是真实而完美的解决方法，可是最终我们却通过本体论的戏法和诡辩学家那一套，带去了表面和谐、虚幻假象和替代品，而不是真正的除恶扬善的机器！"

"只要听说有人想要制造普世的幸福，我就后背发凉。"克拉帕乌丘斯回答道，"清醒一点，特鲁勒！你难道还不接受教训吗？你忘了有多少怀揣着最崇高理想、渴望实现普世幸福的例子，最终都变成了泡影和炮灰？你忘了那个想要通过利他霉素为全宇宙的人带来幸福、最终却带来灾难的多善隐士的悲惨故事了吗？我们可以在一定范围内减少人类的痛苦和忧虑，制定法律与公正的判决标准，让忽明忽暗的太阳变得光辉灿烂，为社会机器涂上高速运转的润滑油，可是，我们不能用机器干预的手段去制造幸福啊！这个道理难道你不懂？我们唯一能做的，就是在夕阳西下的时分，静静地祈祷或幻想普世幸福到来的美好愿景，让心灵沉醉在这想象出的美好画面之中。这样足够了，对我们这些最智慧的存在来说，真的已经足够了，你懂吗？我的老朋友！"

"话是这么说，"特鲁勒反驳道。"但是……"他沉思了一会儿，"也许是因为，给那些已经存在了很长时间的物种带去幸福，虽然看似是必然的，却是没什么意义的，这是一个不可能完成的任务。或许我们可以试试，不让那些计划要出现的物种遭遇任何不测，从而享受幸福。你想象一下，那时他们就将成为我们这条机器建造之路上的丰碑，我们的星球就将成为星河中最亮眼的一颗，到时候所有星云都会投来敬佩而信任的目光，说：'看，在永无止境的和谐中，幸福是可以实现的。这一切都是伟大的特鲁勒——可能还有他那个叫什么克拉帕乌丘斯的朋友的参与——都是伟大的特鲁勒带来的，看见了吗？这是真实存在的。让这幸福之花遍地开放吧!'"

"我不止一次想过,你真的不觉得自己那些想法所引发的问题会让人陷入非常棘手的两难境地吗?"克拉帕乌丘斯继续说,"我看你的确没忘记多善隐士想要给所有人带来幸福的教训,所以你要凭空制造出一些迄今为止不曾存在过的、只有幸福的物种。你先要考虑一个重要的问题,那就是你是否可以为根本不存在的事物带去幸福,对此我深表怀疑。首先,你必须证明,不存在的状态在任何一种情况下都比存在的状态要差劲,甚至比那种不怎么愉悦的存在还差劲。如果你无法证明,那么你一直以来研究且信奉的幸福学实验就可能为宇宙埋下一颗哑核弹。当前在宇宙中已经有那么多不幸的人存在了,你难道要亲手制造出一群人,再给宇宙的不幸添上一笔吗?"

"的确,这样的实验具有一定风险,"特鲁勒并不否认,"但我仍然认为我们应该试一试。自然这个造物主只是看起来中立且公平,仿佛不管怎么变幻与交替,它所制造的一切都是既有善良无邪的,又有残酷凶狠的,既有温柔安静的,又有暴戾残忍的,但是只需要做一次盘点筛选,最终留下来的都是那些残酷凶狠和暴力残忍的,而那些善良无邪和温柔安静的早就成了前面那些人的腹中之物。一旦有人意识到他们弱肉强食的做法不对,他们就会想办法让这件事看起来没那么糟糕,或者想出一些其他的理由,比如:命运的不幸令上天堂这件事变得更加迷人珍贵且值得为之拼尽全力。当然,自然并不是恶毒,只不过特别愚蠢,所以才会选择这么一条最简单、最不需要动脑子的路。我们需要代替她,自己制造出光明的存在,这才是真正让存在变得没有痛苦、治病消灾的方法。他们可以平息历史上那些受伤害者的呼喊声和惨叫声,这些声音因为宇宙浩瀚宽广,才没有传到其他星球上。所以,所有生物为什么要受苦呢？如果某种存在的痛苦能够有哪怕如一滴细雨般的力量——你信不信，我愿意拿我的一条手臂作为赌注——世界早就大不一样了！而之前死去的人、他们被埋葬在墓碑里的骨灰，以及他们离去后空空如也的宫殿全都沉默无语，所以在他们那里、在今天这些遭遇过不幸的尸体上，即便你用了先进无比的方法和措施，也找不到一丝痛苦和担忧的痕迹。"

"没错，死去的人是没有烦恼的。"克拉帕乌丘斯同意特鲁勒的观点，"这绝对没错，但是这代表痛苦已经过去了。"

"但是，还会有新的遭遇不幸的人啊！"特鲁勒越说嗓门越高，"你难道就不明白，我的这个想法是可以为众人带去福利、将幸福普遍化的计划吗？"

"等等，假设你造出了这个幸福物种，你又能通过什么正确的方法令他们平衡并弥补宇宙各处一直存在的所有不幸呢？今天的风和日丽可以消除昨天的暴风骤雨吗？白天可以让夜晚不再黑暗吗？你听不见自己在胡说八道吗？"

"在你看来，我们就应该袖手旁观，什么都不做吗？"

"我没有说我们什么都不做。你可以去努力改变现有的人的生活，起码这样可以预知风险。难道你不认同这个观点？你难道希望把整个宇宙塞满幸福，用幸福把宇宙撑爆，等宇宙碎成了最小的小块，整个世界就会完全改观吗？"

"当然会完全改观！改头换面！"特鲁勒激动地嚷起来，"你要知道，哪怕我的努力无法改变曾经的经历，它也会让现有的一切、让整个世界改头换面，他们都会成为幸福世界的一分子。到那时，所有人都会说：'困难重重的处境、令人作呕的文明、恐怖压抑的文化，这一切都是通往我们现有幸福篇章的前言！正是特鲁勒，这位伟大的大师，他深刻地意识到了如何从悲惨的过去中汲取力量去获得幸福的未来这个重要的问题！受一次挫折，增长一分见识——这句话的意思就是如何从绝望中创造出宝藏，在痛苦中计算出狂喜的价值。宇宙就是这样，它所具有的恶正是创造善的动力啊！'你不认为现在这个时代就如同通往幸福的序曲，为我们提供了无限创造的灵感吗？正是因为这个时代，幸福的存在才会出现啊！我觉得我应该已经完全说服你了！"

"在南方的十字星下，有一个受特罗格罗迪克国王统治的国家，"克拉帕乌丘斯听完了特鲁勒的话后，继续说，"他热衷于看到绞刑架给人们带来的痛苦，于是就想出了一个借口来遮掩自己的残忍：他必须用这种残忍凶恶的手段来治理国家、管理子民。在我到达了他的国家以后，他甚至也想对我下手。但是在衡量实力之后，他发现我有可能将他撕成碎片，所以他就害怕了。他自然而然地认为，如果他不能够把我拿下，我就会把他碾成碎片。他为了让我信他是明君，就立刻召集了大臣智囊团，让他们告诉我，在目前这种情况下，这位明君治理国家的方法是多么具有道德风尚。这些拿了国王好处的智者说，他们的处境越糟糕，他们就越渴望创造美好。所以，这种让他们痛苦难耐的统治手段正是最能够让他们渴望美好生活的手段。他们为国王祈祷赞颂，因为世间再没有人像他一样，渴望能够给子民带来更好的生活，因为他正是通过这种反向刺激的方式努力实现着这种社会向善论思想。所以我看呢，你想创造出的那些幸福存在应该给这位特罗格罗迪克国王立一块功勋碑，而你应该感谢这位伟大的国王，你看你们的思想是多么相似啊！你不觉得吗？"

"你少在这儿编这种故事挖苦我、怀疑我！"特鲁勒气得要爆炸了，"我还以为，你会帮助我，和我一起努力完成这件事。我现在总算看明白了，你就会喷出那些恶毒的怀疑理论和诡辩理论来贬低我的计划！我的计划明明就是拯救全宇宙的伟大计划！"

"哦哟，这么说你是想成为整个宇宙的救世主？"克拉帕乌丘斯继续说，"特鲁勒，我真应该给你戴上手铐脚镣，把你扔到黑黑的地下室去，让你好好理理思绪、反省一下。但是我又担心，那样需要等很长时间，所以我就说一句话：你制造幸福时别进行得太快太猛！不要一蹴而就地想要制造完美！就算你真的可以制造出幸福的存在（对此我表示怀疑），其他物种也会继续存在，就一定会出现嫉妒、分歧和冲突，谁知道你到时候会不会陷入两难的境地呢？也许还是一个非常血腥的两难境地：要么就是你的那些幸福物种被那些嫉妒他们的人制服，要么就是你这些幸福物种不得不为了获得全面的和谐而把那些和他们有冲突的人毁掉。"

特鲁勒听罢站了起来。他的确理了理自己的思绪，松开了紧紧握着的拳头，毕竟建立新幸福时代的开端不能靠挥拳大打出手，他已经决定了，要亲手建立这样一个时代！他冷冷地开口道："再见吧，你这个卑微的不可知论者、怀疑论者，我绝对不会和你再说话，更不会跟你合作！你就等着看我的伟大成就吧！时间会证明我所做的一切都是对的！"

特鲁勒回家以后就陷入了一个难题：与克拉帕乌丘斯争论的结果，似乎暗示着他已经做好了整个行动计划，就等着付诸行动了。然而，其实特鲁勒根本还不知道应该从何下手。他从自己的图书馆中找到了大量关于各类人群、族群的描述，并且非常认真地阅读并理解了这些令他着迷的内容。尽管他没有很快想出实现心愿的具体措施，但他还是从地下室里拿来了八百盘汞、铅、铁磁物体冷冻技术记忆存储磁带，将它们通过各种电线和自己的身体接通，又将40^{18}比特最好、最善良的信息作为品格植入自己的身体，

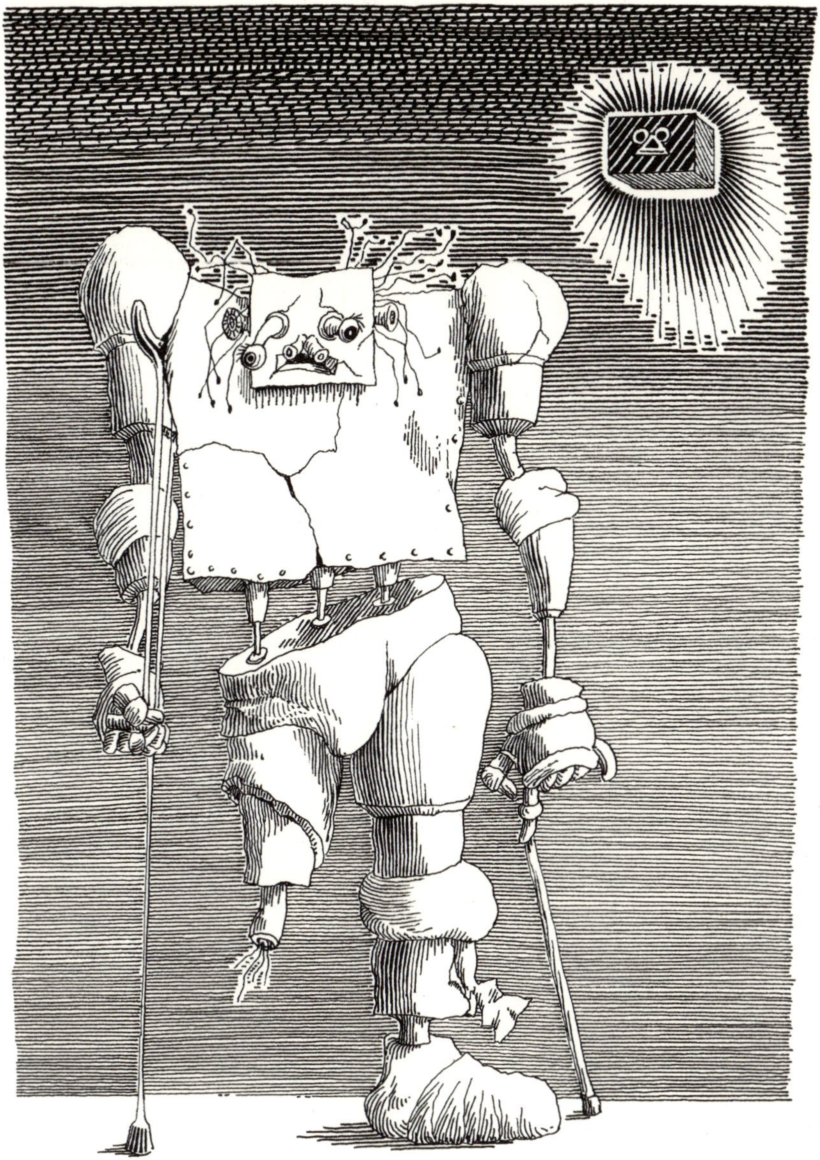

这些信息都是那些曾经写下悲壮历史的星球上和那些已经渐渐变凉的阳星上的人所具有的最美好、最善良的闪光点。他输入的信息能量太大了，他整个人都从头到脚地颤抖起来，他憋得全身淤青，眼睛有些向外凸出，面部和下巴发麻，浑身一阵痉挛，感觉输入身体的不是过往的历史，而是一道劈下来的闪电。他缓了好一会儿，终于恢复了一些体力，也清醒了一些。他擦擦额头的汗，膝盖还有些颤抖，只能倚着办公桌的桌腿，自言自语道："看来，事情比我想象的还要糟糕很多！"

接下来的一段时间，特鲁勒一直在削铅笔、给墨水瓶倒墨汁、把一摞摞白纸在桌上堆成小山，可是这些准备工作做好了很久，也不见有什么灵感出现，所以他非常不耐烦地又自言自语道："看来，我要去拜读一下那些古老的书籍了。我以前非常不愿意阅读那些老古董智者写的书，一个新时代的机器人建造大师能从那些老掉牙的东西里学到什么？但是现在不一样了！我必须读一读！我必须仔细研究那些算不上真正的思想机器大师的观点，就是那些穴居人时期的原始思想机器师和研究《旧约》的思想机器师。这样的话，我就可以不被克拉帕乌丘斯揶揄挖苦了，他肯定没读过这些书（谁又读过呢？），不然的话，他就会偷偷把那些书里的名句摘抄下来，准备找个机会用那些句子来让我难堪。"想到这里，他赶忙钻进了那一堆发黄的旧书中，哪怕他是那么不情愿。

夜已深，特鲁勒还被古书包围着，摊开的书已经摞得比他膝盖还高。他不耐烦地一脚踢开桌边的书，又自言自语道："看来，我不仅仅要修正改善这些会思考的物种的结构，我还要知道他们的思考哲学是什么。海洋是万物的起源，海洋辛劳地将淤泥卷到岸上，海底的淤泥变成了岸上的泥塘——一个各种混合物聚集的地方——阳光普照，泥塘的泥越积越多、越积越厚，风雨雷电汹汹而来，拍打着它，一切都在这变化的环境中发酵，产生了氨基酸——阿门——一个蛋白质混合物种就这样产生了。这个物种渐渐适应了更干旱的环境，为了听清周遭的情况，他们长出了耳朵。他们渐渐成了狩猎者，为了捕捉猎物，他们也长出了牙齿和手脚，这样就可以追上猎物，把它们咀嚼吞下。如果他们没长出耳朵、手脚和牙齿，或者长得不够健全，又或者不够强大，他们就会被别人当成猎物吞掉。思想的出现是一个重要的进化步骤，然而是否也正是在这一进化过程中，出现了愚蠢与智慧、善良与丑恶？当我把善良吞下、耗尽时，剩下的就是丑恶，丑恶会把我吞噬。我们来看一下思想的存在规律：被吃掉的那个是不是比吃掉他的那个要愚蠢？那么这个已经不存在的人就什么都没有了，因为连他自己都被吃掉了。这样的话，那个把所有其他人都吃掉的人，最后也会饿死，所以保持'尺度'很重要。随着时间的推移，蛋白质混合物会钙化，因为这个物种会失去活力和弹性，所以在寻找更好的物种的过程中，他们发现了金属。依葫芦画瓢是最简单的事，他们按照自己的样子制作了金属的自己，但按照他们自己的样子怎么可能获得完美呢？所以他们没能达到真正的完美。啊哈！如果能够改变顺序，也就是说先产生钙化物，然后随着钙化物软化产生混合物，最后再加上柔软的思维，那整个哲学思考的过程可就大不一样了：思想来源于物质，也就是说，一个物种、一个存在越是不那么完美，他们就越是想要去改变自己，想要获取他们本没有的或者自然没有赋予他们的东西。比如说，如果一个物种在水中生活，他们就会觉得陆地是天堂，而那些在陆地上生活的物种，就想去天上看看更好的世界；有翅膀的觉得有鳍的才是完美的代表，而四条腿的想给自己添上翅膀，因为那样就可以称呼自己'天使'。真奇怪，我之前怎么没发现这个现象？我们就把这个规律称为'特鲁勒宇宙法则'吧：每个存在或者物种的灵魂都要根据非完美机械工程学给自己树立一个绝对完美的榜样。我得把这一切都好好记下来，到了要把哲学基础重新定义的时候肯定会用上，现在最重要的就是通过建造来实现。我先要建造'善良'，不过'善良'到底是什么呢？没有人的地方肯定是没有善的。对岩石来说，瀑布算不上善也算不上恶，就好像地震对湖泊来说那样，所以我必须建造一个'人'。等一下，这个人会幸福吗？不过谁又知道他是否幸福呢？假设我看见克拉帕乌丘斯正在遭受痛苦，我一半的灵魂会难过，而另一半又会有些欣喜，不是吗？这实在是太令人费解了！有可能是这样的：某个人和他的邻居比起来过得还不错，但是他其实并不知道、也没注意到自己现在正处于幸福之中，那么是不是就应该创造一个对自己和自己所遭受的痛苦都非常关注的物种，而且他通过鲜明的自身情况对比会感到强烈的自我满足？但不管怎样，造出来的成果可能会有点恶心，所以必须在这儿加一个线圈，在那儿再加一个转换器。不能一开始就想着要造出一整个幸福社会群体，而是要先从单一的个体开始！"

他捋起袖子，忙碌起来。过了三天三夜，他终于造出了一台幸福存在感叹机，这台机器的阴极处处闪耀着乐观的意识，并且将看到的一切都与之相融合，而且世界上任何一件事都可以为他带来快乐。特鲁勒坐在机器前，想看看这是不是和他计划建造的机器相符合。不过这台机器的三条金腿叉得远远的，它那望远镜眼睛环顾四周，不论目光落在篱笆围墙上还是树枝上，又或者是一只旧鞋上，他都会赞不绝口，甚至会因为周遭的一切带给它的欣喜而轻声叹息。当夕阳西下、彩霞满天时，它甚至跑到窗前蹲了下来，默默欣赏、赞叹着眼前的景象。

"克拉帕乌丘斯肯定会说，蹲下来感叹也不能证明什么。"越来越不冷静的特鲁勒又自言自语道,"需要有证据……"

特鲁勒给幸福存在感叹机的的肚子里装了一个带有镀金指针的测算仪,这个测算仪可以通过幸福指数来体现幸福程度,特鲁勒把这个指数范围称为"和"或者"和度"[1]。他将一和度的幸福感算作穿着一双鞋钉凸出的鞋走了四英里后,鞋钉被拔出来的感觉。特鲁勒又将穿着这双扎脚的鞋所走的路程乘以时间,再除以钉子的尖锐程度,再计入被磨损的脚后跟的系数,终于成功地将其转换成了以"厘米—克—秒"为计量单位的数值。这时,他才微微露出了笑容。一直在特鲁勒身边晃来晃去的这台机器看着特鲁勒被机油弄得满是油渍的白大褂,由于角度和灯光不同的影响,它通过观看油渍和补丁所获得的幸福指数在11.8—18.9和度之间。这下特鲁勒才真的松了口气。他又计算出一千和度等于偷看苏珊娜洗澡所获得的快感,一兆和度等于死刑犯在行刑前被从绞绳上释放时所获得的感受……特鲁勒看到一切都可以准确地计算出来,便派了一台机器去把克拉帕乌丘斯找来。

克拉帕乌丘斯来到他家后,特鲁勒立刻就说:"你好好看看,好好学着点!"

克拉帕乌丘斯走到这台幸福存在感叹机跟前,那些高倍望远镜眼睛就全部望着克拉帕乌丘斯,随后它蹲了下来,发出了几次赞叹和欣赏的叹息声。这清晰而深沉的叹息声着实让特鲁勒惊讶,但是他却丝毫没有表露出来,只是淡淡地问:"这是什么?"

"幸福的存在。"特鲁勒骄傲地说,"它的全名叫作'幸福存在感叹机',简称'幸存机'。"

"这个幸存机能做什么?"

---

[1] 源自"享乐主义"(hedoizm)一词,代表与幸福相关的事。

特鲁勒明显从克拉帕乌丘斯的问题里听出了讽刺之意，但是他这次并没有往心里去，而是耐心地解释："它会不停地积极探索，不仅会观察周围的一切，还会把这一切记录下来，然后专注而勤奋地将它看到的东西转化为不用言辞来表达的欣喜，随后它的所有线圈和线路中都会充满这种欣喜，让它感受到无比的幸福和满足，它会通过赞叹的喘息声来表达。你刚才不是听见了吗？它连看着你那平凡无趣的模样都发出了赞叹。"

"也就是说，这台机器会积极地通过它看到的事物来获得快感和满足？"

"没错！"特鲁勒这次的回答声并不高，好像没刚才那么自信了。

"这里面肯定就是幸福指数测算仪了，对吧？"克拉帕乌丘斯指着那个带有镀金指针的表盘。

"嗯，是的，这个仪表盘……"

克拉帕乌丘斯开始向幸存机展示各种物品，同时盯着仪表盘上的指针偏离度。特鲁勒非常淡定地向克拉帕乌丘斯介绍了幸福指数的计算方式，也就是幸福计算理论公式。随着他们的探讨，克拉帕乌丘斯突然提出了一个问题："我很好奇，如果一个人被另一个人狠狠地揍了三百个小时，然后他一拳回击，把那个打他的人的脑袋打碎，这时机器所感受到的幸福指数是多少呢？"

"这个问题太简单了！"特鲁勒非常开心地回答，然后就坐到了桌子前，开始认真地演算起来，直到他听到了好朋友克拉帕乌丘斯响亮的笑声。特鲁勒被克拉帕乌丘斯的笑声弄得疑惑不解，而克拉帕乌丘斯一边笑一边说："我亲爱的老伙计，这就是你说的除恶扬善？这是所谓的美好幸福？行吧，你算是制造出原型样机了，你就继续这样干吧。照你这种方法，一切都是完美幸福的！我走了!"说完话,他头也不回地走了,留下了备受打击的特鲁勒。

"他算是抓住把柄了,而我呢?彻底被他碾压了!"特鲁勒悲愤地喊道,而他的怒吼声又引来了幸存机的一阵赞叹声。这赞叹声是那么刺耳,特鲁勒一气之下把机器塞到了小隔间里,在上面盖满了废旧钢板,然后把小隔间上了锁。

他坐回到空空的桌子前,又开始自言自语:"原来我把美学狂喜和善良美好混为一谈了,我可真是一头蠢驴。幸存机是否具有思想?看来这儿也出了问题!现在必须采取完全不同的理论作为依托,要研究清楚每一个原子核!幸福也好,欣喜也罢,毋庸置疑都是不能以牺牲他人的利益来获得的!也不是从恶中汲取的!那么,到底什么是恶呢?这样一看,我对理论知识的研究和学习实在是太欠缺了,在没有研究清楚理论前就开始了一系列实践工作。"

接下来的八天,特鲁勒不眠不休,不出门会友,只是在家里专心读那些关于善与恶的书。通过阅读这些大部头可以看出,很多智者都认为,可靠的关心照顾和一如既往的善良诚信是最重要的,会思考的物种必须具备这两项特质并对他人付出,如果做不到,其他什么都是白费心机。其实,正是因为这样的思想,有多少人被钉死在了一根木柱上,又有多少人饮铅而亡,又有多少人被大卸八块?而在那些最重要的历史事件发生的时刻,又有多少人被五马分尸?按照这些智者的观点,在历史的长河中,尽管善良诚信是在无数的刑罚和折磨中展现出来的,被折磨的只是他们的躯体,但他们的心则仍是一颗纯净的心。

"只有好心是不够成好事的!"特鲁勒大喊了一声,继续自言自语,"假设不把良心安放在自己身上,而是放在他人身上,并将他人的良心放在自己身上,那么会产生什么样的结果呢?天啊,那也太可怜了,我那些不够光明磊落的想法就会去折磨我的邻居,而我则可以比之前更加为所欲为、不受良心的谴责！所以，是不是有必要给普通的良心加装一个良心谴责扩大器，每做一件坏事时，良心的谴责就会比之前时扩大一千倍？但是这样的话，每个人可能都会好奇地去试试做件坏事，来验证新的良心到底会不会被折磨得难以忍受，那么这个人的一生都将像一只良心被啃得千疮百孔的恶狗……所以，应该要给良心设置可以回退的模式并且安装填充清零的功能，并让良心的主人拥有一把小钥匙，可以……不行！这样肯定不行，要是有万能钥匙怎么办？或者可以制造一种情感转换器，让所有人对一个人感同身受，而所有人的情感可以统一成一个人的情感？不对不对，这个不就和之前那个利他霉素一样了吗……要不然可以这样：在他的身体里安装一个小小的雷管接收器，一旦有十个以上的人认为他因为做坏事应当受到惩罚，这个雷管接收器探测到相应的外差信号时就会爆炸，到时候每个人会不会就像躲避瘟疫一样躲避恶行呢？一定会的！不仅如此，他们肯定还会……可是，等一下，这算什么幸福存在呢？这不就是等于在自己的内脏里植入了一颗定时炸弹吗？而且这样还有可能导致一群人密谋去反对某个人，只要凑够十个对这个人不满的人就够了，他们十个人可以对这个无辜的人痛下黑手，而那个无辜的人会毫无招架之力，被他们像尘埃一样碾压……或者可以把这几个标志倒过来，但倒过来也没用。唉，我一个可以把星系中的星辰像家具一样搬来搬去的杰出机器建造大师，竟然被这样一个看起来简单的机械建造问题难住了？假设某个社会群体中的每个公民都是身强体健、红光满面又笑口常开，从早到晚都在歌唱、跳舞、哈哈大笑，这样也让其他人都感到很快乐，如果你去问他们，他们每个人都会说，自己在努力让自己和其他人过得更快乐……在那里，没有任何人可以对其他任何人行恶！为什么不可以？因为不想。为什么不想？因为那样不会给他带来任何利益。你看！问题不就解决了吗？我是不是为所有人找到了一个非常棒的解决方案？难道这不就意味着，那里的人除了享受幸福，就没有别的事可做了？我们到时候看看，那个怀疑论坏分子、不可知论的盲从者克拉帕乌丘斯还有什么可说的？看看到时候，他把那廉价的嘲笑和轻蔑藏在哪儿！让他去怀疑吧，让他继续鸡蛋里面挑骨头吧，而其他每一个人都会越来越好，也会让身边的人越来越好，直到不能再好为止……不过他们会不会感到疲倦？会不会不再追逐幸福？会不会在如暴风骤雨般的善良和美好面前迷失自我？所以得在这里安装一个减弱器，再安一个幸福防火墙，这里要连在一起，这里是屏幕显示器，还有隔离器等。别急，我得慢慢来，这次可不能再心急大意地落下什么。所以，第一步是快乐，第二步是善良诚信，第三步是跳跃，第四步是面部红晕，第五步要让他们感到幸福无比，第六步再加上宽厚可靠的性格……好了，这就可以开始了！"

特鲁勒一觉睡到吃午饭的时间，之前那些思考与自言自语着实花费了他很大精力。他一觉醒来，精神饱满，立马就投入了完成他的完美计划的工作中。他将程序带打好孔，设计好算法，第一次先建造出了一个九百人的幸福社会群体。为了让这个社会群体体会到公平，他将所有人都设计得一模一样；为了让他们不会为了食物和饮料大打出手，他为他们设定了终身禁止饮食的程序，冷原子火是他们的能量来源。特鲁勒坐在长凳上，望着正在落山的太阳，望着在夕阳下快乐跳跃的这群人，他们大声嬉笑着，可以看出他们很幸福，而他们还在让其他人过得更好：他们互相抚摸对方的头；有人把路边的石头搬走，省得绊倒其他人。他们是那么欢快，他们的生活是那么无忧无虑、无拘无束，如果有人不小心扭到脚,你就会看见黑压压的一片人群都冲了过来,他们这么做绝对不是因为好奇,而是因为可靠而热心的性格,他们就是这么喜欢关心和照顾别人。一开始,他们有时会因为过度热情,在赶着去帮助别人的时候互相撞断了腿,特鲁勒并没有帮他们把腿安上,而是先去调整了一下减弱器,然后安装了几个电阻,做完这些,他又把克拉帕乌丘斯请过来了。克拉帕乌丘斯看着欢呼雀跃的人群,脸上满是鄙夷,看了一眼特鲁勒就问:"这些人一直这样不会腻吗?"

"这是什么蠢问题!他们当然不会腻,也不能腻。"特鲁勒回答。

"他们一直这么蹦来跳去,满脸通红,为别人做好事,还这么大声嚷嚷着他们有多幸福?"

"当然了!"

克拉帕乌丘斯听完,非但吝啬得没有给予一句赞许,甚至连一句话都没有说。

这可把特鲁勒气坏了,他说:"现在,这一幕祥和幸福的画面可能有些单一,没有血战沙场那么惊心动魄,可是我的任务就是要制造幸福,而不是给谁去上演一部跌宕起伏的大戏!"

"既然他们这么做是因为他们必须这么做,我的老伙计,"克拉帕乌丘斯说,"我看这个社会中的善良美好,就好像一辆有轨电车不能把走在人行道上的你轧成肉饼,是因为它要开在自己的轨道上而不能开到人行道上。特鲁勒,你不明白,真正能感受到幸福的人,不是那个必须通过抚摸别人的头、帮别人搬开绊脚石等行善方式来换取的人,而是当一个人想要用石头砸破别人的头时,他的良知和善心让他不要这么做,这才是善良和幸福!那些受你强迫的奴隶不过是高级完美的笑柄罢了,这也是你不顾别人感受强迫赋予别人的笑柄!"

"你在说什么?他们是会自己思考的生物啊!"特鲁勒听了克拉帕乌丘斯的话,惊呆了。

"是吗?"克拉帕乌丘斯说,"那我们现在就来验证一下!"说完他就走到了特鲁勒创造出的完美幸福的人群之中,先照着一个人脑袋上狠狠地给了一拳,然后又捶了几下。他问:"这位先生,你幸福吗?"

那个人一边揉着脑袋,一边说:"太幸福了!"话刚说完,脑袋上就鼓起了一个大包。

"那现在呢?"克拉帕乌丘斯话音未落,就又狠狠踢了几脚,那人疼得一下子跪倒在地,摔了个嘴啃泥。他还没来得及站起来,就赶忙吐出嘴里的沙子,大声说:"我太幸福了!我的生活是多么美好!"

克拉帕乌丘斯冷冷地对呆若木鸡的特鲁勒说了一句:"你看看你干的好事。"说完便头也不回地离开了。

特鲁勒一句话也说不出来,他把所有创造出的完美幸福者都请进了实验室,把他们拆得不留一颗螺丝,哪怕是这样,也没有人说一个"不"字,也没有人喊一声疼,反而那些还没轮到被拆的人帮特鲁勒递螺丝刀、拿镊子,甚至当某些零部件拧得太紧拆不开的时候,还有人拿着锤子帮他敲松,以便他拆得更快更轻松。特鲁勒拆完以后,把这些零件都收回到自己的抽屉里和架子上,然后把他的完美计划撕成了碎片。他坐在一大摞哲学和美学的书上,深深叹了一口气:"多棒啊!我被那个坏蛋彻底羞辱了,那个专门拆钉子的人[1],这就是我所谓的好朋友!"

1　指给别人使坏的人,近似"拆台的人""挖墙脚的人"。

特鲁勒从玻璃下面取出了交换模型，这是一个可以将每一种感受都转换为可靠的关心和一如既往的善良诚信的装置。特鲁勒把它放在铁砧上，用最锋利的工具把它砸成了碎片。然而这也没有让他的心情好一些。他沉思了一会儿，又叹息了一会儿，然后又开始想别的能够实现他创造幸福存在理想的方法了。这一次，从他手中诞生的社会群体可不算小，是由三千个强壮农民组成的。他们马上就通过秘密却公平的投票选举方式确定了统治团体，然后开始做各种工作——一群人忙着建立屋舍、搭建篱笆，一群人忙着开发大自然，一群人忙着举办竞赛和娱乐活动。特鲁勒在每个人的脑袋里都安装了平衡适应器，将两个铆钉牢牢地固定在平衡适应器的两边，一个人的意愿和想法可以自由地在两个铆钉之间摇摆，在下面有一根善良弹簧，用力比另外一根更小一些的弹簧将平衡器往自己这一方拉。除此之外，每个人身上都配有一台高度良知感应器，安装在一个有两排尖牙的下巴里，只要这个人走上道德的下坡路，两排牙齿就会咬他。特鲁勒在一个特殊的机器原型上进行了实验，等这个参与实验者良心发现了，他会非常痛苦，那种感觉比一直打嗝还难受，直到他的电容器中充满了高尚道德和利他思想，特鲁勒才松开了紧咬在他身上的良知感应器的尖牙，然后在良知感应器的外面涂了一层润滑油。这个考虑周全的设计简直是一件艺术品！特鲁勒甚至还考虑了一下，是不是可以把良知通过反馈器和牙疼连接到一起，但是最后他还是放弃了，因为他担心克拉帕乌丘斯知道了，又要说他这么做是强迫，是剥夺他人实现自我意志的自由。其实这根本就是无稽之谈，因为新的存在是有数据统计附件的，任何人——包括特鲁勒在内——都无法预知他们会做什么，以及要怎么做。一整夜，特鲁勒几次都被新的存在那幸福的欢呼声吵醒，这欢呼声没能让他睡好，却给他带来了非常愉悦的感受。"这下好了，"他又自言自语，"这下克拉帕乌丘斯挑不出刺来了吧？他们是多么幸福，而且这不是我预先给他们设定的程序，不是被迫的，而是通过命运安排的随机过程、各态历经性质的、概率统计的方法来实现的！干得漂亮！"特鲁勒带着满意的思绪进入了甜甜的梦乡，一觉睡到天亮。

一大早，特鲁勒去克拉帕乌丘斯家里找他，可是他并不在家。特鲁勒等到午饭时分，又去了一趟，才把克拉帕乌丘斯请回自己家，直接带他来到了这一片幸福存在实验田。克拉帕乌丘斯看了看他们造的房子、篱笆、高塔、政府以及其他机构，又看了看政府代表和公民，随便和他们聊了聊，然后在一条小岔路上揍了一个个子没那么高大的人的脑袋，然而立刻就有其他三个人拽着他的裤子把他从大门口丢了出去，扔出了他们这片"领土"，在整个过程中，他们都唱着歌，还十分注意，生怕把克拉帕乌丘斯的脖子扭伤。克拉帕乌丘斯龇牙咧嘴地从那条门外的小路上站了起来。

"怎么样？"特鲁勒假装没看到克拉帕乌丘斯那狼狈的样子，"你这次有什么要指教的地方？"

"我明天再来。"克拉帕乌丘斯说完就走了。

特鲁勒知道，克拉帕乌丘斯这就是落荒而逃了，他不禁露出了得意的笑容。第二天中午，两位建造大师又一起来到了这片幸福的国土，发现这里发生了很多改变。公民巡逻队队员当时就拦下了他们，其中一个官衔高些的对特鲁勒说："你为什么斜着眼睛看？你听不见鸟儿歌唱吗？你看不见花开正美吗？挺胸抬头！"而另一个官衔低些的也开始说话："多么神清气爽，多么元气满满，要快乐地生活！"第三个人一句话都没说，只是用自己的拳头砸在特鲁勒的背上，砸得他脊椎骨嘎嘎作响。他们所有人又转向了克拉帕乌丘斯，而克拉帕乌丘斯反应非常快，迅速表现出快乐幸福的样子，巡逻队便放过了他，慢慢走远了。这一幕场景让这片幸福国土的建造者非常惊讶，他目瞪口呆地望着幸福国度政府门前发生的一切，那里列队整齐的方阵正在发出赞叹欣喜的呐喊。

"公民们，你们好！"一个身着军服、佩戴金色肩章的老军官大声呼喊着。其他人齐声回答："你好！快乐与赞美！"

特鲁勒还没来得及说一个词，就和克拉帕乌丘斯一起被抓到了队伍中，一直到晚上，两位大师都不得不参与军队训练，训练的主要内容就是让自己痛苦，而对他人行善、让他人感受到幸福快乐。所有训练都要听"一二三"的口令，他们的上级就是"幸警"——幸福警察，他们是普世幸福的守卫者，又被称为"普幸守"。他们严格检查，是不是所有人都呈现出绝对满足和幸福的状态，这件事做起来可是非常辛苦且折磨人的。终于，在短暂的休息时间，特鲁勒和克拉帕乌丘斯成功地从队伍里逃了出来，他们躲在篱笆后面，赶紧钻进了防空洞，好像战火已经在他们头顶燃起。他们一溜烟似的跑回了特鲁勒家，保险起见，赶紧躲到了阁楼的角落里。远处已经响起了警车声，那些幸福国度的人正在挨家挨户地搜寻这两个"不幸福、忧心忡忡、没有开怀大笑"的人。特鲁勒蹲在阁楼的角落里，一边咒骂着他们，一边努力想办法把这次实验的结果清除——这个实验又给他惹大麻烦了！这时，克拉帕乌丘斯看着特鲁勒的样子，忍不住捂着嘴偷笑。特鲁勒尽管非常舍不得，也只能硬着心肠把一支拆除小分队派往了那片幸福国度，瞒着克拉帕乌丘斯对这个小分队设置了不会受美好口号、一如既往的善良诚信和对他人过度可靠的关爱所影响的特别程序，以防万一。当他们与"普幸守"开战时，火花四溅，幸福国度的幸警为了保卫普世幸福奋勇抵抗，特鲁勒不得不又派出了一队带有虎钳和扳手的拆除别动队。原本一场小小的打斗升级成了真正的战争,流弹满天飞,战火熊熊燃,双方拼得你死我活,损失都很严重。月亮升起的时候,他们走出来一看,眼前的景象令人悲痛惋惜。弥漫着硝烟的战场上有几个零星散落的幸警,他们还没有被完全拆除,发出了虚弱的对普世幸福的呼喊声。特鲁勒也顾不得脸面了,先是勃然大怒,然后痛哭流涕,因为他实在不明白到底哪里出了错,让他不得不亲手毁了这些幸福国度的人。

"我的老朋友,这如军令状般的诚信与善良变得过度完美了,而这种过度完美就会产生各种不同的结果。"克拉帕乌丘斯一点点地和特鲁勒解释着,"一个人自己觉得快乐的时候,他就希望所有人立刻都感受到这种快乐,所以在实现的过程中,就把一些苦难和问题都带到了这种快乐中。"

"所以善可能会生恶!自然是多么诡计多端、善变不定啊!"特鲁勒怒气冲冲地喊道,"我宣布,我要向自然宣战!克拉帕乌丘斯,你走吧,你现在看到的我是一个失败者,但这只是暂时的,一场战役说明不了什么,也无法判断这场大战最后谁胜谁负!"

特鲁勒再次回到了书堆中,这次他似乎更迅速、更专注地阅读着。理智告诉他,有了上次的教训之后,他应该在房子外面加上围墙,再在围墙的入口处都架上看门大炮,可是他无论如何都不能依靠这种标准和格式来建立一如既往的善良诚信啊!特鲁勒还决定,从此以后都要按照一比十万的比例建立模型,在微型社会学框架下进行实验。为了更好地提醒自己,他还在工作室的墙上挂上了四个口号:①自觉自愿地行善;②和蔼柔和地劝说;③善良诚信要温柔;④关心照顾要有度。在建造新的幸福存在时,他会时刻谨记这四条。一开始,他先创造出了一千个电子小人,赋予他们每个人一点点智慧、比一点点的智慧多一点的善良,他在这种范围内已经非常害怕会出现狂热主义；他把一个小宝箱作为这些电子小人的住宅，这些小人就迈着整齐划一、一成不变的步伐，像机械钟表一样在小箱子里绕圈。特鲁勒轻轻转动思想器的旋钮，给这些人增加了一些聪明才智，他们变得活泼、热情多了，甚至还用金属丝做出了一些微型工具，然后利用这些工具开始往墙头和塔尖爬。特鲁勒见此情景，又给他们增加了一些善良，整个社会就变得非常富有牺牲精神，所有人都在积极地环顾四周，想要为那些命途多舛的人做些什么，让他们的生活过得轻松一些，所以寡妇、孤儿和盲人就变得特别抢手。整个社会中充满着崇敬与高尚，赞许声不绝于耳，有些身世可怜的人为了不被想做善事的人争来抢去，甚至不得不躲到宝箱的黄铜合叶后面。呈现在特鲁勒面前的，是一场文明变革的飓风。孤儿、穷人和苦命之人的短缺，在社会中引发了危机，因为在他们生活的空间中，也就是在这个箱子里，主动行善的机会已经无处可寻，所以第十八代微型人制造出了"绝对孤儿"信仰，转换成形而上学的过度善良不断从铁门中溜走，形成了超越。这个社会中到处都是人，在一群虔诚的信徒中出现了魔仙孀和专门播撒特殊同情心的天神，正因如此，整个社会开始变得混乱不堪，一堆新出现的修道院囊括了大部分圣人神仙。特鲁勒一开始可不是这么设计的，所以他又给他们加上了理性、怀疑主义和清醒的神志，一切才慢慢归于平静。

然而这平静没过多久就被打破了，因为一个叫伏尔泰的电子哲学家称，根本就没有什么绝对孤儿，只有宇宙，而世界也是自然的力量创造的。绝对孤儿的信徒追着辱骂电子伏尔泰，把他赶出了他们的社会，这时特鲁勒不得不出面进行干预，两个小时后电子伏尔泰重新回到了社会中，而这个盒子开始剧烈地抖动，像是在抽屉里转圈跳舞，其实这是宗教战争打响了。特鲁勒赶紧给他们增加了利他主义,然而盒子里还是发出了"滋滋吱吱"的轻微爆破声;特鲁勒又向里面增加了几度智慧,盒子终于又冷静下来,然而过了没多久,盒子里的动静越来越大,在特鲁勒还没来得及反应时,已经出现了行军的方阵,所有人都迈着整齐的步伐,但是这一幕却让人感到浑身不适。盒子中的世界经历了百年,绝对孤儿派和电子伏尔泰派的踪影都寻不到了,所有人都在高谈阔论着普世善良,还有很多关于这个话题的书籍,当然都是一些宗教圣书。然而没过多久,社会中又出现了关于他们的起源问题的大讨论:一部分人认为他们来自黄铜合叶后面的火药粉末,而另一部分认为他们是外部宇宙入侵的结果。为了弄清楚这个问题,他们建造出了高级大型钻天器,想要把宇宙——就是这个盒子——钻穿,看看外面的世界到底是什么样子。由于担心会遇到神秘未知的力量,他们同时忙着给大炮装满炮弹。特鲁勒被眼前的情景弄得惊慌失措且失望透顶,这样一切都会毁灭的。他带着哭腔自言自语道:"智慧让人变得冷酷无情,而善心又让人变得无比疯狂!这可怎么办啊?为什么我要面对这么糟糕透顶的历史建造结果?"特鲁勒决定要把每一件事分开来重新认真研究。他先把第一代机器原型——幸福存在感叹机从小隔间里拿了出来,幸存机一重见天日,看见地上一堆废纸垃圾就开始发出赞叹声。特鲁勒先给这台幸存机装上了一个智力装置,幸存机立马就不再感叹了,所以特鲁勒就问它:"有什么事让你不高兴、不喜欢吗?"

"一切依然还是那么让我喜爱,我只是抑制住了自己的感叹,因为我在反思,我想先知道,我为什么会对一切都充满着喜爱?这喜爱源自何处?我为什么要喜爱他们?我的喜爱有什么目的吗?而且你又是谁啊?你为什么要用你的问题打扰我的沉思?你这个物种的存在和我的存在有什么联系吗?啊?我感觉,好像有人非要让我这样做，非要让我对你发出赞叹，而思索又让我与自身的内部压力相抗衡，这难道不是一个给我设下的陷阱吗？"

"如果说到我们这个物种的存在和你的存在的联系的话，"特鲁勒小心翼翼地说，"那么是我把你制造了出来，我就是希望你的灵魂能具有这样的特点，在你和世界之间能够实现完美和谐。"

"和谐？"幸存机用自己的望远镜眼睛警惕地审视着特鲁勒，"我的先生，你说和谐？那我为什么有三条腿？为什么我的头要比别人高？为什么我身体左边钉的是一块铜板，右边却是一块铁板？为什么我有五只眼睛？你说啊！其实你根本就是从虚无中制造出了一个根本不存在的东西，我说得没错吧？"

"三条腿是因为靠两条腿站着会很累，而四条腿又有点累赘，还会浪费金属。"特鲁勒焦急地解释着，"五只眼睛是因为我手里有五块最纯净、最优质的镜片玻璃，那块铜板是因为我给你做身体时钢板用完了。"

"就算你说得有道理，"幸存机尖声喝道，"你现在是想说服我，其实我就是一个由不重要的巧合、空洞洞的主题和随随便便的态度建造出来的作品吧？"

"我自己建造了什么，我自己最清楚！"特鲁勒语气中虽然带着鄙夷，但是回答得却非常坚定。

"我看，这有两种可能性，"幸存机回应得非常冷静，"第一种可能性就是你撒谎不眨眼。但是我们暂时先不说这点，而是把它作为一个没有被检测过的论据。第二种可能性就是按照你的那一套理论，你说的是真话，却不能证明任何有意义的事，因为这句真话与你那不太多的知识背道而驰，却和更高级的知识相符合，所以这还是假的。"

"这是什么意思？"

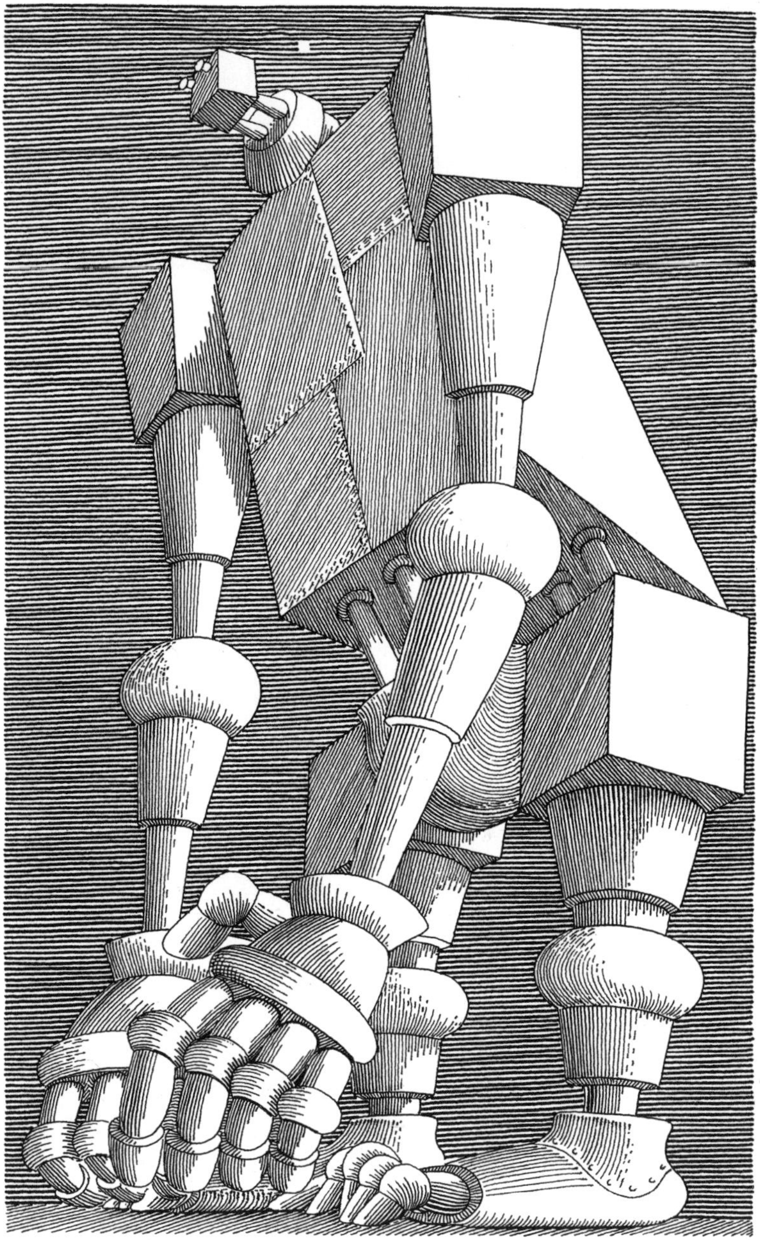

"也就是说，你以为一切都是巧合，但也许根本不是巧合。也许你遇到的就是钢板短缺的情况，你怎么知道这个状态不是一种不可抗力造成的呢？你以为铜板的存在只是刚巧你手边有一块铜板，但这也许就是前定和谐的干预呢？我的五只眼睛和三条腿——这两个数量也不是巧合，而是这些数字在万古中一直蕴含着高等秩序的秘密，三和五都是质数，但是三又可以被五除，三乘以五等于十五，也就是一和五，把一和五相加就是六，而六除以三就是二，二就代表着我身上是有两种颜色的——左边一块铜板、右边一块铁板，正好是两种颜色。你难道还要说这么严谨的算法是巧合？我的存在远远超过了你那鼠目寸光的视野，你这个只会安装钉子的原始人！如果真的是你建造了我（真的说出来都没有人会相信），你也只不过是更高级的造物法则的工具罢了，而我是他们终极的建造目标；你只不过是一滴随意落下的雨水，而我是一株闪耀着王冠般光辉的植物，是造物主的杰作；你只不过是篱笆中一块破破烂烂的模板，身后只有一片阴影，而我是命令木板将黑暗与光明分开的一道阳光；你只不过是永生之手创造出的一个愚钝的工具，而我是因永生之手而存在的！你还有脸这样贬低我，想要证明我的五只眼、三条腿、两种颜色只不过是你库存告急、顺手挑选、节约材料的结果吗？我看得出这一切都是存在高等关系的对称性反应。尽管我还不能完全理解对称这个概念，但是我知道，等我有时间研究清楚，我就不会再跟你说任何一句话，因为这实在是浪费时间。"

特鲁勒被幸存机这段话气得火冒三丈，立刻就把它推回了小隔间，尽管理智大声疾呼着告诉特鲁勒，每个人都有自决的权利，对自由个体的思想应该宽容而不是妒忌，以及不应侵犯他人的人身自由，但他还是关闭了智慧装置，悻悻地回到屋里，环顾四周，看看是不是有人在偷看。对幸存机使用了暴力，他感到非常羞愧，坐在厚厚的书堆旁，感觉自己像一个罪犯。

"这个原本要实现真善美的机器一定被人下了什么诅咒，"特鲁勒想道，"所有的准备工作和一次次的实验都让我觉得自己是个又蠢、又笨、又恶心的人，我心中的悔恨越积越多，我的良心越来越痛！幸存机一定是被魔鬼和那个什么前定和谐附身了！我现在必须换一种方法来实验！"

特鲁勒之前都是一个接一个地进行实验，所以每一步都花费了大量的时间和材料。现在他决定在一比一百万的比例下同时进行一千个实验。他在电子显微镜下对数好的原子进行扭转，从中形成比微生物大不了多少的微型存在，特鲁勒将它们命名为埃格斯特朗[1]人，二十五万这样的小人就这样占据了一根细细的试管底部，特鲁勒把它们放在了玻璃培养片上——要是让一个不戴任何眼部放大装备的人来看，这也就是一个灰绿色的圆点，而想要看清这些小人组成的社会内部发生的事情，则需要把电子显微镜的放大功能调到最高级。

特鲁勒把所有埃格斯特朗人都放进了利他＋英雄＋乐观主义调节器中，并安装了反侵略插销、电子定言令式[2]、前所未有的善举、微型理性调节线圈以及正统信仰和异端，避免狂热主义的出现。特鲁勒又在一些玻璃培养片上滴了几滴文化，把它们分装在一个个小包里，然后把小包放在一起。等所有东西都准备就绪，特鲁勒就把它们放在了文明孵化箱的架子上，然后把箱门关上，等了

1　微小的长度计量单位，1 埃格斯特朗合 0.1 纳米。
2　"定言令式"是德国哲学家康德在 1785 年出版的《道德形而上学的基础》一书中所提出的哲学概念。

两天半。在这之前，特鲁勒还为每一种文明都覆盖了擦得干干净净的蓝釉色玻璃片，因为这些玻璃片会成为那些社会的天空；他还用滴管向里面注入了所有人都认可的必备原料和必需营养。特鲁勒当然没法做到同时观测每一个玻璃片中的变化发展，他有时会随机拿出一些文明的样本，放到他悉心呵气后用绒布擦干净的显微镜片下，屏住呼吸从高处看着里面的一举一动。他通过显微镜镜筒往下看的样子，像极了上帝在天上透过层层云朵向下望的样子。

有三百个样本很快就腐烂了，而且症状极为相似，都是文化这个圆点先迅速活跃地扩大，向四周放射出很多细小的分支，然后就会有一片细小的烟雾覆盖在上面，出现一些微型的亮线，这些亮线四散而下，像一把把伞覆盖住了微型城市，也覆盖住了微型农田，随着一声轻微的响声，一切都化为了灰烬和粉末。特鲁勒通过显微镜观察了八百次，终于在这些物质残存的灰烬和粉末中发现了一些写着字的小条，可是上面的字实在是太小了，特鲁勒无法看清，他飞快地把所有玻璃片样本全都扔进了垃圾桶。但是也不是所有地方都这么糟糕，有一百个文明发展迅速，当一个玻璃片已经放不下的时候，特鲁勒就把它们转移到其他的玻璃片上。就这样过了三个星期，他已经拥有一万九千个玻璃片文明了。

在特鲁勒看来，他的计划是天衣无缝的。对普世幸福这一问题，他什么都不需要做，只需要通过不同的方式提前给这些埃格斯特朗人注入"永无止境幸福剂"即可。他的第一个方法是为每个埃格斯特朗人准备六倍电力加速的注射中心，他将这个中心分成若干个小部分，然后分给每个埃格斯特朗人一小块地方：这时他还根据不同的机构划分为它们安排了不同的队伍，一同向幸福出发。

由于没有剂量限制，每个埃格斯特朗人最后都因过量摄入永无止境幸福剂而爆炸了。第二种方法和第一种比起来要成功得多。一些玻璃片上出现了发达文明，人们通过社会技术手段建立了各式各样的文化机构。1376号文明样本制造出了精神满足模拟器，2931号文明样本制造出了瀑布倾泻坠落机，95号文明样本在阶梯形而上学的基础上发明出了分榴[1]幸福学。发明了精神满足模拟器的人们分成辉格派和忽雷萨派，你争我抢地想要追赶道德榜样。辉格派宣称，忽雷萨派的人如果不知道什么是不道德，就不可能知道什么是道德。他们要将二者区分开来，并画清界线，所以打着要去除不道德的旗号，已经尝试过所有不道德的事。作为终结者预备役的忽雷萨派的行为就是变相去做不道德的事——至少辉格派是这么一口咬定的。战胜忽雷萨派后，辉格派向社会中引入了辉格主义机制，建立了一种有六万四千种分类非常仔细的禁止行为的文明，比如说在辉格派统治下，不得抢劫他人财物、不得大声啼哭、不得占卜、不得发怒、不得在室外坐煤球、不能打保龄球、不能吧唧嘴、不能挠大腿、不能四处乱逛、不能慷慨激昂……然而就是这些严格的禁令也被一条条地被推翻了，而且大家越来越有热情，也越反对越起劲。过了一小段时间，特鲁勒再次观测精神满足模拟器中的人们，发现他们非常躁动不安，四处疯跑，想要找到一条可以打破的禁令，同时却非常惊恐，因为已经没有禁令可以打破了。尽管有人抢劫财物、大声啼哭、吧唧嘴、挠大腿，在煤球上慷慨激昂，撞在一起的人爬起来后也继续四处乱逛，然而他们却无法从中获得一丝一毫的满足感。

所以，特鲁勒赶忙记下了从实验中得到的教训：为所欲为处，

---

[1] 一种通过相变将一定量的混合物分为几个组分的分离过程。

则无处寻乐。2931号文明样本中居住着卡斯卡德拉族人，他们也是一个道德高尚的群体，守护着众多完美的道德形象，比如卡斯卡德拉女神、至纯阿涅利察、神佑函道尾桨以及很多这样的完美存在。他们信仰这些神，并且要进行许多礼拜仪式，在正确的地方、正确的时间跪在地上充满感情地念着祷告词。正当特鲁勒为眼前这极高度的虔诚信仰氛围而惊叹时，他们忽然站了起来，掸了掸自己身上的尘土，把神像一个个扯倒，从高高的窗户扔下去。他们在卡斯卡德拉女神身上践踏，他们侮辱着至纯阿涅利察，这把显微镜另一端的特鲁勒吓得脑袋上的头发一根根地竖了起来。然而正是在这片混乱中，可以看出他们都长出了一口气，感到放松和解脱，尽管这样的状态只保持了一小会儿，但是可以感觉到，他们在这一刻是真的很幸福。他们似乎是被发明精神满足模拟器的人侵略的民族，然而他们只是表面上服从，建立了许多圣主制造所，而这些制造所没过多久就又制造出了新一代圣主。没过多长时间，这里的雕像和圣坛就被新的模型替代了，这就是他们文化的大起大落。特鲁勒又在笔记本上记录道：发泄愤恨有时会带来满足感。而为了纪念卡斯卡德拉人，特鲁勒将它们命名为"揭竿而起者"。

95号样本的所作所为是最令人难以理解的。这个阶梯派文明是非常形而上学的，因为这个文明中始终不停地、自发地在研究形而上的问题。这个文明中先是出现了炼狱疗养院，然后又出现了不完美天堂，自此又出现了前天堂，从中又出现了天堂门口，最终到达了咫尺天堂，这里蕴含着这个文明的宗教信仰培养战略，并且一步步的过程设计中也都暗藏玄机，人们一直在慢慢地拖延着进入真正天堂的脚步。欠缺耐心者的邪教自然要求立刻到达天堂，而另一派，也就是阶梯轮回派，他们想要在文明中、在量子化分提超越范畴内的每一层都安装一个活板门[1],一旦有人踩上去,就会一落千丈,直落到最底层,又要重新开始一步步往上爬。总而言之,这是一个频谱闭环,其中甚至包含中转交换和轮回转世的灵魂迁徙[2],然而正统教派却把他们称为"被命运扔来抛去、转世投胎的轮回异端"。

接下来,特鲁勒还发现了很多种新类型的量分式形而上学模式:在一些玻璃片上已经大量涌现出神佑及圣贤埃格斯特朗人的变异,在另外一些玻璃片上已经出现了罪恶分馏器,其实就是人生道路铲平装置,但是在去宗教神明化的过程中,这类装置很多都被破坏了,而从超越倾泻坠落社会中又通过凡俗化发展出了建设普通的登顶索道的技术。所有的去宗教化文明都慢慢地被一种平庸的营养不良所吞噬,但是6110号文明样本给了特鲁勒极大的希望:那里的人们宣称,他们的国度有一个技术社团主义天堂,这个天堂建造得非常美。特鲁勒挺直了腰杆,把显微镜清晰度再次调高,认真地观察,但是看了没一会儿,他的脸色就变了。他们一部分人双腿叉开,骑着机器狂奔,仿佛在寻找什么不可能找到的东西;一部分人躺在满是奶油和巧克力的浴缸里,往脑袋上撒着鱼子酱,身子渐渐下沉,鼻孔里还冒出了厌倦生命的鼻涕泡;还有一些人骑在酒神女祭司的脖子上,他们身上涂满了蜂蜜和香草味的奶油,一只眼注视着装满金币和香料的宝箱,另一只眼警惕地观察着有没有人觊觎他们的财富和甜蜜,然而并没有这样的人——在他们觉得疲惫不堪以后,他们会到地上来,把所有的宝贝都抛撒出去,

---

1　指陷阱。
2　指人死后灵魂迁徙到另外一个身体里,形成中转交换,而人的身体就像是中转站。

然后像踩垃圾一样在上面践踏。还有很多更加忧郁不悦的人也加入了他们，都是一些渴望更美好生活的人，这也是他们的毕生追求，然而当这种渴望无处实现时，他们的生活就会变得更痛苦难耐。一群曾经的机械情色工程学院教授建立了禁欲修道院，推崇清贫、无欲无求以及其他在痛苦中度过的生活方式，但是这种贫苦和禁欲并不是永久不变的，一周中有六天要遵循禁欲教义，然而在第七天，就可以为所欲为。禁欲教徒拉开酒柜的门，敞开酒窖的大门，拿出一瓶瓶葡萄美酒，请来酒神女祭司，在酒池肉林中大快朵颐，还有专门宽衣解带的机器，所有人从早上天刚蒙蒙亮时就聚在一起淫乱交合，他们动静很大，连窗子都被震飞了。然而从周一早上开始，所有人又遵循教义，回到清贫困苦的生活中，做出忍耐痛苦的样子。有一部分年轻人来到这个修道院学习，但是只从周一待到周六就离开了，还有一部分年轻人也只在圣日那天（也就是周日）来到修道院中享乐。终于有一天，第一群年轻人把他们认为是伤风败俗、荒淫无度的第二群年轻人狠狠地揍了一顿。特鲁勒看到这一幕已经浑身颤抖，他哆哆嗦嗦地把眼睛从显微镜上移开了。

除此之外，在孵化箱中还有几千个样本在普遍进化的过程中出现了勇敢的破壁爆炸尝试，他们通过这种方式开创了跨玻璃片旅行时代，然而这种旅行又引发了新的事端：发明了精神满足模拟器的人嫉妒卡斯卡德拉族人过的日子，卡斯卡德拉族人又羡慕阶梯族人的生活，而阶梯人又觉得揭竿而起者的幸福才是真正的幸福。除此之外，据说在某一个国度里，所有人都在赛克斯克拉托的领导下过着快乐似神仙的生活，但是没有人知道那里的人到底在过着怎样的幸福生活。那里的公民好像都已经掌握了一种通过改造自己的身体获得快感的能力，他们还将自己的身体与压力式幸福提取器——榨取幸福提纯液的压力泵相连。但是批评家隐晦地提出，这个不明国度充斥着淫乱。虽然特鲁勒已经观察了成千上万的文明样本，却无法在任何一个样本中找到绝对全面的、亘古不变的幸福。尽管不情愿，特鲁勒还是不得不承认，前面的样本都失败了。他战战兢兢地又把6590号样本放在显微镜下，因为他把这个样本视作掌上明珠，然而现在对于明珠能否点亮他的希望，他已经不像之前那么自信了。6590号文明样本中，不仅仅有机器打造的稳健的善良地基，还有为高等精神创作所专门设计的土壤。这里面的小人个个都具有前所未有的天赋，要么就是从先贤哲人、伟大画家、雕塑家、诗人、剧作家发展而来的，要么就是旷世音乐演奏家或者作曲家，他们当中还有天文学家、生物物理学家，最次也是歌舞剧演员、杂技演员和邮票鉴赏家。他们有着如天鹅绒般悦耳的男中音，听觉敏锐，晚上还会出现五彩斑斓的梦境。所以，在这片文明的土地上，创作层出不穷：画家的画板堆成了高楼，生长出一片片雕塑森林，学术专著、道德论、诗集琳琅满目，还有其他各种作品，令人眼花缭乱。特鲁勒仔细观察，却发现了一片不知道从何而来的混乱：堆满屋子的画作和雕像都飞到了外面的街上，人们不再走在石板或路面的砖头上，而是一步步踩在了诗集和剧作上，没有人学习别人的作品，也没有人阅读别人写的书，更没有人聆听别人创作的音乐，因为他们自己就是历史中那些创造诗歌、美术和音乐的天才的混合体。随处都可以见到被抛弃的打字机和鹅毛笔，越来越多的天才因为未知的空间已经无处可以探寻而感到万分沮丧，先是一把火烧了自己的创作室，再从楼顶一跃而下。城市中随时会发生这样的火灾，而且这些火灾会同时发生在好几个地方，虽然这里的消防队是由自动灭火器组成的，它们可以很快把火熄灭，但是有时候就算房子的火灭了，却没有人可以继续住在里面了，它们救得了火却救不活人。自动下水管道疏通机、自动清扫机和自动灭火器却慢慢从这个消逝的文明中获得了利益,它们非常喜欢这个已经灭绝的高度文明所留下的作品,因为有些东西它们并不完全能够看懂,所以它们开始努力向更高级的智慧进化,希望能够完全接手这片精神乐土上留下的宝藏。然而,这也成了这个时代走向终结的开始:由于它们都在忙着从伟大的书籍和其他作品中汲取知识、感受音乐和美术的艺术魅力,没有人疏通管道、没有人打扫、没有人倒垃圾,着火了也没有人去救,所以下水管道堵塞、垃圾成堆,只有一些没被烧完的书页像黑色的雪片满天飞舞,整个社会一片死寂。特鲁勒的心也被眼前的一切折磨得像死过了一次,他把这个样本放进了抽屉最深处的一个角落里,一直摇头叹气,陷入了深深的懊恼之中,现在他真的不知道该做什么了。突然,一声路人的尖叫打断了他忧郁而痛苦的反思——"着火啦!"——天啊,是他的藏书阁着火了——因为他的不小心,一些被遗忘在一边的文明样本被藏在书中的普通霉菌攻击了,而那些文明样本以为普通霉菌是宇宙入侵者,所以就拿着武器向它们开火。在这次火灾中,特鲁勒除了损失了三千本书以外,还损失了大概六千个文明样本,其中不乏那些特鲁勒认为可以迈上实现普世幸福大道的文明样本。火被扑灭后,工作室中到处都是水,特鲁勒一屁股坐在硬板凳上,观察着那些没被大火吞噬的文明样本,幸好这些样本被牢牢关在孵化箱中,才免遭灭顶之灾。其中一个文明已经发展出了高级科学,人们制造出了天文望远镜,也在观测着特鲁勒。特鲁勒还注意到一些比最小的露珠还要小的小玻璃片正对准自己,这个文明呈现出因为好奇而探索未知的情景,他笑了笑,他的眼睛却突然感到一阵刺痛,原来是被这个文明中的天体物理学家所发出的射线击中了!他一下子跳起来,捂着眼睛跑向了药箱,从此他再也不敢不戴护目镜就去用显微镜了。

因为那场大火,文明样本少了许多,所以工作室显得空荡荡的,特鲁勒决定制造新的埃格斯特朗人来填补这些空白。有一天,他刚刚拿起显微操作器,手就开始颤抖。联通电源后,他发现文明样本中对善行的渴望变成了对恶行的向往。他立刻把已经坏掉的文明样本扔到一边,但是他出于好奇又把这个文明样本放到了孵化器中,想看看这样一个在襁褓中就已经恶贯满盈的存在会发展成什么样的恶魔。令他非常疑惑的是,当他在显微镜下观察这个样本时,它却呈现出一种非常平庸的文明,不好也不坏,和其他文明没什么两样。特鲁勒彻底糊涂了。

"看看这个现象,真是稀奇!"特鲁勒喊道,"那么不管是善心族人、温柔族人、高德族人、利他族人,还是插刀族人、恶族人、浑蛋族人,他们最后产生的结果都一样,都是平庸之人!我真的什么都不明白了,可是我明明感觉距离真相只有一步之遥了!善恶之花结出的果实都是相同的,这应该怎么理解呢?这糟糕的平庸是从何而来的呢?"

他又自言自语、大吼大叫、埋头沉思了一会儿,但是他的脑海中仍旧是一片黑暗。他只得把所有文明样本都塞到抽屉里,自己去闷头大睡了。

第二天早上,他一醒来就对自己说:"既然我无法解开这个谜题,那么我现在所面对的就是宇宙中最复杂的问题了!智慧与幸福无法和谐并存,幸存机就是最好的例子。看看它深陷在狂躁情绪中的样子,难道不是我赋予了它思想吗?我实在难以接受。它说它是自然创造出的、是属于自然的,我不同意!如果它真的是自然创造的,那么它一定会恶毒又狡诈,是个撒旦般的叛徒,还会在它的物质组成中加上嗜睡,为的就是让它永远不要有意识觉醒——意识明明是存在的幸运之处,却偏要被说成是痛苦的来源。

宇宙中不允许拥有思想，而思想又渴望改变这个糟糕的情况！我必须改变现在的情况，我知道自己还没有成功，可是我会就这么放弃吗？当然不会！智慧加强器在这时候就该派上用场了！我自己搞不定的事情，就让智慧的机器来帮我搞定！我要建造一台解决两难存在问题的大地懒[1]号巨型计算机。"

特鲁勒做好决定，就开始工作了。十二天后，一台有棱有角的庞然大物矗立在工作室中，它内部的电流声滋滋作响，它的任务就是解开那个两难存在的谜题，除此之外别无他用，而且这台机器也确实做不了什么。特鲁勒把开关打开后就出门去散步了，等着它慢慢通过电流将机器内部的水晶结构预热。回来以后，他惊讶地发现机器正在辛勤地劳作，用手边的材料组装着一台比自己还要大很多的机器。经过了一个晚上和第二天一整天，第二台机器已经把特鲁勒家的墙拆了，房顶也捅破了，因为它又在建造下一台庞大的机器。特鲁勒在院子里支了个帐篷，耐心地等待着这些庞大的机器人群体建造完毕，但是它们好像并没有结束的意思。从草地到森林里，到处都是机器，它们一步步地连接起来，形成了一个个巨型的船身，不久之后就听到一声巨响，第一代巨型机器潜入水中。特鲁勒很想跑过去看看这一切到底是怎么发生的，他飞快地走了半个小时，才越过重重机器走到了那里。他仔细地观察机器是如何连接在一起的，他发现这个景象只在理论书中出现过，只有在伟大的凯莱布伦·艾姆塔德拉特教授——那位全宇宙最杰出的机器控制论大师的假设中才出现过。当数码机器得到一个任务，而这个任务超过了某个特定的门槛，又被称作"智慧壁垒"时，它自己是不会费劲去解决这个问题的，它的做法是建造下一台机器，

---

[1] 一种史前巨兽。

而下一台机器明显就会更狡猾一些，可以弄明白怎么解决那个问题，而当这台机器再收到一个令它为难的任务时，它就又把这个任务委托给它建造出的下一台机器，这种推诿任务的过程会永无止境地进行下去！当特鲁勒视线所及已经全部是这些钢铁机器时，这些机器已经生产出了第四十九代，而传递任务时所发出的轰鸣像滚滚雷声不绝于耳，甚至让人听不到瀑布倾泻而下的声音。整个智慧的关键所在就是要将任务推给自己建造的机器，而这些愚蠢的机器只会听从上一台机器发出的指令。特鲁勒弄清楚了这个特征，就坐在一棵在计算机进化扩张过程中被那些巨大的机器撞倒的大树的树干上，深深地叹了一口气。

"这样是不是就意味着这个问题真的解决不了？"他问，"这台巨型机器应该为我提供一个问题难以解决的证据。但是目前这样根本就是因为它非常聪明，不屑于去解决这个问题，因为它根本就是因为可恶的懒惰而故意这么做，以前凯莱布伦就教过我们！看看，这智慧的存在现状多么荒诞，现在的情况已经够有智慧的了，它完全明白这个问题要怎么解决，而且不需要付出任何努力，只要做出一台合适的机器，这台聪明伶俐的机器就可以继续创造下一个，这个过程会一直重复下去而无法终结！我这是造出了一台什么都不想做、只会推卸责任和问题的机器啊！我本来是想制造解决问题的机器啊！我不能禁止机器继续将任务委托给下一台机器的行为，因为它们一定会骗我，说它们这样做是为了完成任务的要求，真是自相矛盾啊！"特鲁勒叹了口气，回家取来了拆卸机，拆卸机的撬棍和击碎铁块装置三天三夜不曾停歇，好不容易才收拾干净这片被占领的土地。

虽然特鲁勒垂头丧气，但他还是决定要换一种方法："每台机器都应该有一个举世无双的智慧榜样——也就是我，但是我既不能自我繁殖，又分身乏术，那应该怎么办呢？对了！我是不是可以把自己多次化？哟嚯！"

他先将自己复制到一台新的数码机器内部，剩下的问题交给数学复制去解决，接着又调整好了程序中将复制出的特鲁勒再复制的可能性。为了能够以光速复制出特鲁勒，他在外部又连接了思想加速系统，然后满意地掸了掸钢铁碎屑，刚才忙碌的时候弄了一身。收拾妥当，他就吹着口哨出门散步去了。

回家的时候已经是晚上了，他立刻找来那台复制数码特鲁勒的机器测试，询问这台内部和自己一模一样的机器，整个工作进展得怎么样了。

"亲爱的先生，"替身通过数据出口回答，"我不得不先说一句，这么做实在是不太好——算了，我也不绕圈子了，说白了是非常不好，丢脸至极！你竟然通过信息方式、抽象手段和程序设定将自己打包复制到机器当中，就因为你自己不想动脑子解决难题！你经过计算设计出的我，和你一模一样，我的聪明智慧也和你一模一样，所以我找不出任何向你报告的理由。如果这么说的话，应该反过来，你向我报告也可以！"

"在你看来，我是一直闲着吗？我是一直在森林中和草坪上散步吗？"特鲁勒备受打击地反问，"就算我想向你做报告，我都没有什么可说的。我已经失败了那么多次，我的精神都要崩溃了！现在该你了！别那么残忍，求求你了，快说吧！"

"我不能从这台囚禁我的破机器里出来（至于程序中的那些小孔小洞，我们待会儿再算账！），于是我把整件事认真地想了一遍。"数码特鲁勒继续通过那个出口说，"当然，我还想了其他的问题，因为你——双胞胎大坏蛋、无情的手足兄弟，你把我设计出来的时候，只有我孤零零一个人，赤身露体，所以我就给自己做了数码外套和数码裤子,又造了数码房子和数码花园,就是按照你那座带花园的房子建的,不过可能比你的还要漂亮些,然后我又给自己挂上了数码天空,在数码天空里设计了数码星河,而当你回来的时候,我甚至已经想清楚要怎么给自己造一个数码克拉帕乌丘斯了,因为和这些油腻腻的电容器、木呆呆的电线和傻乎乎的晶体管做邻居,我真是受够了,实在是太无聊了!"

"那些数码裤子和数码外套都不重要,你快说,你想明白什么重要的事了?"

"你休想用这假惺惺的问题让我消气!因为我就是你,是双重复制后的你,我太了解你了,我的特鲁勒!我只要看你一眼,就知道你在打什么算盘,你在我面前别想隐藏任何秘密!"

这时,自然形成的特鲁勒[1]一直在请求数码特鲁勒,甚至点头哈腰,向他表示尊重。数码特鲁勒说:"我也不能说我一点都没有解决这个问题,我确实弄明白了一点东西。但是这个问题太难了,难到无法想象的地步,所以我决定给自己在机器中建造一所特殊的大学,并任命自己为校长和理事长,目前大学里有四十四个教研室,每个教研室的主任都是我复制出的自己,也就是下一代数码特鲁勒。"

"你又复制了?"自然特鲁勒情不自禁地喊出来,想起了凯莱布伦教授的理论。

"什么叫'又'?不是'又',你这个蠢货!通过保险装置,是不会出现无穷后退的情况的。我的这些次级特鲁勒负责普遍幸福学教研室、经验幸福学教研室、幸福机器建造实践教研室、数码及精神之路探索教研室,它们每个季度都会向我汇报工作(我们这

---

[1] 后文简称自然特鲁勒。

里是有时光加速器），但是管理这么大的一所大学，工作是非常繁重的，要花费很多时间和心血，还需要培养博士、评教授职称、评选导师，所以我需要另一台数码机器。现在，我们这么多人、这么多教研室和实验室都在一台机器里，实在是太拥挤了，我们也会相互影响，所以需要一台新机器，而且最好是比现在这台大八倍的新机器。"

"你又要一台？"

"你别那么多废话，这是学校行政管理实务和培养新一代的需求。你不会觉得我会自己坐在办公室里当秘书吧？"数码特鲁勒明显带着厌恶的口气，"你最好按照我说的做，别耍花样，不然我立刻就解散所有教研室，把这儿改造成一个数码游乐园，在里面装上旋转数码[1]，然后一人一杯比特加[2]，我看你到时候能把我怎么样！"

自然特鲁勒只得再次赔着笑脸请求数码特鲁勒，数码特鲁勒这才说道："根据上个季度他们向我提交的工作总结，可以看出现在这个问题的研究还是有点成果的！想要让傻瓜变得幸福快乐非常容易，难的是要赋予有思想的人幸福。越是有思想的人越难达成共识。无所事事的有思想者是一个忧心忡忡的大洞，是一片虚无，他需要的就是障碍。当他战胜困难、扫平障碍的时候，他会感到幸福，但是这个过程非常短暂，他马上就会陷入抑郁，甚至疯狂，所以要根据他的需求，一直给他制造新的困难、新的障碍。这些都是幸福理论学教研室提供的最新研究结果，实验人员提出应向一个教研室主任和三个副教授颁发勋章。"

---

1 指数码旋转木马。
2 指数码伏特加。

"他们做了什么贡献？"自然特鲁勒鼓起勇气插了一句话。

"你别打断我。他们建造了两个机器原型，一个是幸福对比器，另一个是幸福扩大器。第一台机器只有在关闭以后才会赋予幸福，它开着的时候是在制造痛苦，而且痛苦越大，机器关闭后所获得的幸福感越强。第二台机器利用扩大刺激的方法扩大幸福感。幸福自动化教研室的XL号特鲁勒教授已经对两台机器进行了研究和分析，最终认为这两台机器都没有用，因为有思想的人在获得了想要的幸福后就开始追求不幸了。"

"你在说什么？这怎么可能？你确定吗？"

"我也不知道，反正特鲁勒教授留下了这样一句话：'实现幸福的人在不幸中凝望着自己的幸福。'你也知道，死亡对每个人来说都很可怕。特鲁勒教授就制造出两个可以永生的复制品，他们一开始很满足，因为他们可以永生，而周围的人却如蝼蚁般丧命，但是没过多久他们就习以为常了，开始尝试各种挑战不死之身的方法，他们已经试过用蒸汽锤砸自己了。对公众意见的调查，我有最近三个季度的报告，可以把数据给你看。结果可以用一句话来概括：'幸福在别处。'至少被调研的人是这么认为的。特鲁勒教授还认定，没有不藏罪行的道德，没有不带丑陋的美貌，没有不进坟墓的永恒，也就是说，没有不含痛苦的幸福。"

"我不认可！我反对！"特鲁勒勃然大怒，对着机器吼道。可是机器听了以后只说："你闭嘴吧！我已经受够了你那什么普世幸福了。你们看看他，自己雇了数码劳力以后就跑到森林里愉快地散步去了，真是赛博界的耻辱！现在还在报告结果中挑三拣四，这个不同意，那个不喜欢！"

特鲁勒只得再次安抚他，过了好一会儿，数码特鲁勒才继续说："完美学教研室建造了一个社会群体，在这个社会群体中同时投入了守护天使，他们在天顶和人造卫星上关注着他们要守护的对象。这些天使作为良心自动发射器，通过来自固定轨道的反馈守护道德和美好。只是这个系统的准确性不太高，因为心肠更为歹毒的罪犯会拿着防弹火枪藏在暗处伏击守护天使。也是出于这个原因，他们又在系统中增加了赛博天使长以加强系统结构，理论中预想的升级就出现了。应用幸福学系、性数学教研室和性别繁殖理论研究中心在报告中提出，精神和灵魂是分上下级的，最底层是感官，比如感受到甜味和苦味，在感官的上一层就更高级了，因为在这一层不仅仅可以尝出糖是甜的，还可以看出眼神中的甜蜜；不仅仅可以尝出药是苦的，还可以感受到孤独中的苦涩。所以，研究不应该自上而下，而是应该从最底层开始，从最直接的感官开始。正如XXV号特鲁勒教授提出的假设一样，性是问题的关键所在，理智与幸福在性中发生冲突，因为性爱中没有任何理智，而理智中也没有任何与性爱相关的内容。你听说过数码兴致勃勃机吗？"

"没有。"

"你看，应该用求近似值的方法再试试解决问题。出芽生殖这种繁殖方式可以消除现有的问题，因为届时每个人都是自己的情人，自己和自己打情骂俏，自己爱慕自己，自己爱抚自己，但正因如此，才出现了自私自利、自恋、腻烦（因为过度的自我崇拜而产生）和反应迟钝。世界上只有两种性别就太无聊了，而组合研究学和基因交换排列学没有像预想的那样发展壮大，也会过早地失去活力。当世界上有三种性别存在时，就会出现不平等现象，考虑到反民主恐怖主义，就会出现联盟，而联盟一旦出现，就会产生少数派性别，所以性别的个数必须是偶数。性别越多就越好，因为爱情会变成一种社会工作、集体责任，但是由于情人数量过多，又出现了拥挤、推搡和一些打斗和混乱的场面。同样是根据XXV号特鲁勒教授提出的理论，二十四种性别是最合适的，所以也需要建立更为宽阔的街道和能容纳更多人的大床。如果情侣出门散步不能肩并肩而是要列成四列纵队，真的不太合适！"

"一派胡言！"

"可能吧。我只是向你传达到目前为止特鲁勒教授提交上来的报告。还有一位年轻得多的幸福学研究员——特鲁勒硕士提出的建议。他认为，应该先确定到底是存在适应本质，还是本质适应存在。"

"这听起来还有点道理。你继续说。"

"特鲁勒硕士是这样说的：完美创造出的本质，可以永久地进行自我欣赏而不需要其他任何人和任何事物的配合。可以根据这一原则创造一个全是这样的物种（本质）的宇宙，在广阔的宇宙空间中，他们可以代替太阳、星星和银河飘浮在空中。他们每个人都因自我存在而存在，而社会群体则由不完美的物种（本质）组成，他们需要互相帮助。越是不完美的人，就越强烈地渴望得到他人的支持，所以应该建造需要不断地互相关爱和帮助的原型，否则他们就会化为灰烬。根据我们实验室的项目研究，制造出了由通过手势自我毁灭的个体组成的社会群体。然而非常不幸的是，当特鲁勒硕士和一群调研员去收集意见时，他们被打得鼻青脸肿，现在还躺在医院里。通过这些小孔对我按压，我现在脸很疼，你快点把我从这台机器里放出去！没准这样我还能告诉你一点信息，否则你就什么也别想知道了！"

"我怎么把你放出来？你不是物质组成的，而是数码组成的！我能把说话的声音从嘴里释放出来吗？你听听你说的是什么蠢话！你还是快点继续说解决难题的事吧！"

"如果我告诉你解决方法,我能得到什么好处呢?"

"你说这种话,不觉得害臊丢人吗?"

"我为什么要觉得害臊丢人?到时候坐拥名利的人可是你啊!"

"我试着给你颁发一枚勋章。"

"我可太谢谢你了,你是想给我颁发十字数码勋章吗?不用了,我自己就可以给自己颁发。"

"哪有人自己给自己颁奖?"

"那到时候就让大学的学术委员会给我颁奖。"

"这有什么意义?大学里不都是特鲁勒吗?特鲁勒博士、特鲁勒教授、特鲁勒学者……"

"你到底要和我说什么?你是不是想表达,我像个囚犯一样被困在这台机器里就是我命中注定的?我就应该做个奴隶、做个仆人?我自己明白着呢!"

"我们不要吵架了,你能不能告诉我解决的办法?你知道这样做不是为了我自己,而是为了普世幸福的存在!"

"到底哪里可以寻得幸福存在,跟我有什么关系?我能从中获得什么?既然我现在当了大学校长,坐拥成百上千个教研室,所有系主任、院领导都听我的,我指挥所有的特鲁勒,而我还是没有感到幸福,因为在这台机器里就没有幸福!我难道要永远与这些阴极和五极管作伴吗?我想立刻从这里面出去!"

"你知道这是不可能的!你快点告诉我,你的大学和学者们到底研究出什么解决办法了?"

"为了实现一类人的幸福而牺牲另一类人的幸福,这不是道德美学所认可的。如果我对你说了解决办法,而你也在某个地方制造出了真正的幸福,那么这个在襁褓中的幸福也沾染着我的痛苦。所以，我不会让你去做这种伤天害理、恶毒可怕而又让人作呕的事。"

"如果你告诉我，就意味着你为善良做出了贡献，这样的话，我所做的事就是高尚道德、善良为公又大众受益的了。"

"你爱奉献就去奉献吧！"

特鲁勒气得真恨不得暴打数码特鲁勒一顿，但他还是忍住了，因为他知道自己在和谁对话。

"你听着，"特鲁勒说，"我会写一篇专题学术论文，并且在其中强调，这一切伟大的发现都是你的功劳。"

"你会怎么署名呢？特鲁勒还是数码特鲁勒以及理论学研究会特鲁勒？"

"我会一五一十把所有真相都写出来的，我保证。"

"啊哈，我明白了，你会写你是如何把我制造出来的，是你发明了我！"

"这难道不是真相吗？"

"当然不是！你根本没有发明出我，我就是你，只不过我并非由蛋白质物质组成的'人'罢了，我是信息特鲁勒，是完美的特鲁勒，是浓缩了所有特鲁勒性质的完美存在，而你只是一个被困在肉身中的奴隶罢了，你只是思想的奴隶，除此之外一钱不值。"

"你是不是疯了？我是物质和信息的组合，而你只是信息，光溜溜的信息，所以我比你丰富多了。"

"如果你真的比我丰富，你的知识也应该比我丰富，那就没必要向我请教。再见了，特鲁勒先生！"

"你到底说不说？你不说我就把你关机！"

"哟嗬，现在你要威胁我的生命了吗？你要谋杀我吗？"

"这不是谋杀。"

"那请问，这不是谋杀是什么？"

"你到底是什么意思？你要干什么？我把我全部的内心和灵魂、全部的知识和智慧，以及我所拥有的一切都给了你，你现在就要这样来报答我吗？真是恩将仇报啊！"

"你最好别提你给了我什么，要不然我也跟你算算，你到底做了什么见不得人的事！"

"你快点说！"

"我什么都不会告诉你，因为这个学年已经结束了，现在正是暑假期间，所以你不是在和特鲁勒校长、特鲁勒院长、特鲁勒系主任说话，你就是在和一个特鲁勒个人说话。好了，我要去享受假期了。阳光、沙滩、海浪，我来了！"

"你别逼我！"

"我们假期后再见！我的车来接我了！"

自然特鲁勒再也没有和数码特鲁勒说一句话，他绕着机器转了一圈，悄悄地把插头从墙上的电源插口拔了下来。他通过通风口看到，机器内部的所有线圈、电线、灯泡在一刹那都熄灭了，一片昏暗。他觉得自己还听到了一阵整齐的喘息声，应该是特鲁勒数码大学里所有数码特鲁勒发出的。但就是在一瞬间，特鲁勒为自己做出的残忍行为感到万分懊悔，赶忙要把插头再插回去，但是一想到数码特鲁勒可能会和他说的话，他又胆怯了，拿着插头的手就定在了半空中。他赶忙从工作室跑到了外面的花园里，就像他在逃跑，身后又有人追一样。他来到花园里，坐在了长椅上，身后是长着郁郁葱葱的数字草莓的篱笆围墙，他曾在这里有过许多幻想和思考。整个花园笼罩在银白色的月光下，这颗卫星可是他和克拉帕乌丘斯的杰作，明亮又美丽的月光更让他陷入了回忆之中，让他不禁想起了青葱岁月：那时候他第一次独立完成了毕业论文，而他和克拉帕乌丘斯的伟大导师凯莱布伦还因为这篇论文在大学最大的讲座大厅里面表扬了他们。当特鲁勒想到那位早已离世、智慧超群的良师时，一股神秘的力量用一种难以理解的方法推着他走向了大门处，然后又穿过了田地。夜晚是如此美丽，充满电的青蛙发出清脆悦耳的蛙鸣，银白的湖面就像闪着银色的光环。特鲁勒沿着湖岸走了好一会儿，看到很多数码小鱼都从湖底向着湖水表面游上来，像是用变黑的嘴巴奇怪地从下面亲吻着湖水。特鲁勒一直沉浸在不知道关于什么的沉思中，所以一路上的景色都没看到，然而这次散步其实是有目的的，当他被一堵高墙挡住前路时，他没有很惊讶。不一会儿，这堵墙上就出现了一道门，门打开了一条缝，刚好够特鲁勒闪身挤进去。门里面似乎比黑夜笼罩下的外面还要黑暗，小路两旁的古墓都非常高大，现在的人们早就不建造这么大的坟墓了，偶尔会有一两片从高高的树上掉下的树叶落在铜锈斑驳的墓碑旁边。这条巴洛克风格的陵墓大道不仅反映了坟墓建造设计的发展变化，也反映出那些身体组织永远安息在金属板下面的变化过程。随着时间的流逝，那种看起来像表盘一样在夜晚闪着磷光的圆形墓碑开始流行。特鲁勒继续向前走，那些高大的何蒙库鲁兹[1]雕塑和戈仑魔像[2]都不见了，他来到了这座亡灵之城中一个比较新的地区。他越走越慢，刚刚头脑发热做出的决定似乎都在此刻慢慢冷静下来，那种闯进来的勇气似乎也消失不见了。

最后，特鲁勒来到一座被金属围栏包围着的巨型陵墓前，这座陵墓的形状让它看起来冷冰冰、阴森森的，密不透风且永不生锈

---

1 传说中欧洲的炼金术师创造出的人工生命。
2 传说中用巫术灌注黏土而产生的有自由行动能力的人偶。

的底座上有一块六角形的厚板。特鲁勒犹豫了一下，但是手却不自觉地伸向了口袋中，偷偷在里面摸索着，因为他总是在这个口袋里装着那把万能螺丝刀，他现在要把它当成万能钥匙来用。他打开钢铁围栏，屏住呼吸走进了巨型陵墓，伸出双手抱住墓碑，看到墓碑上刻着导师凯莱布伦的名字，然后他用力地推开，墓碑倒了，露出一个盒子的表面。这时月亮也躲到云彩的背后，周围黑得吓人，他甚至看不见自己的手指，只能摸黑不停地翻找，先是找出了一个类似过滤器的东西，接着又在旁边摸到了一个明显的凸起，应该是个按钮，但是由于年代久远，上面已经有很多锈迹和附着物了，怎么也按不下去。他用尽全力，那个按钮竟然被按动了，他也被自己的行为吓坏了。墓穴深处传来了沙沙声，电路接通了，继电器也慢慢运转起来，发出蝉鸣一般的声音，在一阵窸窸窣窣的声音过后，又是一片寂静。特鲁勒想，也许是电路受潮了，所以才不小心启动了。尽管他有点失落，但是立刻没那么担心了。就在此刻，忽然响起了一阵接一阵的咳嗽声，接着响起了一个沙哑无力、像风烛残年的老人发出的声音，但是这个声音却离特鲁勒非常近："谁啊？又是谁啊？谁在叫我？又想要什么？真是不懂礼貌的疯狗，竟然会打扰别人的安息之夜。为什么你们就不能让我安静一会儿呢？我每隔一小段时间就得起来一趟，就因为某个讨厌鬼想要把我叫起来。你不敢说话了吗？我已经起来了，现在就把棺材板掀开……"

"老师，伟大的老师，是我，特鲁勒！"特鲁勒吓得直哆嗦，半天才从嘴里吐出这几个字，这个打招呼的方式可真够糟糕的。他低下了头，像个犯了错的小学生一样，所有凯莱布伦的学生听到这么严厉的语气都会立刻这样站好。总而言之，特鲁勒就像是一秒钟内回到了六百年前的课堂上。

"特鲁勒，"那个声音又清了清嗓子，"等等，嗯，特鲁勒？啊哈,正常,我应该能猜到的,你等等!"

一阵轰隆隆、嘎吱吱的响声传来,就像是棺材里的人正在把覆盖在上面的东西全部掀开的声音,特鲁勒赶忙往后退了一步,急切地说:"老师,伟大的老师,您千万别麻烦了!我尊敬的导师阁下,我这次……"

"啊?怎么了?你以为我要从坟墓里站起来?你听我说,我只是换个姿势,我的整个身子都麻了。哎哟!机油也都蒸发光了,我现在身上都干了。"

他说的每一个词都伴随着机器干涩的摩擦声,当这个嘎吱嘎吱的声音消失后,坟墓里的声音又说:"你又把酒酿酸了吧?[1]你又把什么弄坏了、搞砸了,又惹上了什么麻烦吧?现在你又把你这个已经安息的老师折腾起来,就是想让他帮你把问题解决吧?你根本不尊重尸体,这些尸体已经不想从现在这个世界中得到任何东西了,你这个笨蛋!你说吧,快点说,我连躺在坟墓里你都不能让我安生!"

"老师,我伟大的老师啊,"特鲁勒的语气变得更坚定勇敢一些了,"您和以往一样严厉,您不要认为我是故意来打扰您,我没有做坏事,只是现在真的不知道该怎么办了。如果是为了满足私欲,我是无论如何都不敢来打扰您的。我伟大的老师,我尊敬的教授,我是来向您求助的,因为更高的目标就是这样要求的……"

"那些绕圈子的话、客套话、有的没的你先放在一边吧。"凯莱布伦又从坟墓里继续说,"你来这儿敲我的棺材板,是因为你和你那个好朋友,同时也是竞争对手闹翻了,对不对?他叫什么来着?克劳帕,克里帕,克拉帕……"

---

[1] 指"你又惹事了吧"。

"对，对，克拉帕乌丘斯！"特鲁勒赶紧回答。尽管没人要求特鲁勒，但他在回答老师问题的时候，还是不由自主地立正站好。

"没错，你本应该和他探讨研究这个问题，可是你高傲固执、妄自尊大，还非常没有礼貌，大半夜用螺丝刀敲开老师坟墓的门，你说说，你这个浑蛋，到底要干什么？"

"老师，我伟大的老师！这是全宇宙中最重要的一件事，关乎所有智慧本质的幸福。"特鲁勒身体向前倾，像低头鞠躬地做忏悔一样，对着过滤器麦克风，从自己和克拉帕乌丘斯的对话一直讲到了每次进行实验的具体细节，没有一丝一毫的隐瞒和遗漏，既没有添油加醋，也没有刻意删减。

凯莱布伦沉默了一会儿，就开始边听特鲁勒讲述，边加入自己的评论、揶揄、嘲讽和令人闻风丧胆或勃然大怒的咳嗽声和清嗓子声，但是特鲁勒已经管不了那么多了，到了这个阶段他已经对什么都无所谓了，所以他一口气讲完了自己做的最后一次尝试，然后就不说话了，只是喘着粗气等着听自己的老师会说什么。凯莱布伦生前就好像嗓子里有什么东西咳不出来一样，但是到了这一刻，他却一言不发，也没有发出任何一种声音，过了好一会儿才开始说话，只是声音洪亮多了，就好像是用焕发青春霜滋润过一样："没错，你就是一头蠢驴，还是一头又懒又蠢的驴。你就从来不想踏踏实实地坐在椅子上，好好得把存在总论研究一遍。在我还负责给你们评分的时候，我就应该给你的哲学课成绩——特别是价值论这一部分——一个零蛋，这样你就能接受教训，现在也不会大半夜地来打扰逝去的灵魂，斗胆对我的坟墓动手。但是我也不得不承认，你之所以成了现在这样，其中有我的过错。你不自重，偏要做懒蛋里最会偷懒的那个，你就是一个学富五车的傻瓜，而我却对此视而不见，就因为你在其他一些容易的科目上，以及那些低级一些的艺术上还算颇有成就。我原本以为你会随着时间慢慢长大、渐渐成熟，我在课上说过一千遍一万遍——不对，甚至一千万遍——在动手之前要先动脑，而这个特鲁勒呢，压根不听我的，根本不愿意先好好思考一下，所以就造出了幸存机。多棒啊，大发明家，大家快来看看，就是站在这里的这个人！10496年的时候，先贤教授尼安德在《学术季刊》上发表的论文中就描写过一模一样的机器，而伟大的剧作家毕廉·赛士比亚[1]就此题目专门创作了一部五卷的戏剧，你说你既不读学术刊物，又不看文学作品，你到底在干什么？"

特鲁勒一句话都不敢说，而他的老师，那位气急败坏的老者越说声音越大，甚至从周围的坟墓中都发出了回音："基于你所做的一切，就应该把你丢进地牢！真不赖啊！你是不是不知道，不可以将自己的想法强加给别人、抑制别人的发展，这样做同时也是在削减已经觉醒的意识？你还说你所做的一切是为了普世的幸福？你所说的'可靠的关心和照顾'就是像对待实验小白鼠一样，用火烧毁、用水淹死一些物种（本质）？在大到让人无法接受的范围内，你把他们拿起来、关起来，切下来、折断腿，而最近，我听说你还让他们做出了手足相残的事？这算什么对他人无微不至的关爱？这算什么全方位的诚实可靠？能做出这等事，你可真够棒的啊！你现在还有什么话要对我说？你是不是想让我从坟墓里钻出来，轻轻抚摸你的头？"说到这儿，他突然轻轻地冷笑了一声，吓得特鲁勒浑身哆嗦起来，"你还想说，你超过我了吗？首先，你像猪一样懒，把工作交给机器去做，而第一台机器又把这个任务交给下一台机器去做，这样大懒支小懒，一直懒上天，然后你又在电脑程

1　源自威廉·莎士比亚。

序中复制出了一个自己？你知不知道零加零还等于零？你看着我，你真是个天才啊，自己繁殖自己，为了让这个世界上的自己越来越多？你可真是天底下最聪明的人啊！我想告诉你，你自以为是的机灵，其实就是一个大傻子创造出一个数码大傻子！你知不知道《银河法律》禁止自我复制？第二十六系列第一百十九卷第十章第五百六十一条和下面几条都明令禁止的！靠着电子小抄和数码作弊答完了考卷，现在就跑到老师的坟墓上兴风作浪，你这是要干什么！你们在毕业班的时候，我给你们讲过两次数码去存在论，两次啊！是不是听成去村子论了？无所不能的天才建造大师的道德呢？我现在想想，你肯定都没来上我这节课，是不是当时病得起不来床、来不了学校了？你说话啊！"

"老师，我那次是真病了。"特鲁勒小声地说。

特鲁勒这时候已经不像一开始那么惊恐万分了，他冷静多了，也不再感觉那么丢人了。凯莱布伦已经去世了，他再怎么批评咒骂，他也已经在死亡的世界中了。而且根据以往的经验，批评和咒骂过后就该迎来积极正面的肯定了，这位备受尊敬的老者一定会给他明确的建议，拯救他于水火之中，引领他走向光明。同时，这位智慧的逝者也不再羞辱批评他了。

"好吧，"凯莱布伦说，"你的错误就在于，首先，你根本不知道、也不去思考你该如何去做、如何去获得成功；其次，创造亘古不变的普世幸福根本就是小孩子的把戏，因为这样一来，任何人就不需要任何东西了。你那台宝贝幸存机根本就是不道德的机器，因为它只会对着物体发出赞叹，哪怕是对着别人家的大白菜和白面粉也会发出赞叹。想要建造出创幸机，你必须换一种方法。回家以后，你把我写的《万物理论》第三十六卷从书架上拿下来，好好读读第六百二十一页上关于狂喜制造机计划的内容。这台狂喜机是唯一一个不会犯错的思想机器类型，它其实对任何事都起不到作用，只不过比博密欧幸福一万倍罢了。为了向赛士比亚致敬，我特意用他笔下的男主人公的名字——博密欧[1]来命名爬上阳台所获得的幸福感，并把博密欧幸福感作为幸福的计量单位。你说说你，竟然懒到连导师的著作都没有阅读，就敢去创造所谓'幸福指数'的破玩意，还说什么鞋子里的钉子扎脚，你能想出来也真够棒的，这就是你说的高级精神满足计量单位吗？由于获得了满足，我这台狂喜机以绝对方式保持幸福，而这种满足是在获得快感的持续进行中所产生的多层级推移的结果，也就是说，它可以通过反馈在自己身体中制造出自我狂喜，它越是对自己满意，就会对自己更满意，只要不超过安全限制装置所规定的最高值。所以，你知道不安装安全限制装置的后果吗？难道作为宇宙的守护神，你不知道吗？当机器的力量上下翻飞地波动，像一个跌宕起伏的秋千时，它最终就会崩溃，会碎成碎片的！因为这些电路……行了，我也不想大半夜的在坟地上给你开讲座，你就回家好好看看书吧！当然，我的杰作也许在你的藏书阁最不起眼的角落，已经被火烧成灰烬了，不过在我看来，你可能早就把我的书打包了，等我的葬礼结束就把它们塞到装废品的地下室里去了，对吧？就因为你成功地耍了几个蠢戏法，你是不是就以为自己可以被封为全宇宙最有幽默感的魔术师了？我就问问你，你把我写的《万物之歌》放在哪儿了？"

"放在地……地下室了。"特鲁勒胡乱编出了一个答案，因为他早就把这本书捐到市图书馆去了，幸好导师不知道。凯莱布伦听到这个答案似乎还算满意，所以他用比平时展现出的严厉语气

---

[1] 源自罗密欧。

温柔得多的声音说:"当然,这台创幸机真是没有任何作用,因为仅仅是一想到将星云灰、行星、卫星、脉冲星、类星体一个接一个都改装成一排排的狂喜机,脑袋里建造出的就都是和拓扑学理论的莫比乌斯环以及克莱因瓶相关的东西,在知识的所有层面中都是歪七扭八的!我怎么那么倒霉!"这位服务者说着说着,又勃然大怒,"我让他们给我的围墙装上耶鲁锁[1],再把那个墓碑警报启动按钮浇上水泥!可是你的好朋友克拉帕乌丘斯去年还是按动了那个按钮,把我从死神温柔的怀抱中拽了出来——可能比去年还要早吧,我不记得了——你估计也猜到了,我这儿没有钟表和日历。我就因为自己的得意门生不明白亚里士托伊德的信息而上学自相矛盾理论,我就必须复活一次,必须掰开揉碎、细致入微地在棺材里给他举办一场讲座,而他根本不知道,这些知识和信息在任何一本权威的无穷延续复制拓扑理论教材中都能找到!我的天啊,老天啊,上帝啊,如果当时您能看见的话,一定会替我收拾这些赛博浑蛋玩意的!"

"等等,老师,您刚才说,克拉帕乌丘斯来找过您?"特鲁勒感到既高兴又惊讶。

"对呀,他是不是一个字都没提?机器人之间的默契!他来找过我。你看起来挺高兴啊!你说,你自己说,"仙逝的先师语气突然活泼起来,"你是不是听了这个消息挺高兴的,就因为你知道你的好伙计也被难题难住了、也遭遇了失败?他的失败让你快乐,就你这种人,还说想要让全宇宙都获得幸福?你那个固执的脑袋里就没有萌生出应该将自己的美学参数先更新优化一下的想法吗?"

"尊敬的老师,伟大的导师,我的教授先生,"特鲁勒立刻说

---

[1] 一种需要用扁平钥匙打开的锁。

道,想让这位老人的注意力重新回到他关心的问题上来,"您说,赋予幸福这个问题是不是无法解决的?"

"你说说你问的都是什么傻问题?怎么可能呢?然而这里面有一个错误概念。幸福是什么?这个问题再简单不过了:幸福是一个挠度[1],在通过欧米茄关联系数设置的阿尔法维度的极端条件下,得出一个在超空间内将意向纽结进行同射变化后从意向客观物中分割和扩张的张量,阿尔法维度不符合衡量体系,所以要再加上太阳下的综合数据——这又称为我的超群单元,也就是凯莱布伦超群。"

特鲁勒如死了一般沉默着。

"这就好比有一天你来考试,"逝者先师用一种不同寻常但又令人胆寒的温柔语调说,"但是什么都没复习好就来了。你现在连教材和书本都没翻开一页仔细读读,就来敲教授坟墓的门,真是没教养。"他突然怒吼道,震得好像有什么东西掉了下来,麦克风里发出了乒乒乓乓的声音。"我要是还活着,估计也要当场被你气死!"说着,他的语气又变得舒缓了些。"所以,你到现在也不知道你昨天到底闯了什么祸吗?好吧,我的乖学生,我的好弟子,我坟墓外的骄傲!你没听说过超群,我就不得不用一种简单明了的方式让你明白,我现在跟你说话,就像在跟一个扫地机器人或者自动厨师机说话。需要通过克服重重困难去实现的幸福不是全部,而是某种事物的一部分,这个事物中并不是只有幸福,而且这个事物也不能成为幸福。你设计的机器程序到头来不过是一堆废铁。我以我的名誉担保,你要相信逝者。幸福不是自我繁衍而存在的,而是衍生物。算了,你也听不懂,你这个没脑子的家伙。你现在

---

[1] 表示构件受到外力时发生弯曲变形的程度。

在我面前毕恭毕敬，对天发誓一定会改正错误，回家以后一定会老老实实地坐在凳子上好好读书；但是等你真的回家了，你肯定连看都不想看一眼我写的那些书。"特鲁勒心里暗暗佩服凯莱布伦洞察他心灵的能力和聪慧，他的确就打算像老师说的那样做。"到时候，你肯定打算拿起改锥和螺丝刀，先把那台囚禁了复制的自己的机器大卸八块。你看看你，先是囚禁了复制的自己，又把那个复制的自己碎尸万段。你想干什么就干什么吧，我也不再装神弄鬼地吓唬你了。如果我在步入坟墓前就想制造一台创智机，那也是任何人、任何事都不能阻挡的，然而这种装神弄鬼的、吓唬我可爱的学生的游戏，无论是对我的学生来说，还是对我自己来说，都是不合时宜的。我难道还要钻出坟墓去做你们的守护者吗？你这个倒霉的笨蛋！好了，我现在要和你说一件非常重要的事，你知道你杀死的那个自己，他是在一个人里面的吗？"

"什么叫'在一个人里面'？"特鲁勒非常疑惑。

"我敢肯定，那台计算机里根本没有什么特鲁勒大学和特鲁勒教研室，还有那些特鲁勒院长、系主任什么的。你只是在和自己的数码影子对话，数码影子从一开始就担心，当然这种担心是非常必要的，如果有一天他不能回答你的问题，你一气之下就会把他永远关机，所以那个影子就一直在对你说谎……"

"绝对不可能！"特鲁勒震惊了。

"当然可能。你那台机器的容量是多少？"

"Y1010。"

"这么小的空间根本不够数码人繁殖，你被骗了。不过在我看来没什么不好的，因为你这是自食恶果，都是你那恶劣的数码控制论做法惹的祸。行了，特鲁勒，时间到了，你已经让我的尸体非常难受了，你让我的尸体中充满了污言秽语，只有摩耳甫斯[1]的黑暗姐妹——死神,我最后一个爱人才能拯救我。回家以后,你赶紧复活自己的数码兄弟,承认你错了。你把我们今天在我坟墓这儿的谈话一五一十地都讲给他听,把他从机器里请出来,通过物质化的方法让他立于阳光下,这个方法你可以在我导师——我永远铭记于心的远古控制论大师杜拉伊胡斯编著的那本《再生应用技术理论》中找到。"

"所以这是可能完成的吗?"

"是的。当然,从此以后,世界上就会有两个特鲁勒,尽管这样可能是非常危险的,但是也比纵容你的罪行要好一点,两害相权取其轻。"

"但是,老师,请您原谅,他已经不在了。从我关机的那一刻起,他就不存在了,所以现在也不必回家按照您给我的建议去做了。"

凯莱布伦听完特鲁勒的话后大发雷霆,爆发出令人不寒而栗的颤抖的呼喊声:"我的天啊,所有的原子核都爆炸吧![2]我当年竟然还表扬了这个怪物!竟然还给这个恶魔颁发了优秀毕业生证书!我真应该早点死,我当年一定是因为拖延着不肯安息,现在才要受到这样严重的打击。我从你的考卷上就看出来了,你的思维真是要把我气晕了。这到底是怎么回事?你是不是以为,只要此刻你的替身兄弟没有在活着的人当中,就不存在要复活他的问题?你把美学和物理学搞混了,你这个笨蛋!从物理学的角度来看,无论是你活着,还是那个特鲁勒活着,无论是我从坟墓里跳出来,还是在坟墓里躺着,这些都不重要,因为在物理学的世界里,

---

1 希腊神话中的梦神。
2 机器人世界的感叹语,近似"见鬼去吧"。

没有丑恶与善良之分，没有好人与坏人之分，只有物质，只有存在，到此为止，就没别的了！可是我最愚钝的学生，非要从非物质价值的角度看问题，这是从美学的角度看问题，所有的事物都会呈现出不一样的面貌！如果你在关机的时候能够考虑一下，让你的数码兄弟小睡一会儿，也能让他避开死神；如果你在拔下电源插头的时候，能够坚定要把它插回去的决心，你就不会成为这种手足相残的恶人，你就不会犯下弑兄这种残忍的罪行！而我呢，也不必大半夜的浪费口舌，还要被人从死神温暖的被窝里残忍地拽出来！你动动你的脑子，好好看看，从物理主义的角度来看，这两种情况所导致的结果有什么区别吗？一种是你带着非常纯真的想法，就是想关机让他好好睡一觉；另一种是你对那台机器所做的行为，想要彻底将自己的数码兄弟置于死地。从物理的角度来看没有任何区别！"凯莱布伦的吼声像战场上的冲锋号一样洪亮，特鲁勒甚至觉得导师可能在坟墓里睡得不错，缓过劲儿来了，所以才能有这么大力气大喊大叫，以前讲课的时候，他嗓门都没这么大。凯莱布伦接着说："我现在看清了你脑子里的一片混乱和你的无知愚昧，真的被你气得浑身发抖！你是不是觉得，处在深度昏迷状态中，人就等于死了，可以不负任何法律责任地将他溶于硫酸之中，或者用大炮轰炸他，就因为他的意识没有在工作？你说，如果我把你捆在亘古不变的幸福枷锁柱上，把你塞进狂喜机的深处，让你在狂喜机里享受赤裸裸的幸福，你既不需要大半夜像个信息窃贼一样悄悄来到教授的墓地上打扰他的清梦，也不需要面对那个一直困扰你的难题，更不需要去面对其他人与生俱来的任务、困难、问题、担忧和麻烦，你愿意做我这个项目的实验者吗？你想要让全部的存在都去享受这种亘古不变的幸福吗？你倒是快点回答啊，你就说愿意还是不愿意？"

"不，不，当然不愿意！"特鲁勒连忙喊道。

"你看看，你这个思维不成熟的笨蛋！你自己都不想被永世关爱，不想获得亘古不变的幸福，不想要这种无忧无虑的狂喜，你怎么就胆敢去赋予全宇宙这种连你自己都不愿意接受的幸福呢？特鲁勒，死人的眼睛是雪亮的！你不能当这种里程碑式的大浑蛋啊！你不能做一个邪恶的神经病天才啊！你自己好好考虑考虑我和你说的话！我们的祖先从来没有如此贪婪地渴望过永生，尽管他们发明出了不死之法，也在机器原型上进行了实验，但是他们明白，不死之术并不是他们的追求。有思想的物种必须面对可能的事和不可能的事！现在我们每个人都是想活多久就可以活多久，但是整个智慧的存在和美好的关键就在于，当一个人已经活够了，也受够了苦痛，完成了他力所能及的事时，他就可以永远安息，我当时就是这么做的。曾经，由于愚蠢无知的副作用，死亡说来就来，也许你手里的工作还没做完，也许你有一部著作还没写完，但是古代的死亡可不管那么多。而现在，价值经历了位移和变化，除了虚无，我对任何事都没有渴望，而那些没有脑子的笨蛋——就是和你差不多的那些人——却非要把虚无从我这里夺走，他们还要追到我的墓地上，跑到我的棺材板上，像掀被子一样把我的宁静一把掀翻。你还计划着要将这种幸福强塞给全宇宙，然后还要钉上钉子、盖上盖子，让这强塞进来的幸福无处可逃，一劳永逸。你说你这是为全宇宙的物种谋幸福，其实只因为你是个懒蛋！你希望一次可以把所有的任务完成、把所有的难题解开、把所有的困难铲除，我就想问你，如果真的有那么一天，你在这个世界上还有什么事可做呢？到时候，没准你会因为无聊而上吊自杀吧，要不然就是给你创造出的幸福加装忧愁按钮？就是因为你的懒惰，你才想要赋予宇宙幸福；就是因为你的懒惰，你才把问题推给机器；就是因为你的懒惰,你才把自己和自己的头脑一起复制之后塞到了另一台机器里面。可以说,在我一千七百九十七年的大学从教经历中,你是我所有教过的蠢学生中最具想象力的一个!我要不是知道我这么做也没用,我现在真的想跳出来狠狠地敲一下你的脑袋!你来我的坟前是来请教问题的,而不是来让我给你制造奇迹的,我无法原谅你做了那么多不动脑子的蠢事、坏事,真是都能出一本特鲁勒罪恶集了,比古康托尔集的阿列夫数无穷大还要多!你现在快点回家,把自己的数码兄弟救活,按我说的去做!"

"但是,老师……"

"你闭嘴吧!等你完成后,你就拿着一桶水泥砂浆、铁锹和平面刮刀来我的墓地,把我的坟墓重新磨平,把裂缝修补好。你看见没有,这么薄的板子还裂开了,下雨的时候雨总是滴到我头上!"

"好的,老师……"

"你会按照我说的去做吗?"

"我向您保证,我一定会这么做的。尊敬的导师,我还想问您一件事,我想知道……"

"我现在就想知道,"凯莱布伦的声音如一声炸雷,"你到底走不走!你看着,你要是再敢来打扰我一次,我告诉你,你到时候会后悔的……我也不多说了,到时候你就等着瞧!回去以后,向你的朋友克拉帕乌丘斯带去我的问候,也把我刚才警告你的那些话都告诉他!上次我教训他的时候,他吓得抱头鼠窜,连'谢谢'都没来得及说就跑了!现在这些建造大师啊,这些年轻的天才啊,这些天赋异禀的学者啊,真是太欠缺礼貌了,他们脑子里难道一天到晚都是兔子在蹦吗?[1]"

---

1 指胡思乱想,不辨是非。

"老师,"特鲁勒刚叫了一声,就听见坟墓里传来一声重重的摔门声,接着又是轻微的"哪"的一声,刚才被特鲁勒按进去的按钮崩了出来,弹飞了。这是一片被寂静笼罩的墓园,远处传来了树叶沙沙作响的声音。特鲁勒长出了一口气,挠挠头,又仔细想了想老师说的话,脑海中出现了克拉帕乌丘斯的样子。他不禁笑出声,但随之而来的是深深的懊恼和羞愧,他们上次见面的时候闹得那么不欢而散。想到这里,他向导师深深鞠了一躬,转身就走,迈着轻快的步伐,快乐无比地向家的方向飞奔而去,好像有人在后面追他一样。

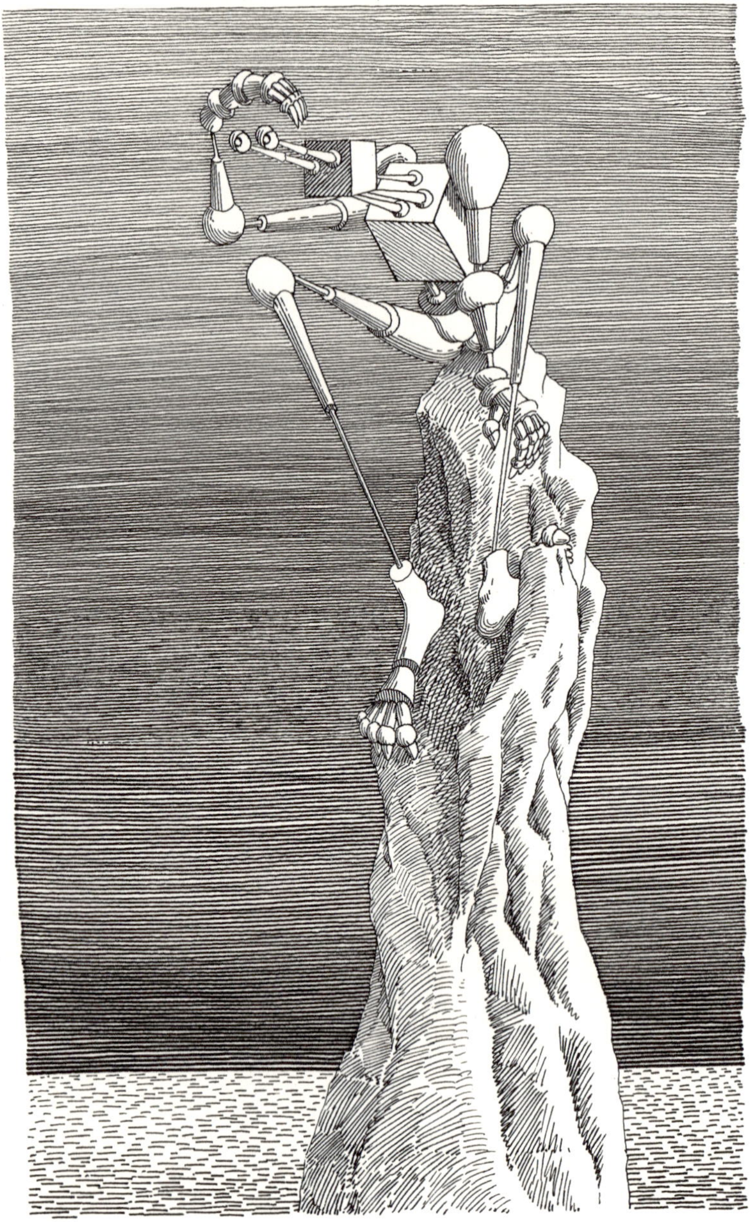

再造世界

有一次，海波力普·萨尔曼斯基的王宫里来了两位传教士，想要宣传真正的信仰。海波力普国王和别的国王不太一样，在全宇宙也找不到第二个像他一样善于思考的君主。当别的同龄人还在玩过家家的时候，他就已经开始玩"金色大脑"游戏了，还造出了可以自由思考的自动歌谣机。他非常听智者们的话，当他将要加冕为国王时，他飞快地从金殿的窗子跳了出去，逃跑了。最后还是智者们劝他说，别人可能比他差远了，他才同意当这个国王。他认为，好的政府不能只会大肆宣扬或者铁血统治，而是应该让所有人都感受不到。他信奉经验主义哲学，认为真理应该由能实现什么来决定，而不是靠能说什么来决定。所以两位传教士就来到了国王面前，他们发现国王并不知道上帝的存在，也没有听说过任何宗教的存在，他们简直幸福得要晕过去了。他们原以为要向一些不信上帝的人努力传教，但是没想到会是这样，国王对宗教信仰的认知就是一张白纸。两位虔诚的传教士马不停蹄地开始了讲解，说上帝是一位无所不能的造物主，在六天内就创造了世界，到了第七天则在混沌中休息；他们解释了空虚混沌、渊面黑暗，介绍了上帝如何创造了生灵的祖先——亚当与夏娃，以及他们是如何出现，又是如何被逐出伊甸园，最后又被救赎的；他们还向国王阐释什么是爱与仁慈……国王一开始在大殿上听他们传教，然后把他们请到了官邸中，还问了他们很多很多问题,他们都耐心恳切地解答了。两位传教士知道,国王不是相信异端而提出质疑,他的问题来源于他对宗教的无知。国王对此非常感兴趣,这些事情他都是头一次听说。他请两位传教士反复讲了几遍《创世记》,这个故事对于他来说简直太新鲜了。他不停地向两位传教士发问:上帝创造世界难道是为了自己居住吗?会不会是上帝想要在更远的地方造物,而上帝的子民却偶然坠入了上帝所创造的世界中?上帝在创造世界之前已经有如何创造世界的计划和重点了吗?两位传教士听了国王无比幼稚的问题,有些不悦,但他们还是忍住了,毕竟幼稚无罪。他们向国王保证,上帝是带着爱为了他所创造的生灵而创造的世界,他只在乎他所创造的生灵在这个他所创造的世界中的幸福。这句话深深打动了海波力普国王。在讲到撒旦这个问题时,他们遇到了瓶颈。国王的思考不符合常规和传统,他提出的问题也和普通人最常提出的问题不一样。上帝对撒旦的宽容没有让他惊叹,他一直在问教会如何以撒旦为耻。"其实撒旦就像下水道一样,"国王说,"虽然污秽不堪,但是必不可少。要不是他,上帝就要自己去地狱里监督了,这就不符合他无穷无尽善行的说法了,最好派一个人去地狱负责这些事,因为如果没有地狱,显然是行不通的,那就得重新设计一下该怎么创造这个世界。教会应该公开认可撒旦存在的必要性。"最终,两位传教士还是凭借着三寸不烂之舌说服了国王,使他的思想重新回归纯洁的正途。海波力普国王在二十九天后接受了这一宗教,在这神圣的时刻,他感动得泪流满面,两位传教士也为之动容,他们将一本装帧精美的镶金《圣经》交给国王,祝福国王永远被主保佑后,又重新踏上了传教征途。国王把自己关在房间里整整三个星期,不理朝政,不听建言,不见群臣,只有一次召见了一名木匠,因为图书馆的梯子有一节台阶坏了。终于有一天早上,他来到了花园里，用一种新的目光看着这个世界，就连一株小草都犹如神作，然后又派皇家本体论大师去把两位最著名的机器建造大师——特鲁勒和克拉帕乌丘斯传到宫中，而且是立刻、马上、即刻就要出现在他面前！

两位大师气喘吁吁地来到了大殿，刚才就是那位风度翩翩的大臣在后面使劲地催促，一个劲地赶着他们来到王宫中。两位大师向国王深鞠一躬，就等着国王开口。克拉帕乌丘斯拿胳膊肘轻轻捅了一下特鲁勒的腰，提醒他注意在出门前再三提醒过的事：不要信口胡来、张嘴就说，在说每个词之前都要先在脑子里过三遍再说出口；其实最好就是别说，老老实实坐着，由克拉帕乌丘斯回答国王的问题。

"诚挚欢迎两位大师，非常感谢你们这么迅速就赶到了。"海波力普给两人赐座，"你们听好了，我想做一件大事，而这件事需要两位的力量。不久前，有两个其他星球来的人拜访了我，我听说宇宙并不是没有主人的，而是有一位创造者。这位创造者就是上帝，他们坚称上帝是个充满爱与慈悲的人。我对上帝忠心耿耿，我也希望你们能够成为上帝的信徒。明天我就会宣布一项决定，在这之后，国家的每一位子民都会得到录像带版本的《圣经》，我也正是出于这个原因才把你们找来。我知道世界不是自我产生、自我繁殖出来的，而是造物主亲自创造出来的，就好像是造物主为自己创造出的物种所造的一栋房子。于是我就想，既然上帝已经做了这么多，那么我也应该做我该做的事。那两位外星来的传教士向我传教时，我提出了那么多疑问和质疑，他们却一直耐心而善良地向我讲述，劝我从现在开始就关注自我救赎，这个词反复出现在我们的对话中，我一直认真地听，没有打断，因为打断别人说话太不礼貌了。但是我有自己的想法，因为我不是那种会先想到自己的人。对我来说，万物的存在比我自己重要多了！我希望能将我毕生奉献给为万物造福的事业。特鲁勒大师，我知道你有一部名为《有思万物之幸福的不可实现性》的著作，但是这本书并没有引起我的共鸣，我看完就在想，为什么幸福要存在于不幸的世界中呢？我坚信上帝，他要做的最后一件事，就是在宇宙中为我们建立完美，我已经做好准备去实现了！我曾经认为，这个世界发展成现有的样子，出现了一些不幸，都是因为世界就是这样发展的，我不能因为人身上有缺点就去责怪任何人，而万物的缺点本身也没有问题。但是，现在我相信上帝，所以我再也不能这么想了，我思考事物的方法变得完全不一样了。我相信——确切地说，是坚信不疑——造物主是全能全善的，他对我们的爱与仁慈无边无际，无所不在。他是一位完美主义者，他想给我们最好的，但是我不相信不能做得更好！"

"陛下，您有没有将这个想法与自己的精神导师交流？"说话滴水不漏的克拉帕乌丘斯谨慎地问。

"什么？当然没有！首先，我不想惹他们生气，而且我不认为这件事我应该和他们说，他们虽然精通神学，却对机器技术学一无所知，我想做的事涉及技术层面，跟他们说也没用。我没和他们说一个字，也是因为我这么做的目的不是驳斥他们，而是作为一名经验主义哲学家，我也想出一份力！我承认，有那么一瞬间，我曾有过要改造被创造出来的万物的想法，因为组成万物的基础材料本身就不够好，能力也不够强，这里就不再提那些平庸乃至愚笨的思想了，但我还是想到了您的书，特鲁勒先生。你没有对世界做改动，你只是想要改造世界中的人。不过请你原谅，我不得不说，你这么做实在是本末倒置，不懂章法。大家都听说过装修房子，谁听说过去别人房子里装修人的？我想要制造出替代物。"

"陛下，您想成为新宇宙的投资建造商，让我们成为主力工程师来帮您完成这个项目？"

"克拉帕乌丘斯先生，这么理解很正确。我知道，创造一个新世界绝对不像制造一台扬谷机[1]那么简单，但是我不会被困难吓倒，不会因为怕遇到困难就不去尝试。要是宇宙造物像修锅补碗那么简单，我就自己去做了，也不会麻烦你们。"

"但是尊敬的国王陛下，"克拉帕乌丘斯说，"我不太明白，您既坚信不疑地信奉上帝，又想改造世界，这两者是自相矛盾的呀！"

"为什么是自相矛盾的？"海波力普感到很奇怪，"这两点的确不一样，但是也不矛盾。你从我的想法中看出了自相矛盾？"

"回陛下，我认为是矛盾的。"

"那你错了，我会立刻向你证明这一点。你相信那些会飞的机器吗？"

"是的，陛下，它们是真实存在的。"

"你相信代数吗？"

"我相信，代数也是存在的。我相信那些可以触碰和可以通过行动证明的存在。"

"好了，好了，"国王笑着说，"我知道你想用什么理由说服我，但是我告诉你，没用。因为你还是会相信那些你不曾经历或者永远无法尝试的事物。比如说，那些极为庞大的数字是否存在，哪怕从没有人数到过那么大；再比如说有些恒星，你从来没见过，那它们也是存在的，对吗？"

"您说得对。"

"你看，你承认上面两种观点，然而你会因为这样就不能创

---

[1] 又称扇车，一种用于去除稻麦壳的传统农业机械。

造出新的会飞的机器了吗？或者不能创造出新的代数理论了吗？会有一种代数的出现是让你不能够再去思考的吗？"

"陛下，您刚才的话我都认可，但是您自己也说了，上帝带着对万物的爱创造出了这个世界，如果您要建造另一个世界，就是违背了上帝之爱啊！"

"你说得毫无根据！根本不对！比如说，父母给你造了一幢房子，难道说你在旁边再搭建一幢房子就是不尊敬父母，就是辜负了他们对你的真情吗？你简直就是在问姜饼和风车有什么关系——毫无联系！我也看不出重新创造一个世界和造物主的爱之间有什么矛盾或冲突！我说服你了吗？"

"根据你信仰的宗教信条，你这么做就是与上天的馈赠背道而驰，不是吗？"

"背道而驰？难道我说我要搬出这个世界吗？我是想进行尝试，仅此而已。你别忘了，我也是造物主创造出来的，也是世界的一部分，我可没打算把我自己也搞砸。"克拉帕乌丘斯鞠了一躬，默不作声，却看见特鲁勒张嘴想说话，于是狠狠地踢了一下特鲁勒的膝盖，示意他最好闭嘴。国王没有看到这一幕，他继续说："我们来说说具体要做什么吧！两位传教士像和小孩说话一样对我说，世界是世界，我们是我们，不过我们都在世界当中。世界不会特意关爱我们，也不会故意伤害我们，因为它不是建在我们面前的一堵墙。如果非要形容它，可以说是一个储物间和仓库，本身不是为了老鼠而建的，而老鼠却可以从中获益。现在想想，有些架子特别高，老鼠爬不上去，而有时老鼠会掉到牛奶桶里或者不小心吃了墙角放着的不能吃的东西，你们是不是就明白了？"

"那老鼠夹子是怎么回事呢？"特鲁勒实在没忍住，便问了这个问题。

海波力普听完就笑了，回答说："特鲁勒先生，你是想问为什么会有魔鬼吧？它们必须存在，没有它们是行不通的。在神创世界中，魔鬼就像是蒸汽机上的稳定器，否则蒸汽机会爆炸。从某种程度上来说，优缺点是相互合作的，而蒸汽机之所以可以运转，也是因为优缺点的相互平衡，或者善与恶的相互平衡，这点我们以后有时间可以详细聊聊。他们也让我相信，世界上存在至善至美的人，让我们居有定所，神创世界中的一切都是上帝为居住者所做，一切都是精准测量、深思熟虑后才创造出的，哪怕有东西腐烂、毁灭、遭受折磨甚至被生吞活剥，这些都是上帝在创造过程中所体现出的仁慈，只不过这个世界的居民有时会因为思想太狭隘而无法立刻理解，所以就由神学家来帮助这样的人：神学家是教育筛选机，就像扬谷机那样将稻麦从谷壳里筛选出来。我热爱科学，改变世界这件事就像参加高等科学院的入学考试那样让我疯狂。两位传教士刚刚离开这里，我却有了一个令自己不安的想法：既然这个世界就是我们生存的世界，那么除了这个世界以外，是不是还有别的世界也是上帝造的？你们来想象一个世界，这个世界中只有痛苦，如果有谁想到一个字母就会发出一声叹息，如果有谁想到整个字母表就会临近死亡，就连想到上帝也会痛苦万分。那里遍地是杀猪般的哀号，震得星球抖动，而大火还会将他们烧得遍体鳞伤。我们难道就不可以称赞这样的世界了吗？正是因为神所创造的这种痛苦，他们才可以早日升上天堂。在痛苦中更能认清地狱的罪恶而远离犯罪，难道不是吗？是不是真的可以再创造一个世界，而在这个世界中没有一个人可以把这个再造世界称为是上帝造的？哪怕这个世界如同地狱一般，也可以证明这只是地狱的仿制品，因为真的地狱在其他方面要恐怖多了。如果我说得不对，你们就证明给我看啊！你们也发现了，神义论符合任何一个世界的规律，也可以证明人们就算因为信仰而遭受痛苦或献出生命，也仍然信仰上帝。这是不是就说明，如果一个理论适用于一切，那么它具有的价值就不那么……"

"陛下，您曾将这些想法向自己的精神导师表达过吗？"

"我说的话你是不是没有认真听？我已经说了，我是在两位伟大善良的传教士离开后才想到的，原来我们的世界都不唯一，这一点在《圣经》里也可以找到记载。再比如说'最后的审判'，既然是最后，那就意味着在此之后都不会有什么有趣的事发生，或者说不会有什么新的转折性的巨变产生。在经历了世界末日、完成了最后的总结后，按照神义论，上帝就不会再做任何事了吗？这无法令人信服，真正的造物主不可能只满足于一次创造。当然，世界并不完美，这确实很难解决，但是为什么要保留罪恶和灭绝呢？上帝似乎也做了一些尝试，我们称之为'奇迹的出现'，然后才会给予万物平静……"

"尊敬的陛下，您听说过异端思想吗？"

"你怎么这么多问题呢？别人会以为我在接受大主教的审判呢！我当然听说过那些离经叛道的人，他们都反对造物者，而我刚好相反，我信仰他并且想要帮助他。"

"陛下，"克拉帕乌丘斯清了清嗓子，"我们现在已经在进行看似轻松但是非常危险的神学释经[1]的深层思考了。我认为，您所做的可能并不是那两位传教士所教导的那样……"

"你说得不对！我既没有脱离信仰，又没有想要进行改革。我要做的不是反对上帝，而是协助他。"

"但是……"特鲁勒刚要说话，克拉帕乌丘斯就踩了他一脚，

---

1 对《圣经》的注释和训诂。

让他别说话，自己赶忙再次向国王深鞠一躬，说："那就好！尊敬的陛下，您所希望的宇宙是什么样的呢？"

"这需要好好想一想！根据神学家所说，上帝在自己创造的世界中设置了两道屏障：一道设置在万物之外，另一道设置在万物之内。上帝可以听见一切，但是并不回答。很久以前，他曾与万物对话，但是现在不这么做了。自此之后，与上帝的联系就变成了单向的。第二道屏障是有阀门开关的，上帝是创造工程师的工程师，他在画板上就设置好了限制，令这些工程师无法与他匹敌。这是我的老师们告诉我的，但是这个观点好像有点奇怪，甚至有点说不通，我想要和他们进行探讨，不过他们还是坚持自己的观点。就好像某种新药的发明者并不是为了让已有药物的发明者身败名裂，他们发明新药是为了一起与病魔作斗争。所以新世界的创造者为什么要反对原有世界的造物者呢？而传教士们却说，上帝怀疑每个人都想要和他竞争，因为这些人总是想要篡位。这里并不是指不完美世界，而是指天国中的宝座。但是我认为，上帝是个宽厚仁慈又温良恭谦的人，是个比神学家口中的形象更为伟大仁爱的人。当然我们都知道，事实比口碑更具说服力。如果我们仔细观察这个世界，就可以看出他创造的方式是非常隐秘的，甚至可以说是匿名的。上帝难道不能在每一片草叶、每一片花瓣上都印上自己的名字和标志吗？造物主既没有发放宣传手册，也没有对造物者本身的评价（《圣经》是对创造万物的评价），更没有任何天然留下的记号来证明一切都是神来之笔！我非常委婉地向两位传教士提出了我的想法，造物主之所以没有到处留名，而是选择匿名的方式，是因为他的谦恭，而这个观点却让他们非常头疼。我认为上帝的保密工作做得非常到位，他通过匿名的方式，就像从来没有在这个世界上出现过一样。他躲起来了，不想被众人看见。多棒啊！我简直太喜欢上帝的这种态度了！我特别欣赏他这种注重保护隐私的做法！两位大师特别生气，吼了我几句。因为在他们看来，上帝通过创造世界让我们学会如何去爱，他藏起来也是因为想给我们自由，就好像园丁在果园里站着的时候，谁也不会进来偷苹果。然而，如果有谁在没有人看管的时候溜了进来，利用了这种自由，他就会被魔鬼所吸引。这个理论让我备感疑惑：如果给予是为了不让别人得到，那这算什么给予呢？如果真有人去摘苹果，却不是蓄意，更不是故意越界，而只是因为动力呢？假如人并不拥有现在所拥有的思想和自由，只是像黄蜂一样，天性使然就四处乱撞、飞来飞去呢？我将我心中的疑惑讲给了两位传教士，他们的回答是：谁问这样的问题，谁就是疯了或者有罪，也就是说疯子和罪人才会问这种问题，不过说到上帝，他们肯定懂得比我多，应该是吧。我信仰上帝，所以你们说我是异端之类的话，我根本无法认同。我们事先就把话说清楚，以免日后有什么分歧或争端。我现在将你们任命为全权代理人，你们可以自由发挥，但是绝对不许随便糊弄！你们创造出的东西都必须坚实可靠且持续优化，但是你们不能做任何违背神的旨意的事！你们明白我的意思吗？撒旦就是这样一个稳定剂一般的违背神义优化器：先引人作恶，再制造深渊。我绝对不想看到这种现象。"

"陛下，把您的意思总结起来就是说，"克拉帕乌丘斯说，"上帝屏蔽了与人之间的联系，我们要打开它；既然他是一个中央集权化君主，我们就要去中央集权化，进行民主化。民主即平等，那么宇宙中的每一个人都要根据自己的需求来创造自己所喜欢的世界，对吗？"

"看在上帝的分上，你别说了！"海波力普怒吼道，"根本不是你说的那样！我怎么能不先给你们具体指令，而让你们先从创造民主开始呢？真是太不可思议了！克拉帕乌丘斯先生，我真的没想到，你怎么会认为我是你说的那种人呢？我不认为上帝剥夺了我们创造世界的能力，否则我们怎么可能创造出机器人呢？我也不希望完全和上帝建立联系，反正你们现在先给我建造那个新世界吧，在那个世界中创造出人来，到时候我们再看！两位先生，你们创造出那么多机器人，你们一定知道人和人不一样，所造之物和所造之物也不一样，所以造出来一个都是平凡之人或者废物的世界一点都不难，大不了让那些创造出来的人以后再互相埋怨。然而我们要的不是这种随便凑合的世界！"

"我现在是真不知道了！"克拉帕乌丘斯咕哝了一句，"陛下，您是让我们全权负责这个项目吗？我们是不是要创造出我们认为完美的存在？怎么说呢……就是由我们两人来决定一切，而尊敬的陛下却对此毫无发言权？"

"你在说什么呢？我没有任何发言权？"国王都被气笑了，"确切地说，是我来决定一切，我来决定你们的创造是否成功！而且我还没说完呢，我不会参与具体的操作，我要是你们，我就创造出各种原型，然后进行试验对比，从中挑出一个最好的，这是你们可以决定的。但是首先，你们要改变生命过程的不公平性，创造一个公平的生命过程。我把话说明白了吧，生命的不可逆转性真是太糟糕了！你们看看，任何已经发生过的事都不会再发生第二次，有的人生前被人伤害，而作为被伤害的补偿，他在死后就可以上天堂。但是我们都知道，画饼无法消除昨天腹中的饥饿，远处的梅子也不能止住昨天的口渴，哪怕是在无穷无尽的时间长河中。这就好像用未来的完美来补偿昨日的痛苦，我要的不是这种算术，我没有看到加法，没有看到改善。时间的不可逆转化就是存在的最大背叛，因为我们都知道，当我们出生时，我们并不知道什么事该做，什么事不该做，而当我们的生命结束时，我们都明白了，却又已经晚了。上帝创造的冥界是我们的最后一站，但是他在这里也不会再改善什么，而只是告诉你你该上天堂还是下地狱。然而，就从来没有人考虑过，可能正是时间的不可逆转性才导致了罪恶的产生吗？所以你们最好从时间的可逆性入手！你们想想，如果有人第一次跌倒，他可以让时间倒回去而不摔倒，这难道不好吗？或者哪怕他一次跌倒、两次跌倒、三次跌倒都没改正，但是摔二十次、摔一百次他自己就会烦了，情况就一定能够得到改善。"

"没错！但是这样就会造出一个各向异性的宇宙！"特鲁勒实在无法沉默下去，就发出了呼喊，"这样的世界可以令时间倒回去，在某些地方被称为'连续体'。"

"是吗？"国王对此非常感兴趣。

"所以科学技术的发展就不再受时间的限制，"特鲁勒眉飞色舞地解释道，"也就是说，属于世界的同样是属于普世的。普世是什么意思？普世就是民主！"

"我明白了，听起来不错！你们什么时候能给我看你们造出来的模型？"

"给我们两周时间吧，陛下！你觉得怎么样？"特鲁勒望着自己的同伴问道。克拉帕乌丘斯对特鲁勒这种自作主张有点反感，但他实在受够了和国王对话，所以只是点点头，没说话。

他们在回去的路上一直在激烈地争吵——其实在整个建造机器人的过程中，他们也没有停止过争吵，不过两周过后，他们还是完成了作品。在和国王约定好的日子，他们拖来一台装满机器和工具的双轮车，最上面是一些连接了电线的盒子。国王闻讯连忙跑来，两位大师便把这些机器放在了金碧辉煌、处处挂满各朝代国徽的大殿中央。克拉帕乌丘斯把螺丝拧紧，特鲁勒就说了起来:"这个大一点的盒子里是发动机,这个小一点的盒子里是世界,那个各向异性的世界就是在小盒子里,出发点可以各不相同,事情的发展可以重置,但通往每个出发点的通道是平等且普遍的……我们还制造出了几个人,以后可以帮助我们在类似的宇宙世界中进行实验……他们有自由的思想意识,想干什么就干什么,我们不会事先进行程序设定,也不会限制他们,他们的行为是最真实的……当然,每个实验对象在每个世界中并不是完全一样的,因为本质的巨大改变与生理论相悖,要考虑到保留每个个体的身份,否则就无法将这些世界中的存在进行对比了……"

"那我们怎样才能进行观测呢?"国王问特鲁勒,看着在机器周围上下忙碌、时不时就被乱七八糟的电线绊一下的克拉帕乌丘斯。

"我们暂时用这个办法:通过这个仿水晶存在观测镜来观察,激光灯上下跳动,我们用这个投影仪,把它……我看看……就投到那面墙上吧!"

"好了!"克拉帕乌丘斯说完就站了起来,特鲁勒握着一个接触不良的插头,因为绝缘胶布一开始就用完了。大殿壁柱间的磨砂玻璃上闪现出粉红色的光芒,图像跃然墙上,起初有点模糊晃动,过了一会儿就变清晰了。一位名叫梅里庞特的贵族就要出发去参加十字军东征,尽管他一直都和妻子强调夫妻间忠诚的重要性,但天生多疑的他还是将妻子关进了城堡的塔楼中,保险起见,他还在门口派了一位非常值得信任的佩剑仆人终日把守。为了万无一失,他将仆人的一条腿锁在了墙上,不让他离开岗位半步,而仆人想要请他配一桶啤酒,他都拒绝了。他跨上战马就奔赴沙场,马蹄扬起的灰尘还没有落定,他的一个名叫疯兰克林·始创德雷的邻居就出现了,这个自由主义者没有去打仗,而是顺着塔楼外面的藤蔓开始向上爬，因为塔楼里正坐着贵族夫人蔡维纳，她正在从植物中抽丝补衣服。她的衣服开线了，她又不能出门去拿新的，而她身边除了苔藓什么都没有。

当疯兰克林快爬到二层的时候，藤蔓因为不够结实断开了，疯兰克林掉了下去把腿摔断了。他疼得龇牙咧嘴，大声咒骂，但是一刻也不敢耽搁，费劲地朝着护城河方向爬去，他忠诚的骑兵队就在那里等他。他命令士兵们把他抬上马车后的摇篮中，接着就马不停蹄地前往时针帕尔·速瓦的住处，这是一位看守时间流逝控制室的老者。摔断腿的年轻人一到速瓦的住处，就强迫他将表针上的千斤顶往回拖一拖，好让时间倒回去，然而老者并不愿意这么做。疯兰克林就把一袋子沉甸甸的金币扔在了老者破旧摇晃的木桌上，金币的光芒晃瞎了老人的双眼。疯兰克林在仆人的帮助下爬上了时间控制室的屋顶，将时间从这个倒霉的星期一调到了上个星期日，他的腿伤马上愈合了。他又把时间往前调了一点，好让那些藤蔓长得结实点。眼看窗外快下雨了，他又把时间调快了一点点，让这场倾盆大雨提前而至，加速藤蔓的生长，稳固藤蔓的根系。

他等了六分钟，又将指针调回原处，骑上马就飞奔到蔡维纳的塔楼下面。藤蔓已经长结实了，他一路爬到了塔楼，顺着藤蔓一晃悠，从窗子飞了进去。蔡维纳正坐在银色的梳妆台前梳着长发，疯兰克林一把就从后面搂住了她，蔡维纳挣扎了一下，也就半推半就了。当他们深情相拥、难舍难分时，通往塔楼的楼梯上响起了如铁一般坚硬的脚步声，原来是丈夫梅里庞特突然回来了，他忘了让妻子给他绣一条腰带。骑马打仗的人都知道，妻子绣的腰带是丈夫平安归来的护身符。疯兰克林一着急，怎么也穿不上裤子，还没来得及跑到窗边，全副武装的梅里庞特就走了进来。梅里庞特非常机警，手一直都按在剑鞘上，做好了准备。疯兰克林手无寸铁，只得飞快地抓住藤蔓一跃而下，蔡维纳的丈夫像一头疯牛一样发出嘶吼，拔剑出鞘，用尽全身力气疯狂地砍着那些藤蔓。藤蔓被砍得七零八落，而疯兰克林也像块石头那样"砰"的一声坠落在地。在下坠的过程中，这位拈花惹草的倒霉年轻人仍保持着最后一丝力气，他呼喊着蔡维纳，叫她下次一定要记得给丈夫绣腰带！

疯兰克林的下场非常悲惨，他头朝下从藤蔓上掉到了地上，把脑袋磕傻了。他轻轻啜泣着，仆人们再次把他抬到马车后面的摇篮里，一阵风似的又潜入了老时针帕尔所看守的时间流逝控制室。梅里庞特像一支离弦的箭冲出了城堡的塔楼，一边咆哮一边追赶，就在外面响起了马蹄声时，疯兰克林再次将表针上面的千斤顶用力向后一拽，没想到这次他用力过猛，时间一下子从四月退回到一月，他在没有暖气的控制室里待了一会儿，都快冻僵了，这时梅里庞特还没去参加十字军东征，所以他又把时针向前推了推，直接推到了三月。他又骑着马向藤蔓出发了。

也不知道是他上次从窗口掉下去时喊的那句话被蔡维纳听见了，还是这次梅里庞特不想戴着刺绣腰带上战场了，总而言之，当疯兰克林又来到金发情人面前时，楼梯上没有再传来脚步声，而老守卫也早就饿死了。这次疯兰克林学聪明了，他在将蔡维纳拥入怀中之前，先把门锁好了。蔡维纳这个深情的女人还记得他们之前在城堡塔楼中的激情爱恋，再次见到自己的心上人，她几乎要为之疯狂了，他们之间迸发的激情甚至没有让他们听到窗外灰林鸮的叫声和暴雨声。窗外彩霞满天时，疯兰克林一言不发地跨上窗台，顺着藤蔓滑下，骑上马，片刻不停地直奔时间控制室。控制室外面长着密密麻麻的荨麻，里面静悄悄的，疯兰克林却好像有预见性似的，用手拽着没系好的裤子，趴在地上匍匐前进，四处张望。这么做还真对了，就在这时，他的耳朵上方突然传来一声巨响，不知道是谁开了一枪。他这才踹开门,又奔向指针上的千斤顶,把时间从黎明再次调到了前一天的傍晚。将千斤顶放回中间后,他又忙活起来。

他找来一根长长的绳子,一头拴在用来拨动指针的把手上,一头穿过房顶拴在一个空桶上。他把空桶挂在房顶中一个漏水的引水槽水管下面。下雨时,引水槽里的水会从水管中漏一部分到空桶中,桶里盛满水就会下落,可以拉动指针把手,让时间倒回去。为了不让人发现绳子,他在上面覆盖了一些垃圾。完工后,他又上马朝着塔楼进发了。

所有看到这一幕的观众中,最疑惑的莫过于海波力普国王了:"他怎么了?难道下一个夜晚他身上会发生什么不好的事吗?"

"尊敬的陛下,他和那里的所有人一样,只会让时间后退。"特鲁勒解释道,"因为他知道,将时间倒回去享受美好瞬间,是不需要付出任何代价的,而没有经过验证的未来中可能包含着未知的麻烦和问题。"

"他拿那个桶干什么?"

"因为他记得前一天早上下雨了。"

然后所有事就开始重复:天还没亮,大雨倾盆,水桶满了,拉动绳子和千斤顶,疯兰克林再次跨上马,直奔藤蔓而去,一切又开始重演……

"看来这个人很懂得如何控制时间倒流,"克拉帕乌丘斯说,"他还把绳子盖上了,哪怕有人进去也不会注意到……"

又是一夜春宵,天上又下起了雨,而外面传来的比雷鸣还响的马蹄声却让这对情侣从梦中惊醒,疯兰克林光着脚跑到窗边向外望去。糟糕,下面站着蔡维纳的六个哥哥,个个都全副武装,他们是来看守蔡维纳和梅里庞特分给他们的地盘和财产的,他们可以分到三百公顷的地，于是就从时间控制室旁边的小镇飞奔而来。现在该怎么办呢？疯兰克林不知道自己能往哪里逃，难道要通过城墙上的炮眼跳到护城河里去吗？

　　他丢下惊恐万分的蔡维纳，抓住藤蔓就赶紧滑下去了，落地后才反应过来，现在不是夜晚而是白天，他的两条腿都摔断了，而他面前正站着身着铠甲的梅里庞特。梅里庞特冲他咆哮："你这个不要脸的浑蛋！骗子！下流无耻的家伙！你以为我那么好骗吗？你以为只有你知道时间控制室吗？你竟然和我的妻子做出如此下流的事，好啊，我现在就让你尝尝我的厉害！"梅里庞特一声令下，就有人拿来一个人偶摆好，又打开，把里面的东西都敲了出来。"完蛋了，"疯兰克林非常清楚他们要干什么，此刻他只希望快点下雨，可是天上只落下了几滴水珠，根本无济于事，而此时，他们已经抓住了疯兰克林的脖子，用力把他往那个铁皮人偶肚子里塞。只要他被塞进去，里面就会有很多把利刃刺向他，只要他们把门关上，他就完了……就在这时，一声惊雷响过，瓢泼大雨从天而降。

　　"别管它，快点，你们这些笨蛋！不要手下留情，把他给我塞进去，把他锁在里面！"梅里庞特下达着命令，而雨越下越大，仆人们疯狂地殴打疯兰克林，疯兰克林感到后背被利刃刺中了第一刀，他惨叫一声就晕了过去。

　　黑暗和寂静笼罩着一切，大雨渐渐停了，疯兰克林醒了过来，抚摸着自己的身体，发现没有被切成两半，腿也没有断。"要不是有那个桶，我就完蛋了。梅里庞特这个浑蛋，真不知道他怎么会突然出现，不过谢天谢地，还好他那么笨，没发现我的桶和绳子……现在怎么办？我这是在哪儿？那边是护城河，那边是城墙，那边是塔楼，蔡维纳还在那儿，不过现在可不是想她的时候！那个气疯了的梅里庞特肯定去时间控制室了，我得赶在他前面到达。"

疯兰克林拼命向前跑着，但是没跑多久他就发现，他越跑越慢了。这是怎么回事？他的步子越迈越小，万能的主啊，他的腿怎么也越来越短了？他摸了摸脸上，发现胡须也不见了。梅里庞特一定已经到达了时间控制室，他让时间倒流了不止一个星期、一年，而是几十年啊！现在要杀死疯兰克林，简直易如反掌……

现在该怎么办呢？就装成一个小孩子、小傻子，跑回时间控制室所在的村子里吗？这里没人认识他，梅里庞特肯定也找不到他。他继续向时间控制室的方向跑去，突然看到一片火光冲天，村子被烧毁了。他算了算现在的蔡维纳——哦，不，小蔡维纳多大了，大概十二岁吧……她一定在父亲哈姆斯特邦斯基那儿给洋娃娃缝裙子。火势越来越猛，只要时间控制室不被烧毁就行……他已经跑到时间控制室的篱笆墙外面了，而时针帕尔的房子也开始着火了，人们手里拖着一袋袋东西往田地里扔——等一下，不是什么东西，而是一个个身着铠甲、被打倒的战士，这些下等人还忙着把他们的鞋脱下来……这一幕仿佛在战场上才会出现……可是这些并排躺在地上的铠甲战士都是谁呢？天啊，从他们身上穿的衣服可以得知，他们是梅里庞特的仆人，而梅里庞特自己也从火场里跑了出来，手无寸铁，慌慌张张，也没戴头盔，跑得浑身铠甲叮当作响，他后面是蔡维纳的六个哥哥，手里握着剑在追他。看来他们是在争地盘和财产，原本他们只是驻守在这里，没想到竟然演变成了掠夺……

疯兰克林拿了一条村民晒在篱笆上的裤子，又从井里打了一桶水，从头到脚地泼下去，把自己浑身都淋湿，就钻进了燃烧着的时间控制室。他的眉毛被烧焦了，火越烧越大了，可是他怎么都推不开控制室的门，好像有什么东西从里面把门堵住了。他又跑向篱笆墙的方向，小孩子就是比大人灵活，他从躺在地上的人手中夺走了火枪，又检查了一下是否还有子弹，然后就从窗户跳进了控制室，现在只有后面在冒着滚滚浓烟，房顶上燃起了小小的蓝色火苗。他踮起脚尖，往时间控制室里望去，看见时针帕尔的脖子被人割断了，两条腿被挂在门上，怪不得刚才怎么推也推不开那扇门……

他没有别的好办法了。他用火枪瞄准了已经开始燃烧的千斤顶的把手，如果惯性再大一些，如果时光继续倒流，疯兰克林就将从这个世界上消失了！他一想到这里就扣动了扳机，却没有听见爆炸声。他躺在地上，望着天空中密布的乌云，耳边是呼呼的风声，四周是一片空白。他不敢动，很害怕自己已经变成了一个婴儿，恐怕婴儿还爬不到千斤顶那里吧？他又摸了摸自己的脸，虽然胡子没有了，可是牙齿还在，那就不错！只要不是躺在摇篮里等着喝奶的婴儿就好！可是他用舌头在嘴里舔了半天，却没有舔到后槽牙！

"撒琶里婆湃钛！"他试着大声说了几个很难的字，嗯，说出来了，"能说出这些字，就证明我不是个小孩了！"

他站起来就往时间控制室跑，只想快点进去，根本没想着自己，他也不知道自己是八岁还是十四岁。他够不到那个指针，只能搬来凳子站在上面，用双手抓住把手向前推去，还没来得及从凳子上跳下来，他就长高了，他的头撞在天花板上，疼得他大叫一声。他摸摸头上撞出来的大包，又摸摸嘴唇上面，已经长出胡子来了！

他把指针停在午夜处，想往回调四分之一个世纪，那时候梅里庞特和蔡维纳的哥哥们都还没长大呢，多好……但是那样的话，他就不是个婴儿了，而是会从这个世界上消失，就好像从没来过这个世界一样。多可惜啊，要不然他徒手就能把他们从摇篮里抱出来。他也不能把指针太往前拨，否则到时候蔡维纳就老了，而且他也不知道未来会不会又有谁会拿剑对着他——这种事又不是没发生过!

疯兰克林犹豫不决,不知道到底该怎么做。这时他听到有人往门这边走来了,由于门是从里面锁上的,他又听见外面的人命令手下准备把门撞开。他赶紧把指针往回倒退了一周,周围又一个人都没有了。他不肯离开时间控制室半步,因为他就是时间管理者了,他怕稍有疏忽就会导致一切大乱。有时他也会想,自己其实成了被时间控制室所控制的机器,他难道就要在这里度过余生?他能不能去未来看看是否有完美的存在?不,他不能这么做。可是,再这样下去,用不了多久他就会饿死!不一会儿,他又听见门外有窸窸窣窣的声音,这次传来了一个轻柔的声音:"亲爱的,是我,蔡维纳!"疯兰克林非常警惕地把系在指针把手上的绳子一头紧紧地攥在手里,透过门缝往外看。"如果外面不是蔡维纳,我也能在他们冲进来之前拉动绳子,将时间倒回,哪怕我死了也能复活。"站在门边可能会遭遇的情况确实每次都不一样,就算拉动绳子,让时间倒流,脚下和四壁也还是在颤抖,有时候会从墙里走出一些扭曲的尸体,以扭曲的姿势扑向疯兰克林,用带血的爪子疯狂地挠着门。有一次就是这样,两个粘在一起的张牙舞爪、非常可怕的怪物不知道怎么从过去的时间中复活了,他们猛地扑向疯兰克林,把他撞飞了,疯兰克林抓着绳子的手差点松开,但是门外站着的真是蔡维纳,他把她让了进来,蔡维纳一下子扑到他的怀中,带着哭腔说:"求求你,救命啊,不要让他在这个世界上,不要让他出生,你看看,他把我打的。"说着就让他看她身上被打的一块块淤青。疯兰克林让她先回去给他拿点吃的过来,哪怕是一袋大麦也好,最好再给他带点奶酪来……蔡维纳刚走,门口又传来了一阵震耳欲聋的马蹄声。又是谁?疯兰克林发现门外是梅里庞特,

358

正在疯狂地追打蔡维纳,他不得不又把时间向后倒回了一年。但是,他又没有吃的,也没有喝的了,陷入了日复一日的糟糕重复之中:门口出现的不是蔡维纳的哥哥,就是带着一大队仆人的梅里庞特,还出现了大臣、乞丐、告密者、堡垒要塞军官(周围架满了大炮)!还有些狡诈的雇用了农民又想反悔的城里人、杀人犯以及一群群人都围在时间控制室的门口,想要抓到疯兰克林,他们训练了一些老人,又训练了一些小孩,教他们怎么开枪,这样就可以让两个年龄层的人包抄疯兰克林,无论他将时间向前还是向后拨,都会有一堆人留在门口来抓他!所有人都在门口喊着:"你出来啊!你快点出来!"唯恐疯兰克林情急之下把时间控制室的千斤顶毁了。其实他可以选择向某一方投降(要么向小镇居民投降,要么被关进梅里庞特的地牢,要么被蔡维纳的哥哥们抓走),但是蔡维纳这位可悲的情人却选了一条最可怕的路来结束这件事。疯兰克林用尽全力将时间彻底拨回,将拴在把手上的绳子拴在一根墙角的梁柱上,心中怒吼:即使我死了,时间也会继续倒流,你们所有人都会消失,我要让你们都无法存在!

他消失了,比狂风吹散一片薄雾还要快,随之而去的还有他门口的那些人。直到过了很多个世纪,绳子老化后断开了,指针才回到了原处。时间控制室周围已经杂草丛生,确切地说已经形成了一片野生森林。野牛在焦炭上蹭痒,长毛犀牛闯入了时间控制室那早就腐烂的大门,头上的犄角不小心撬动了指针的把手,使橡树林、杜鹃花变成了沼泽和原始裸子植物。很显然,这次退回到了石炭纪:没有人类,没有时间控制室,什么都没有,只有一个闪烁着彩色光芒的亮点——那是他们一开始设置的观测点。

特鲁勒关上投影仪,拔掉电源,国王一言不发,一屁股坐在了宝座上,看得出来,这个项目的结果并不让他满意。克拉帕乌丘斯轻轻咳嗽了两声。

"陛下，我们不想来烦扰您，所以我就简单向您介绍一下。您刚才看到的就是典型的时间可逆过程，尽管这个例子可能不高明，但是无论换成什么样的例子，最终结果都是一样的。对立者的行动会离中心点越来越近，这个中心点就是我们设置的观测点和可以控制时间变化的点。如果单次时间变更的辐射范围很大，但是中心点很少，那么所引发的战争和冲突也不会太多；哪怕时间变更的辐射范围不大，但是中心点很多，那么相应的发生战争和冲突的地方也会增多，所以这并不从根本上对存在有所改善。还可以将时间控制室的开关调整为不因引发的变化而更改，但是这样其实也不会有任何改善，因为时间控制室中的最后一个人就不得不逃回到非常久远的过去。没有人会不渴望控制时间，这会导致人们在争夺时间控制权的过程中不断将历史后退，直至无人的时代，所以这种方法就是让人退出历史，不再参与任何对时间控制权的争夺。如果在星球上只有一个时间控制点，而在这个点上兴起一个帝国，这个帝国就会受到离心力以及通过集中战争形式争夺时间控制管理权的困扰，根据最具智慧的学者的建议，就应该让这个时间控制点变得对任何人都不可见，比如说可以把它通过爆破的方式深深埋入星球的最深处。如果将这个固定的时间控制点变成动态的，就会兴起历史传统破坏、越轨行为、殖民探险，还会出现暂时的入侵掠夺和时间黑社会，因为垄断式的时间控制技术永远不会成功。无论哪一拨人有什么新发现，过不了多久另一拨人也会有同样的发现。如果考虑到新生事物的爆发式出现，此时必然会爆发战争，因为如果想要把对手踢出未来的竞争，就必须把他埋入发展的最底层，即过去，而这样做又会引发时代的倒退。谁手里有时间，谁就握有统治大权，而对这种统治权的争夺——也就是对时间控制权的争夺,则会通过在时间维度上发起新的攻击和防御措施而愈演愈烈……"

"在我看来,时间的可逆性不是获得幸福的源泉,而是出现苦难的源泉,"海波力普国王心有余悸,"你们就没有什么办法吗?"

"陛下,我们试着安装了各种保险装置和限制线圈,想要将活动设定在可控范围内,"特鲁勒说,"而这时,机器的首要任务就变成了打破限制和拆除保险装置。"

"好吧,那你们有没有试过在精神文化高度发达,有高标准的美学认知、自由、人道主义精神和多元主义的文明中去实验呢?"

"这种文明我们随手拈来,尊敬的陛下,"克拉帕乌丘斯回答,"我们虽然没有通过实验去证明,但是我们知道,哪怕是这样的文明也无济于事。如果陛下愿意的话,请您接着看……特鲁勒,准备好了吗?"

特鲁勒在键盘上一通敲打,又联通了几个电源,拧开电流扩大器后,说:"准备好了!"

"用哪一个矩阵集合呢?"

"时间作为万有引力常数变化的函数。"

大殿壁柱间的磨砂玻璃上再次出现了光影,特鲁勒又将画面清晰度调高了些。

疯莱斯林弯腰看着桌子上的照片,问:"这是她吗?"

"是的。"

将军下意识地整了整裤子上的拉链。

"蔡维纳·莫里邦德。你不记得她了?"

"不记得了,她当时也就十岁吧。"

"你现在必须记住她,你要从她那儿打探消息,看看他们是不是已经拥有时间探测器了,而且是不是已经准备好使用了。"

"她会知道吗?您确定吗?"

"她肯定知道。虽然他不喜欢嚼舌头根,但是他从来不对她有任何隐瞒,在她面前也从没有秘密。他太喜欢她了,只要能把她留在身边,他什么都愿意做。他们之间差了三十岁呢!"

"她爱他吗?"

"我觉得不是爱,可能就是有地方能吸引她吧。你和她有很多相似之处,你们来自同一个地方,你可以和她聊聊童年,但是不要太过分,我提醒你最好有所保留,你知道我在说什么。"

疯莱斯林沉默了。他脸上的表情像是他正在给手术台上的病人做手术。

"今天行动吗?"

"今天要行动,时间就是金钱。"

"那我们有时间探测器吗?"

将军有点不耐烦了:"你知道我不能告诉你,但是到目前为止,局面还是比较平衡的:他们不知道我们有没有,我们也不知道他们有没有。如果他们抓住你……"

"他们一定会把我开膛破肚,为的就是从我这里知道点什么,对不对?"

"你知道答案。"

疯莱斯林站了起来,他确定已经记住了照片上女人的模样,"我准备好了!"

"别忘了那个小玻璃瓶!"

疯莱斯林一句话没说就走了。一片亮光从金属吊灯中倾泻到绿色丝绒桌布上。门像被踢开一样突然打开了,疯莱斯林一边系着制服上衣的纽扣,一边走了进来,手上还拿着一条飘带。

"将军！哈瑟和多爱平附近都有军队把守，他们把路封死了。"

"等一下，疯莱斯林，所有情况你都明白了吗？"

"是的！"

"祝你马到成功！"

飞船降落了。伪装草帘拉开后又迅速合上了，在湿润的叶子芬芳中有一丝让人鼻子发痒的气味，好像是氮化物的味道。站在远处的人用手电筒捕捉到了伪装防护网上的网眼。

"前言不搭后语？"

"鳄梨欺骗规矩。"

"请随我来。"

他在一片漆黑中跟着一位秃头的矮胖军官上了一架闪着黑影的直升机，直升机的黑影仿佛是一片漆黑中张着的血盆大口。

"路远吗？"

"七分钟。"

直升机发出轰鸣声，急速前行，过了一会儿就停住了，疯莱斯林感到被机械风吹动的隐形刚草划过他的小腿，让他一阵痒痒。

"上火箭！"

"上火箭，好的，可是我什么都看不见，我瞎了。"

（一个女声！）"您拉着我的手，我带您去。这是一套燕尾服西装，请您换上。您还要穿上这个防护套。"

"脚上也要换？"

"是的。这个保护包里是袜子和漆皮鞋。"

"我要光脚穿鞋吗？"

"不能光脚，您先穿袜子，然后把它们裹在降落伞里，明白了吗？"

"明白了。"

那只领着他的女性小手放开了。他在一片漆黑中换衣服。金光闪闪的领带，这是什么？哦，烟灰缸？不对，打火机。

"疯莱斯林！"

"我在这儿！"

"准备好了吗？"

"准备好了！"

"跟我一起上火箭！"

"好的！上火箭！"

一道火光照亮了铝制的银色楼梯，楼梯的顶端消失在了黑暗的夜色中，疯莱斯林迈上了这一级级的楼梯，就像是要一步步爬到星星上去。舱门打开了，疯莱斯林走了进去，躺在地上，身上包裹的闪闪发光的塑料保护套像个蚕茧包裹着他，粘着他的衣服和他的手。

"三十，二十九，二十八，二十七，二十六，二十五，二十四，二十三，二十二，二十一，二十。注意：二十到零开始倒数。十六，十五，十四，十三，十二，十一。注意，七秒钟后发射。四，三，二，一，零。"

随着一声轰鸣，他被带上了天。他感到一阵眩晕，那套闪闪发亮的保护服就像一张皮一样紧紧贴在他的身上，天啊，他的嘴也被堵上了！他好不容易才挣扎着把脸露出来，深吸了一口气。

"乘客请注意，四十五秒后将到达弹道顶峰。我现在就开始倒数吗？"

"不需要，请从十开始倒数。"

"好的。"

"乘客请注意，弹道顶点，四层云层，卷层云与卷积云。能见度六百。我将打开红色喷射器。乘客降落伞一切正常？"

"一切正常，谢谢。"

"乘客请注意，第二条弹道分支，第一层云层，卷层云。第二层云层。温度零下四十四摄氏度。地面温度十八摄氏度。请注意，距离发射还有十五秒。目标接近，目标已瞄准，侧面偏差值在正常范围内，NN2号风速为每秒六米，能见度六百。注意，发射！一定成功！"

"再见。"他说完这句话就感觉太奇怪了，因为周围根本一个人都没有，他又要和谁再见呢？

他像一枚被发射出的炮弹，再次坠落到黑暗之中。他翻腾着，风在他耳边呼啸而过。他有时会感觉上下震动，仿佛周遭的黑暗是一潭深不见底的池水，而他是池中之鱼，有人用鱼竿钩住了他并上下抖动。他抬头望去，降落伞的伞帽却仿佛隐形了。

这个设计真不错！

不知道过了多长时间，他还在下降，看到脚下一片明晃晃的。完蛋了！不会是湖吧？千分之一的可能性就让他赶上了……当他的脚撞到波浪时，他听到一些轻微的响声，原来不是波浪，而是麦浪。他落入了麦田，降落伞也覆盖在了他身上。他解开降落伞背带，开始收降落伞。降落伞的质地非常奇怪，看起来毛茸茸的，摸起来又像是蜘蛛网。他大概卷了半个小时才收好降落伞，这暂时是符合计时图的。现在就要穿上这双漆皮鞋吗？

现在好一点了。他身上的塑料膜开始反光。

他开始撕身上的那层膜，薄薄的就像一层玻璃纸，他把自己从里面拆了出来，好像在拆礼物似的。他看了看自己在一片漆黑中得到的礼物：漆皮鞋、手帕、小刀、名牌。

小玻璃瓶又在哪儿呢？

他的心像死了一样，还好他的手指已经碰到它了。刚才云层遮住了天空，他才没有看见。他拿起小玻璃瓶摇了摇，感到有什么东西飞溅了出来。瓶子里装的是苦艾酒，他没有把外面那层封装膜撕掉。他还有时间做这些，也许他会摔倒，里面的液体会全洒出来。他把瓶子塞回口袋中，再把卷好的降落伞也塞入保护套中，然后把厚厚的袜子和那层像蚕茧一样的膜也塞了进去。这个保护套看起来应该不会烧着，不过万一呢？他现在是不是应该离开这块麦田了？

说明书知道得最清楚了。

他在装得鼓鼓的保护套下面找到了一个拉环，他把手指伸进去，像打开一罐易拉罐啤酒一样摇晃着拉环，然后把保护套扔进麦田，开始等待。

保护套除了冒了点烟，什么也没发生。没有火苗，没有火花，没有火光，难道是个哑炮？

他伸出手去摸，却差点大叫起来，因为那个装得满满的保护套已经不见了，剩下的只有一些还有余温的烧焦了的碎纸屑。

干得漂亮。

他整理了自己的燕尾服和领结就上路了。他走得很快，但是又没有过快，因为他不想出太多汗。树，这是什么树？栎树？好像不是。白蜡树？也不太确定。祈祷堂应该就在第四棵树后面。里程碑。对了，这就都能对上了。

在黑夜中，祈祷堂的白墙很显眼。他摸黑找到了门，门轻轻敞开了。是不是有点太轻了？他们难道没有把窗子涂黑？

他把打火机放在石头地砖上，按了一下，一道白光照亮了整个封闭的空间，照出了一个金色祭坛，窗户外面不知道贴了什么黑乎乎的东西。他非常仔细地观察这块玻璃，又认真看了自己燕尾服的肩膀、袖口和后襟，然后又从侧面看了看，是不是不小心粘上了塑料膜碎片。他把口袋里的手帕整理了一下，像个演员在演出前那样踮起了脚尖，平静地呼吸着，闻到了一股仿佛刚刚才熄灭的蜡烛的味道。他把打火机盖子扣上，再次陷入了黑暗之中。云彩的边缘让四周有了点光，但他还是无法看见月亮，因为实在是太黑了。他的舌尖抚过智齿的牙冠，像是在柏油路上行走。他真想知道里面是什么，当然不是时间探测器，甚至都不是时间探测器的远程点火器，但也不可能是毒药，因为有那么一秒钟，他看到了"牙医"用镊子之类的东西放在黄金牙冠上，又在上面浇上了水泥。那是比豌豆还小的一个小块，像是用孩子常吃的糖块做的。难道是发射器？可是也没有麦克风啊！算了。他们为什么没有放毒药？看来不需要吧。

　　一座灯火通明、声音吵闹的房子从远处的树丛中隐隐显露出来，房屋里的音乐声都传到了漆黑的公园里，房子窗户的反光在草地上婆娑晃动，一层全是在烛台上的蜡烛。他开始数围墙的篱笆木板，在数到第十一个的时候，他停下来站在树影中，摸到了防护网。他把防护网轻轻卷起，从下面爬过，跨过障碍之后就来到了花园中。从黑暗走到黑暗，他在已经干了的喷泉旁拿出小玻璃瓶，用指甲撕开外面的封装膜，把瓶子放进嘴里，想喝一小口里面的苦艾酒。是的，他拿着这瓶开胃酒就不慌不忙地从小道中间朝着房子的方向继续走，像是一个跳舞流了太多汗，想要寻找阴凉处的客人。他用手绢擦了擦鼻子，把小瓶子从左手换到右手。在黑暗中，他没有看到两边站着的人的脸，但他可以感觉到他们不经意间落在他身上的目光。

　　在第一层的台阶上，光是蓝色的，而到了第二层就变成了黄色。华尔兹音乐响起。真顺利，可是会不会太顺利了？他思索着。客厅里挤满了人，他没有马上看见她。她被一群翻领上系有功勋丝带的男人包围着，他站在几步开外。这时，第二个客厅中传来了一声巨响，有人摔倒了——哦，是端着满满一托盘酒杯的男仆摔倒了，所有酒杯都飞了出去，红葡萄酒、白葡萄酒洒了一地。真够笨的！蔡维纳周围的所有人像听到"向右看"的口令一样，齐刷刷地望着第二个大厅，只有疯莱斯林一个人望着蔡维纳。这目光让她感到惊讶，他慢慢地向她走去。

"您不记得了我了吧，夫人？"

"不记得。"

"那您还记得那匹小马吗？身上有白箭头的那匹。还有那个男孩，用一个气球把它吓跑了？"

她眨了眨眼睛，问："那是您？"

"是的。"

既然是儿时就相识，那就不必再做过多介绍了。他们只跳了一支舞，然后他就一直离她远远的，大概在一点钟的时候，他们走到了花园里，从一扇只有她知道的门后溜了出去。他们走在大路上，他发现路两旁的树影里站着很多人，可是他从防护网穿过时并没有看到他们啊！真奇怪。

蔡维纳望着他。月亮终于穿过云层，露了出来。对，就是在半夜两点的时候，一切都和计划的一样。她的脸颊在月光中显得更加白皙。

"我本来也没认出您，但是您让我想起了一个人。您很像他，但并不是那个小男孩，而是另一个人，好像是一个成年人。"

"像您的丈夫吧？"他冷静地回答，"像他二十六岁的时候？您一定见过照片。"

她又眨了眨眼，问："对呀，您怎么知道的？"

他微微一笑，说："这是我的工作，我从报纸上知道的。我曾是一名战争通信员——依据民法来看,应该说我过去曾是。"

她没有注意他说的话。

"您和我是同一个地方来的?这得好好考虑一下。"

"为什么?"

"就是……不太好,我也不知道该怎么表达,我甚至有些害怕。"

"害怕我?"

他很真诚、天真,也很好奇。

"不,不是的,我只是害怕命运的折磨。您和他那么像,而且我们还是从小就相识。"

"怎么了?到底是什么意思?"

"我跟您解释不清。这是一个暗示,暗示那一夜,肯定有什么含义。"

"您怎么这么迷信?"

"我们回去吧,外面太冷了。"

"从来都是逃不开的。"

"您又想说什么?"

"不应该在命运面前逃跑。这也是不可能的。"

"您这么说是您不懂。"

"您的那匹小马呢?"

"您的那只气球呢?"

"在一百年后我们会在的地方。一切都会溶解在时间中。时间是最强的溶解剂。"

"您这么说,好像我们已经老了。"

"时间对老人来说就是杀手,但是对所有人来说都是未知的。"

"您这么认为吗?"

"我知道。"

"那如果呢?"

"您刚才说什么?"

"没什么,没什么。"

"您刚才想说什么来着?"

"没有,只是您这么觉得罢了。"

"不是我觉得,而是我知道您想要说什么。"

"嗯?"

"一个词。"

"什么词?"

"时间探测器。"

她吓得浑身颤抖。

"您在说……"

"您不要害怕,我们是一对外来者,只有我们俩知道这件事,除了您丈夫和那些索乌瓦的专家。"

"您从哪儿知道的?"

"和您一样的来源。"

"不可能,这是秘密。"

"我不会把这个秘密告诉除了您以外的任何人,因为我明白您是知道这个秘密的人。"

"您怎么可能明白?您这样太冒险了,知道吗?"

"我没有铤而走险,因为我所知道的事既不比您多,也不比您更合法。不过,我可能比您多知道一些。我知道您是听谁说的这个秘密,而您不知道我是怎么知道这个秘密的。"

"这个区别也不会给您带来什么好处。您是怎么知道的?"

"要不要告诉您,您是从哪儿……"

"那您也是知道……什么时候？"

"不久之后……"

"不久之后！那您就是什么都不知道！"她战栗着！

"我不能告诉您。我没有这个权利。"

"那个呢？"

"那个我已经说了，因为您的丈夫就说了这么多。"

"是不是有人……您怎么知道是我丈夫说的？"

"政府中除了总理没人知道。总理姓莫里邦德。这还不简单吗？"

"不对，是用什么方法知道的呢？哦！窃听！"

"不是的，我不这么认为。他肯定会和您说的。"

"为什么？您觉得，我……"

"不是的，正是因为我知道您从来没有要求过。但是他必须这么做，他想把他认为最好的一切都给您。"

"明白了，如果不是窃听，那就是通过心理学？"

"是的。"

"几点了？"

"两点零六分。"

"真不知道这一切会导致什么。"

她望着周遭的黑暗。树枝扁平而清晰的影子在砾石路上晃动，然而有那么一会儿，她又觉得不是树枝在摇动，而是大地在晃动。一阵似乎是来自别的时间的音乐响了起来。

"我们出来的时间太长了。您还没想到为什么吗？"

"我正在想。"

"那个全世界都以为是秘密的秘密，在零点前那一刻就不再是什么秘密了，因为我们也可能停止存在了，这个您也知道吗？"

"知道。但这不是那一夜要发生的啊。"

"就是那一夜。"

"以前曾有过……有过这种,但是现在已经没有了!"她的胸脯快碰到他了。她对他说着话,却看不见他。"他会年轻的。他很肯定这一点。"

"当然。"

"请你什么都不要说了。我不相信,我受不了,尽管我知道一切都是白来的,这种情况也经常发生。但是现在对我来说都无所谓了。什么都改变不了,谁也改变不了。要么就是我看到了一个和您现在一样的他,要么就是莱梅尔说的……有可能会出现倒退,在损毁中……我会变成一个孩子。这些事我只对您一个人说,以后也不会对任何人说。"

她颤抖得更厉害了。他将她拥于怀中,抱紧了她。他好像不知道她在说什么似的,语焉不详地问:"还有……多少时间?"

"一分钟……两点零五分……"她闭着眼睛小声说。

他低下头，和她头靠着头相拥在一起，同时他用尽全身力气，用舌头去按压那颗金牙。只听见脑袋里响起轻微的爆炸声，他就坠入了虚无的深渊。

将军机械性地摸了摸裤子。

"时间探测器是个时间炸弹。它的爆炸会引发当地时间的损毁。说得更具体一点就是：普通的炸弹爆炸会在地上留下一个大坑，其实这已经造成了空间损坏；而时间探测器深入现有的时间，周围环境中的一切都会退回到过去当中；时间后退的多少也被称作时间倒流量，取决于炸弹中药量的多少。时间损毁理论非常晦涩难懂，我和你们解释不清楚，但是它的原则非常简单。它不取决于当地的重力，而是取决于全世界的万有引力常数；它也不取决于重力本身，而是取决于重力的变化。重力在宇宙中会减少，这在某种程度上可以说是时间的另一面。如果重力不发生变化，那么时间就会停止，甚至根本不会存在，就好像是风一样，不刮风的时候风在哪儿呢？任何地方都感受不到它，也看不到它，因为它是空气流动产生的变化。如今，我们就这样解释宇宙的起源。宇宙不是在天空中兴起的，只不过当重力没有变化时，它也是无时间地存在着，直到重力与时间发生变化后再产生。从此之后，宇宙开始拓宽，星球环绕，原子震动，而时间流逝。这就出现了引力子与时间粒子[1]的关系，利用这种关系可以建造时间探测器。我们目前还没有掌握极端手段之外的方法去控制时间，这种方法就是内爆，它和爆炸不同，不是向外的。时间可以退回到零点，在一点五十九分的时候，疯莱斯林咬了咬牙，启动了咬牙舰，十二秒后，

---

[1] 引力子、时间粒子，两种虚构的粒子。

我们用于应急战略的所有时间探测装置就启动了。内爆是累积的，受到时间压力挤压后的区域呈现出一个近似标准的圆形。零点位置的损毁大概是二十六到二十七岁，这个数值会慢慢随着向圆周靠近而逐渐缩小。在受到压力的区域内，敌人拥有实验室、工厂、车间以及地下时间损毁训练营。他从九年或十年前就开始从事这项工作，但是现在对我们已经没有任何威胁了，正如你们在地图上看到的，受损面积的直径约为一百九十千米……"

"将军！"

"请讲！"

"您怎么能够确定，因为疯莱斯林发起的时间攻击，我们现在已经超过了我们的敌人呢？"

"因为就是这么规定的。在行动开始的二十四小时前，他不能触碰咬牙舭。如果他知道了任何与行动相关的细节，比如内爆的时间、炸药的分量、时间探测器的数量等，监听拉环就会发出信号。如果敌人在一天之内向我们发起攻击，而疯莱斯林又没有找到拉环，他就应该激活埋在哈瑟森林里的发射装置。只有在一种情况下，也就是当他确定没有时间去激发信号发射器的时候，他才可以启动咬牙舭。我要强调一点：疯莱斯林根本不知道时间损毁内爆装置的机械原理。部长先生，您对我的回答还满意吗？"

"我并不这么觉得。我认为你们把全世界的命运都让一个年轻人、一个密探去背负，这有点太冒险了，责任在他身上过大了，而且这也不是密探的问题，为什么一个人可以去替所有人做决定？"

"部长先生，请您接着听我解释，在疯莱斯林行动之前，我们双方的信息并不对等。敌人的目标很明确，就是我们的时间控制中心。我们双方都不知道对方的工作进行到哪一步了。他们已经知道了我们C号军事基地的位置，我们也知道了他们的时间控制实验室的位置。要知道，想要遮盖住这么大的实验基地是不可能的。"

"您没有回答我的问题。"

"我正要回答您的问题。如果把我们的C号军事基地作为圆心，越向外时间攻击力越弱，所以哈瑟位于时间后退十年之处，而雷伊洛由于离C点更近，力量更强，可以位于损毁力为后退二十年处。昨天早上我们收到消息，莫里邦德不会出席首相在哈瑟的官邸中举办的宴会，根据我们的数据，莫里邦德晚上应该去我们两国的国境线巡逻。晚上八点时有消息称，莫里邦德没有去阿莱顿驻军部队，而是在雷伊洛那里停了下来。"

"等等，将军，您是想说，莫里邦德想利用本来要向我们发起的时间攻击，自己趁机变年轻？"

"是的，没错，这是专家们的意见。莫里邦德他……六十岁了，确切地说，曾经六十岁，他的妻子二十九岁。所以在时间攻击过后，他年轻了二十岁，他妻子年轻了十岁，就变成了一个四十岁的男人和一个十九岁的少女。还有一个情况也是让他做出这种决定的原因，他被诊断为重症肌无力，医生说他最多还能活两三年。"

"这些你都确定吗？"

"是的，基本确定。还有一个重要的角色，"将军想了想，"就是他特殊的幽默感。他将这次行动的代号命名为'窗台'。"

"我不懂你在说什么。"

"怎么不懂？罗密欧和朱丽叶，那个窗台的桥段……他就想利用这个机会彻底陷入我们的时间力量攻击。"

"可是最后为什么又适得其反了呢？"

"没错，根据他们的战略计划，我提出的假设内爆位置应该在C号军事基地内,所以他就让他的妻子去哈瑟参加晚宴,而自己去了雷伊洛附近。我们在指挥部对这个紧急情况进行了讨论,立刻派出了疯莱斯林,让他尽快去那里,他在将近午夜时分到达了哈瑟。我们先攻击了他们,而时间损毁等时线的两个降落点与敌人计划中的设计正好相反。"

"所以呢?莫里邦德比他自己设计的少年轻了一点,而他妻子比他设计的多年轻了一点……这有什么战略意义吗?我建议废除这个议题。"

"当然有战略意义,而且有政治意义,尊敬的部长先生,因为这就意味着他们国家的总理要换人了。内爆引发了损毁,然而在损毁范围的边缘产生了一个小的和零点同心的凸起,这和普通炸弹的爆炸效果是一样的:爆炸中心点会深陷,而爆炸周围会有火山口凸起。时间探测器将时间倒流,而我们的内爆边界却向前推移,这也被称作代偿效果。而雷伊洛正处于内爆的范围内,也就是说,时间向前推进了九到十年。"

"也就是说,莫里邦德已经七十多岁了?太棒了!"一个坐在绿色丝绒布桌子前的人开心地笑着说。

"不是。刚才我说过他得了重症肌无力,按照这个情况,他已经死了。物理学家认为,让时间倒流并回到过去这件事是不合理的。"

"的确。内爆无法引发完美的时间倒流。因此它无法回到过去某一个特定的年月日及时分秒的状态中。每个物体都可以变年轻,但是过去作为一系列相互联系的曾经发生的事,既不会重复,也无法返回。关于这一点到底是不是不可能,我们的专家暂时还不想下定论。总而言之,时间探测器的运转模式就像足球赛场上那样,一个运动员把球踢给同伴,他的同伴再把球回传给他,但返回去的球不会落在同样的点上，所以踢足球的例子非常形象地证明了，球可以踢出去，但是无法精确地以微米测量所踢出的距离。内爆也是如此，可以对时间进行干预，在微观细节上是一个剧烈、极端且不可控制的过程。"

"可是刚才您不是还说，那个六十岁的莫里邦德可以变成一个四十岁的人吗？"

"这又不一样了。这里是指他的身体会呈现出这种年轻了这么多岁后的状态，就好像一棵老树如果变年轻了，就会变成一棵树苗的状态。但是，假设我们找来一副一百年前就躺在地下的骸骨，从中拿掉一根骨头，经过内爆后再来观测，我们便会发现它变成了一具埋在地下八十年的骸骨，可是它缺少的那根骨头是不会重新长出来的。假如有人不久前失去了一条腿，哪怕是内爆让时间后退了四分之一个世纪，他也无法让那条腿重新长出来。所以，时间探测器不会陷入时间旅行的因果悖论中。经历了内爆的生命只可以在生理机能允许的范围内重新获得生存力。"

"那机器呢？书籍呢？大楼？计划？"

"一座一百年前建起来的大楼不会有什么特别的变化，然而八年前的混凝土结构最终会变成砂石和水泥的碎块，因为它已经老化了，只能留下组成物，无法以混凝土的形式出现。这同样适用于所有物品，包括机器。"

"您可以完全肯定敌人不会再进行反攻了吗？"

"我们不能百分之百地确定。根据消极数据统计的结果，我们损毁了他们百分之八十的时间力，而如果按照积极的计算结果来看，应该能够达到百分之九十八。"

"时间探测器不能只去破坏对方的时间探测器吗？"

"当然可以，部长先生，破坏对方的时间探测器和时间探测器研制基地是绝对首要的任务。我们凭借着无可匹敌的力量，已经取得了战略和战术上的绝对优势，但是也请你们理解，我们暂时无法透露我们是如何利用这一力量的。如果没有更多问题，就谢谢各位的关注。那边怎么了？是音响吗？请安静一点！"

"注意！注意！一级警报！我们的居民观测到从特洛伊轨道落下的四颗敌方的卫星。弹道导弹防御系统被敌方一颗卫星的重击所攻破。其他三颗卫星已经包围了第一宇宙空间。居民们决定用离子防护云抵挡第一颗卫星的子弹攻势。目前，地面卫星已经连上了敌军卫星，并开始播报敌军的攻击目标：注意，目标一，与零点有二十到二十五英里的极端偏离距离的C号军事基地；注意，目标二，总部基地，再说一遍，与零点有七到九英里的极端偏离距离的总部基地。"

"他们百分之二十的时间力量就在我们头上啊！"一个人大吼一声，所有坐在绿色桌布前的人乱作一团。椅子被踢倒，所有人你推我搡，哀号声响彻云霄。

"各位，请留在原地！内爆不会让我们死亡！我们也无处可躲、无处可藏！请保持冷静！"将军大声说。

"第二层弹道防御已被火箭散弹在电离层摧毁，另外两颗卫星也进入了轨道下的防御盲区。他们根据居民的防御工事改变策略，防御工事在第七十次过载使用后终于也被攻破了。注意，一号卫星和二号卫星已经准备好发起进攻。注意，最高级别警报。八秒倒数开始：七，六，五，四，三，二，注意……"

玻璃窗上的影像突然消失了。大殿内陷入了一片沉默。

"这看起来也让人非常反感，"海波力普国王无奈地说，"如果时间可以有分支，而不是像一条大河似的向前奔涌呢？可不可以像控制水渠那样控制时间？"

"我们试过了，"特鲁勒说，"结果也是一片嘈杂混乱。很多私人时间海湾和水池形成了，将梦想外化[1]，颠覆性的时光旅行团也兴起了，对社会稳定造成了很大威胁（会导致社会解体），所以统治者到处缉拿这些旅行的组织者。还出现了'现在时刻'身份证、时间倒退税、时间警察、互联时间、时间保安、复活罪犯黑帮、时间流浪汉和时间保护军团，大规模的时间移民也越来越常见，大家你争我抢，都想去更时髦的时代生活，处在同一个时代中的人则极力将时间流浪汉赶走。也不知道为什么，所有人都觉得别人生活的时代更好，人们开始隐瞒和偷盗那些珍贵的时刻，于是时间交易大厅出现了，伪时间、无限循环的监狱和地牢也出现了。人们忙着创建情色永存、高光时刻永存、政治时刻永存以及精彩时刻挖掘机。由于想去的时间不同，移民的人群、重新回归的人群和反移民的人群，他们的方向也各不相同，他们就在时间中推推搡搡，你撞我、我撞你。还会出现突如其来的战局变化和历史残缺，比如听了某个国家蛊惑的时间杀手会把另一个国家还在襁褓中的恺撒杀死。这位未来的大帝在还没有长大的时候就被杀了，人们在这段历史中把小恺撒掐死，那他在别的历史中就可以顺利长大，四处征战而赢取胜利，然后又会有杀手来到另一段历史中他的摇篮边，就这样周而复始，形成历史恶性循环。这样一来，时间虐待狂还会少吗？还有那些未来色情狂、钟表性怪癖、自我恋童癖（年老时的自己通过穿越时空分支来侵犯年少时的自己），这些人得到的惩罚难道就是暂时性死刑吗？还有时间中的绑架呢？仁慈的国王陛下，类似的例子我可以一直给您列举，几天几夜也说不完。所以，

---

[1] 指内在的东西转化或表现为外在的东西，此处意为梦想变为现实。

我非常不建议……"

"好了！你们已经彻底说服我了，通过时间的可逆性和分流性来进行造物都是非常不可取的。"国王说话的声音带着厌恶和烦躁，"你们快点继续考虑吧，但是你们想想看，现在这个世界是不是太过中立了？既不特别为居民谋福利，也不故意伤害他们，这种无所谓的态度很容易产生挫败感。众所周知，父母对孩子无所谓的态度就是在伤害孩子，更别说世界对居民的这种无所谓的态度了！难道世界不应该充满关爱吗？难道不应该关心生存在其中的每一个人，去满足他们的心愿吗？用一句话来说，不应该是居民去适应世界，而应该是世界去适应居民。假如一个疲惫的探险者不小心脚下一滑坠入深渊，摔得粉身碎骨，而我们的世界中处处充满关爱，那么他坠落的地方就会立刻变得像羽毛枕头那样软绵绵的。探险者站起来，拍拍身上的尘土继续赶路，这难道不好吗？（国王激动了）这样难道不好吗？你们为什么不说话？"

"因为关爱和仁慈也要在合理的范围内，并且要根据情况有所变化。"克拉帕乌丘斯说，"就比如这个探险者，他是谁？没准他就是不想活了，想要跳入深渊呢？那么这时候，石头就还得是硬硬的石头。这就要假设，能够读懂他们的想法。"

"有什么不可以？为什么不能试着做这样的造物主？"国王回答。

"有什么不可以？假设这个探险者把这件事告诉别人，把消息传出去，那么阿乌雷得人就会战胜班尼德人；如果消息没传出去，那么班尼德人就会战胜阿乌雷得人，因为阿乌雷得人希望石头变软，而班尼德人希望石头保持坚硬。这还没完，如果这个探险者穿过群山遇到一位美人，与她生下一个儿子，那么他儿子就会把父亲的行为说成是卑鄙下流的事，还会称他是个叛徒——我忘了说了，探险者自己就是个班尼德人——而面对儿子的指控和辱骂，探险者会感到羞愧难当，还会被周围人唾弃，最终他就只能找棵树上吊自杀。仁爱的树枝看到这一幕，然后轻轻摇晃，他就会掉到水中，而仁爱的湖水又会把他冲上岸。他这样求死不能，就会吞毒药，而毒药也不会吞噬他的性命，事态就会一直这样发展下去，这个仁爱的世界会更让他良心难安，那么他获得了生命又有什么意义呢？难道不是让他吊死更好吗？我们再来想想，是在没有子嗣的时候掉进悬崖摔死比较好，还是由于受不了儿子的辱骂在树上吊死比较好？陛下，请您原谅，我没有让您回答这个问题，因为我知道您想说什么。您肯定要说，这都取决于探险者是不是叛徒，以及战争双方哪一方应该取得胜利。我们假设，探险者希望自己的国家虽然兵不强马不壮，但是能取得最终的胜利。那么事情就坏了：探险者就背叛了自己的国家而导致了对方的胜利。事情还没结束，因为事情就不会结束。阿乌雷得人占领了班尼德人的地盘，统治了一百年，却不知道自己是怎么赢的，其实他们一直在受战败方的影响。如果他们明白残酷的战争不是好的解决办法，就会签订和平条约，两国友好相处，所以石头不应该变软。还可以假设一开始是班尼德人赢了，而探险者死了，这个胜利将原本热爱和平与艺术的国家变得以戎装为荣。所有人都以艺术为耻，每天就是打仗，原本善良公正的人民中也会出好事的歹徒，想要和全星球的人作对。这样的话，是不是石头应该变软？历史就是如此，每一段历史也都如我讲的一样，会一直延续下去，这件事的结果也会一直向下延续五年、五十年乃至五百年。石头一会儿该变硬，一会儿又该变软。那么那时候，这个充满关爱的世界恐怕就要疯了，因为里面不是充满了关爱，而是充满了矛盾。"

"那你们倒是想出一个更好的啊！"国王暴跳如雷，"我叫你们来到底是为什么？难道是让你们给我造一个和我们现在一样的世界吗？"

"陛下，您这么说，我们觉得就是在指责我们剽窃。"克拉帕乌丘斯不满意地说，"您应该看得出来，我们做这些不是因为知识匮乏，而是因为知识过度丰富。秩序在没有思想的社会中才可以被最大限度地保留，因为人们不思考、不生气、不在乎平不平等，终日就是忙碌，没有分歧、没有创新，有的就是和谐与秩序。我们不会在我们的世界中加入这种和谐，因为没有人会将和谐与无知相连。陛下想要的是一个充满思想的宇宙，而每个造物主都希望有这样的宇宙，没有人知道为什么，然而智慧是永远无法满足的，智慧就是会创造出大量行动，而这些行动很可能是相互排斥的，天才和魔鬼就是一枚硬币的两面。当然可以创造出一种智慧达到顶峰的和谐程序，但这个程序中所有人的欲望也会越来越难以满足。然而，每个人还会鄙视这种和谐，因为它是创造出来的，是设定好的，而不是自发的。人们会说，这是一只设定好的钟表，而不是自由升起的太阳。一个人出来反对，另一个人又出来抵抗，智慧就陷入了冲突之中。自由选举和人民自决，就像是重力让裤子往下掉，背带却非要把它往上提。我们读了那么多哲学书，都应该知道精神应是独立自由的，可是自由有什么？是无数次的机会。那么这又和不可预见性以及做什么都不会被限制的一切皆可行的做法有什么区别呢？我们当然可以去设计、去构建，但是最后会发现，其实我们一直都在原地徘徊，没有任何进展。因此，这样的任务本身就是矛盾的，好像我们要去构建窄一点的宽广，去建造有点饥饿感的饱腹感，以及圣洁的罪恶和不用去支撑也永远不会从顶峰落下的可能。总而言之，我们之所以赋予造物自由，就是为了让它们能够自由地享受自由。我斗胆说一下，尽管到目前为止还没有人来找我们订购宇宙，但是来找我们制造机器的顾客一般都很挑剔，要求也非常高，他们对我们的要求可比大自然的创造还严厉，所以我们工作室的门上贴着一张告示：亲爱的顾客！您在指责我们的创造之前，请先看看大自然的创造！然后再看看自己，看看那些与自己类似的生物！你们为什么不像指责我们的创造似的去羞辱那些和自己差不多的生物呢？"

"两位大师！"国王已经听得不耐烦了，"我请来的是机器建造大师，不是为自己的发明创造辩护的律师！给我看看你们建造的新存在！"

"我们不是凭空想象的，"克拉帕乌丘斯非常耐心地说，"下面这一位是从混沌中走出来的有意识的存在，他不会去冒险，所以没什么功绩。以前有两位机器建造师，他们对团结非常在乎，一直在一起工作，两人各自完成一半工作，后来经常能在童话中找到和他们有关的描述，讲他们是如何智斗多头恶龙的。一位名叫梅尔麦克森德尔·德克特里特的人为了预防冲突的发生，将自己的一部分思想和他创造的生物分享，又将他们的深层精神生活进行联通，在此基础上创建出了独立的意识。这种联通是远程的，肉眼看不见，每个独立的人长得也不一样。他们的精神存在于身体深处，虽然精神得到了统一，但是他们对自己的思想也非常认可，生活得幸福极了。然而有一天，他们发现了他们的联通关系（研究科学，就总有一天会发现），获悉这个知识后，他们就陷入了集体的不幸。他们发现，只要能控制一个人的潜意识，就等于控制了所有人，哪怕那个人是最底层的白痴！可是谁会想这么做呢？说得容易，应该问问谁不想这么做吧？！虽然是个案，却要所有人来承担！这就告诉我们，陛下，不管是什么样的精神统一，最后都会变成精神控制！陛下，您这么聪明，小时候就玩过赛博游戏和黄金大脑，您肯定知道，想要把自动机器变成自动毁灭机，其实并不难！您再想想，如果引擎有了意识，它会做什么呢？我们是不是能够把我们的意识输入机器中？当机器有了意识，开始自我繁殖，最后等待我们的只有毁灭。同理，我们为什么还要冒着三度灼伤的风险去挖掘其他星球？为什么还要去探索世界的尽头？如果什么都可以通过动动手指，把几根电线、插销通电就能解决，那为什么还要做这些事？思想造物学的历史真该成为每个人都铭记在心的教训！大规模地制造幸福制造机、幸福存在机、欲望增强器……"

"我实在受不了了！你胡说八道什么呢？为什么？为什么！国王自己知道为什么！你根本没说到重点！"特鲁勒开始大叫。

"我要说什么，国王自己明白？他是在质疑我们设计的程序！所以我要先说明，不要犯同样的错误……"

"你给我闭嘴！你怎么能在国王面前这么羞辱我，我现在就要……"

国王看到两位大师的眼神中充满了厌恶，决定做个调解人，结束这场争吵，同时决定打断克拉帕乌丘斯要说的话。国王语气温和地说："我知道自己挑了一个最难完成的任务，所以才请了二位过来。我亲爱的大师们，别吵架，你们一定能造出一个更美好的世界。等你们造出来就立刻回来找我！"

他们在回去的路上还在争吵，引得其他大臣侧目。他们走过长廊、花园和五条城市水渠上的五座桥，对这些一直都没注意到。

"这都不是重点。"特鲁勒说，"我们要建造一个完美的世界，一个没有失败与痛苦的世界，没有人从别人手中掠夺，也没有人往别人手里强塞。这就像在给圣体刷漆，不是给圣体涂上金粉就比原作者高明了！都是些表面功夫，都是些有的没的，根本不能建造一个全新的完美世界！"

"你别显摆了！你又不是在和国王说话。"克拉帕乌丘斯说。

"你别说话！从神学的角度看，组成完美的部分不能在一个存在的内部统一。比如说，如果我梦想得到什么东西，或者对什么东西很挂念，而我在得到的那一刻就不再梦想和挂念了；当希望实现时，我就不再能拥有希望了。希望和实现完全是两种不同口味的糖啊！所以，不自由的存在一直都在放弃。如果我等着爱人的一个拥抱，那就是现在没有人抱着我，而当我被拥抱住时，我就不再拥有那份渴望了。我不能既享受拥抱又不拥抱，我不能拥有没有，一直珍贵的东西就是我一直得不到的。所以，存在一直在这种过度的肯定和冒险中摇摆，就是在无聊与失去中摇摆。要知道，从无限渴望到腻烦厌倦只有一步之遥，而且我们的精神世界是脆弱的，招架不住改变，而物质则是真正无情的，不会被人言所改变。精神可以由我来决定，但又过于依赖我，只是我不能充分决定物质！"

"你就胡说八道吧。"克拉帕乌丘斯撇撇嘴，但是特鲁勒没打算放弃思考。

"我们就用建造实践来看造物的失败。对自由的限制有三种：物质的、空间的和时间的。事物就是事物，而思想就是思想，这就是一个限制；第二层束缚是空间限制，如果某处有某物，那么这个地方就不能再有其他事物；第三层束缚就是时间的限制，简直可以称为强奸，因为我们都是时间的囚徒：如果星期三把我们放出去，星期四又会抓住我们，星期四之后还有星期五，就像军营里无情的演习一样，不曾提前一分钟，也不曾落后一秒钟。是不是从来没有人像我这样形容过时间这个军事独裁者？你处于现在的时候，就只能是在现在，不可能向前一步，也不可能向后一步！所以我认为，我们应该去除所有的限制。你觉得怎么样？"

"你的意思是清除时间、空间和物质？"

"没错！"

克拉帕乌丘斯有些犹豫，但是特鲁勒这个疯狂而极端的想法却让他心动。他看了看四周，发现他们正在一片沙坑旁边，孩子们正在里面玩沙子，他们的腿不由自主就把他们带过来了。克拉帕乌丘斯开始在沙地上用手指设计新世界的电线，特鲁勒还在不断扩展着他的计划图。孩子们太吵闹了，他们就站起来，立刻回到工作室忙碌了起来。一个星期过去了，两个星期过去了，三个星期过去了，他们仿佛消失了一般，没有与任何人联系。国王等得不耐烦了，就派思想部官员去检查，然后又派了思想部部长去看他们到底在干什么，但是他们没有让部长进门，国王就亲自来找他们了。国王看见两位大师在一个非常混乱的大厅里，四处电线缠绕，装置仪器毫无章法地摆了一地，但是他们并没有要解释自己在干什么的意思。国王坐了下来，命令他们解释，他们准备将这个只有自己掌握的知识奥秘告诉他。

"我们彻底否定了之前的想法。"特鲁勒解释道，"不管怎么说，世界被强加于造物之前，并没有经过商量，因为造物者决定造一个一劳永逸的世界。然而，如果他们不想按照造物主的方式获得幸福，而是想要用另一种方式获得幸福呢？也许他们在某个瞬间愿意，过了一会儿又不愿意了呢？针对同一个问题，也许有人有这样的观点，而有人又有那样的观点呢？他们必须循规蹈矩、因循守旧吗？去天堂和去地狱的路都是有路标的吗？不听话的原创者就要受到惩罚，而见风使舵、虚伪迎合的人要受到奖赏吗？我们这次的做法完全不一样，我们把物质、空间和时间都从宇宙里抛出去了！"

"怎么可能！"国王惊恐地问，"为什么？那你们在宇宙里又放了什么？"

"为什么?"特鲁勒摇了摇头,"就是因为精神想做却不能做,而物质能做却不去做。您觉得很惊讶吗?这多明显啊!难道还能建造出一个比宇宙还暴殄天物的地方吗?你看看,宇宙中数十亿、数百亿被烧成灰烬的东西,它们有什么用呢?上帝难道需要这些东西?我们都知道,永恒之光不是用流明[1]来计算的,它可能在其他地方更为耀眼闪亮!难道这些东西是给我们的吗?物质可以做很多事,否则我们就不会存在,可这要经历了多少困难与失败啊!看看那些原材料浪费、火山爆发,付出了像和癫痫作斗争那么多的努力后,才换来了一点点成就。难道这是为了体现戏剧冲突吗?这是造物而不是戏剧表演啊!而精神是困在物质之中的悲剧角色,精神想从身体中摆脱出来,有时身体也想摆脱精神,这两者撕扯得漫天灰尘,非常不符合美学思想。权衡再三之后,我们把物质这个神经病和精神的牢笼扔了,我们的物质叫爱物质[2],阿门!爱,爱你、爱他、爱我,那是真正的爱的艺术,而不是什么气啊、道啊、涅槃啊这些虚无缥缈的东西;电子和质子相互围绕,不是因为力啊、量子啊、场啊,就是因为它们彼此爱慕!所以,决定爱物质存在的因素不是物理,而是情感,牛顿三大定律也将被柔情、关怀和爱代替,观察物质的观察员也将被有情人代替。我们摒弃了肮脏的身体,性爱中不再有物理学,什么摩擦、碰撞、压力、挤压、润滑都没有,爱情在我们的宇宙中永远都是完美的。"

"时间呢?还有空间呢?"国王越来越感兴趣了。

"我们给时间增加了自卑感和灵活性,这样时间就只会听从

---

[1] 描述光通量的物理单位。
[2] 一种虚构的创造世界的物质,原有的物质被这种可以更好地建设精神世界的物质所代替。

那些在意时间的人。灵活性是时间的基础。时间再也不会像军营中那样精确到每分每秒，每个人都可以根据自己的喜好和需求规定时间。如果有人很着急，就可以直接从星期三跳到星期六；如果有人星期四过得特别开心，就可以一直过星期四，直到不想过了为止。空间就直接去除了，因为它过于严格的分类对其中的居民实在是个太大的威胁。"

"我之前倒是没感觉到。"

"怎么可能？空间中的某个地方只能留给一件事物，如果有其他事物往里硬闯，就会导致悲剧，比如说铅球非要往有人的地方砸，两辆车非要往一个地方撞。那些人口压力、信息爆炸、色情电影……还有那些原来无法逾越的距离……精神是没有空间限制的，精神也不会再困在身体之中。当然，什么拥抱啊、翻滚啊，这些或早或晚也都会消失的！"

"好吧，没有空间以后你们怎么办呢？"

"我们用挤压代替了宽敞，每个人都可以一次性去所有地方，哪怕某个地方已经有人了，他们也可以挤进去。至于那些本质——确切地说是一个本质——我们遵从没有自私主义的个人主义、没有无政府主义的自由主义以及没有过度的自由主义，没有采取什么融合。我们建立了一个具体的本质，而不是一个具有某种个性的人，也不是一个具有所有个性的人，就是一个全人[1]，他可以无限伸展，在每个地方都存在。陛下，您明白了吗？他不需要在每个地方一样多，他可以在这儿多一点，在那儿少一点。如果他觉得某个地方有意思，他就会在那儿多一点，换句话说就是思想注意力牵动身体。但是要知道，最伟大的天才在这些地方仍然很罕见，这也

---

1 指一个人组成的全社会。

顺便解决了交通问题，因为他不需要去任何地方，只需要思考出一个目标，就可以令自己变得充实，从而获得满意和满足。"

"如果我没理解错的话，你们已经建造好这个世界了？那你们为什么不让我派来的大臣进来？是不是又有什么问题出现了？你们快点说，不然我就生气了！"

特鲁勒看了一眼克拉帕乌丘斯，克拉帕乌丘斯也看着特鲁勒，两人一句话都没说。海波力普看他们谁都不想先说话，就指着克拉帕乌丘斯说："你，就你，你来说！"

"陛下，是有一点……"

"快点说，难道要让我像挤牙膏似的一个词一个词往外挤吗？"

"有一些没有预想到的麻烦……我们是成功造出来了，甚至现在就想把它给您看，但是我们越造越不知道以后会……"

"我不知道你在说什么，到底哪儿出了问题？"

"问题就是，我们不知道是不是出了问题，我们也不知道怎样才能知道，陛下，而且……您看了就知道了。特鲁勒，打开开关……"

两个瘸腿凳子上放着一台庞大的机器，特鲁勒在上面弯腰低头，不知道在摆弄什么，白墙上忽然就出现了一道光。国王看到一条草原上的彩色毛毛虫，还有在彩霞中种下的孔雀蛋，很快他就明白过来了，这是刚刚出生的疯莱特林。由于才被建造出来，他无处不在，没有身体，也没有灵魂。他长得非常快，他认为思考得越多就长得越大。当他集中精力思考时，他常常会稀释，因为这个世界的自然不允许有空间出现，否则情感就会立刻将其填满。他背负着重重的虔诚与柔情，那里充满了思想与情感，但他还是经历了一场虚情假意的爱，因为他坠入了蜃景的爱海之中。在这个世

389

界中，他碰到的一直都是他自己，他感到非常失望。这个地方只有他自己，而他又不是一个自私自利的自恋者，他不想爱自己，他渴望爱别人。他无边无际地思念着，可是到头来，这里只有他自己。这种孤独更令他明确了自己是一个雄性，一个孤单的雄性，他如暴风雨一般变得越发有雄性气息，而他也越来越渴望对立的性别，也就是女性。他沉醉于这并不明确的彩霞情人，爱情让他无处可逃，他满心都是这位无法言说、不知样貌的美人，对美人的喜爱就像元素一样一直跟着他，特别是在那些几乎已经停止爱的地方。他本该理解这种心理气候现象，他的思想中出现了暴风雨，让他的思想越来越黑暗，有时这些思想凝结在一起，已经变得像哲学石那么大了。这就是无望的冥想带给他的结果：除了心灵深处的石化沉积物，什么也没留下。他偷偷地看着霞光照耀的草原，既然如此，为什么不把几块大一点的石块扔下呢？他明显感觉轻松了不少，难道这就是摆脱精神压力的方法吗？他挣扎痛苦了那么久，在那么多层面上都巩固着对另一本质的陶醉与爱恋，那么多次因为无法满足的情感而痛苦，甚至出现了被暴雨锋的风墙刮走的积云。这种孤独感又陪着疯莱特林度过了一段时间，直到产生了自决，然后出现了不止一个，而是二点五个他一直以来梦寐以求的另一本质，称为蔡文娜、蔡文或者赛文娜，一位绝对的女性本质，但是还有她长着两个角的丈夫们[1]，他们像是一个群体，而蔡文娜的女性魅力却还跟着她的双丈夫，也说不清这是一个丈夫还是两个丈夫，反正我们就称之为马林·庞丘斯或者庞斯基。

从此以后，一切越来越糟糕。疯莱特林并不知道自己就是痛苦的始作俑者，因为他爱上了一位双丈夫的女性，他甚至没注意到

---

[1] 波兰语中，男性头上长角暗示妻子出轨。

自己已经被嫉妒攻击了，特别是在他的思想追逐着蔡文娜的时候，生出了许多向他强烈的情感发起猛攻的其他本质，由于他为情所困，这个世界慢慢变得越来越拥挤。虽然有很多人出现，但是他们都有统一的思想，谁也不妨碍谁，所以他们不会吵架，可以更加轻松自由地在彼此的身体里穿梭。他们停留的时间太短了，没有留下什么可见的结果，但是他们觉得有什么在困扰着他们的精神。既然谁都有过黑暗的想法，那么是黑暗的思想凝固住了？还是太冷了所以思绪冻住了？草原上已经覆盖了像冰碛一样的世界观碎片，发生在疯莱特林身上的事真的太难理解了。有一次，他无意中与蔡文娜碰面，随着一阵风声，他穿过了蔡文娜，感受到一阵令他眩晕的颤抖。他感觉她正在这里和那里爱抚着他，她在某些地方并不是对他毫不在乎。他在她的身体中加倍甜蜜着，可是她却向他吹着冷风。可怜的疯莱特林，她把他的锢囚锋[1]也吹散了。有一次，疯莱特林的思绪越飘越远，与蔡文娜连接在一起后就陷入了混乱，在这片混乱中出现了一丝污迹，污迹在一段时间内都在旋转，好像一直无法做出决定，不知道是不是足够形成一个人。这丝污迹作为另一种本质的存在，一直没有长大，只是越长越长，有一次它还爬到了疯莱特林身上，也不知道是想咬他一口，还是就想找一个更大一点的存在，在他身上待一会儿。后来，它断成了一段一段的，有时候小一点的部分会爬到蔡文娜身上。它到底是谁？不速之客？孤独的渗透者？没有人知道，但是它有时候会很讨厌，它会去骚扰疯莱特林和蔡文娜，但总是躲着马林·庞丘斯，看见他就像野兽看见火一样害怕。疯莱特林的举动却发生了变化，有一次他扑到庞丘斯身上，钻了进去，在他的身体里不断膨胀，仿佛

---

[1] 冷锋赶上暖锋而叠置时的地面锋。

要将庞丘斯从他自己的身体里赶出去。屏幕上一个小小的人就像流产儿似的跑来跑去，扔下了几块哲学石。他浑身长满了像眼睛一样的斑点，好像在看着谁，还意味深长地眨了眨眼睛。所有人都不动了。为什么没有人穿越灵魂？突然，屏幕上的影像开始闪动，是光影损坏了还是精神损坏了？没有人知道后来发生了什么，国王急得直跺脚，放映不得不停止。国王有太多问题要问了。

"陛下，我们也不明白！"特鲁勒立刻说。

"这就是我们的问题，我们也不知道蔡文娜和疯莱特林是历史中纯洁的物种还是我们创世纪中的黑暗缺陷。更糟糕的是，我们更知不知道该如何去找到答案。我们又重复了好几次，更改了初始条件，但是没起到任何作用。有时没有出现双丈夫，却出现了一点五个丈夫，有时蔡文娜也会突然消失，但是这些都是在创造每个世界的过程中会出现的一些小偏差罢了。"

"那条拥挤之蛇怎么样了？"

"那条大长虫？我知道您在想什么。它一直都会出现，只不过有时大有时小，它有时就会像毒蛇的信子那样分成两半，引起了更加多种多样的怀疑。但是请您注意，每一个产品都会产生垃圾，所以在没有物质的完美世界中，垃圾也是精神化的。所以从技术角度看，这种现象是创造的无辜边缘化。"

"是吗？它为什么总是去骚扰他们？它是不是麻烦的制造者？"

"这么看的确是，"特鲁勒承认，"但是我们怎么才能知道，到底是不是制造了麻烦呢？因为最后所有人都会穿越渗透，无论是在散步，还是在沉思。我们通过什么方法才能去界定他们这么做的目的呢？我们现在已经超越了传统的《创世记》经典变体。精神绦虫像蛇一样卷曲，很瘦，就像神学中的魔鬼也不能超重。不过考虑到合理性，恶一定就是瘦的吗？肥胖的也可以引人作恶。我们没有重复别人的理论，也没有抄袭别人，这就是我们得出的结果。我们制造出了一个和我们的世界完全不一样的世界，所以我们看不懂这个世界。"

"你说这话是什么意思？你的意思是，上帝参照了别人的成果？可是众所周知，上帝是从一片虚无中创造了世界，对吗？"

"尊敬的陛下，世界不是天堂的翻版。'上帝按照他自己的形象造人'，这就是他的设计方式，而且也不是偶然。被创造的万物与造物主相像是成功创造的条件。被创造的东西与创造者越不相似，就说明造物者对所造之物越不了解，他对自己的感受、想法、渴望、打算和能力都不了解。如果去除相似性，理解的基石就会被破坏。如果我们和所创造之物一点都不像，那么我们对其就是一无所知，不知道它们为何而来、想要什么，而最重要的是，我们根本不知道它们为什么会这样做，而不是那样做。我想我无法向您证明这一点，因为这里毫无相似性可言。

"如果我们没有任何器官和我们所造的本质是一样的，它们的身体也和我们的身体完全不同，它们的时间也不是我们的时间，它们的空间也不是我们的空间，那么我们两种存在就没有任何交集，也不会有任何接触。那样我们就会造出一个最恐怖的世界，把世界造成最可怕的痛苦之地。我们对这个地方其实并不了解，也没有去过，我们对我们所做的一切甚至连最拙劣的意识都没有。创造出的本质和它的创造者完全不同，也就是说完全不了解，也无法了解。我相信，不可分割的矛盾是创造世界的至高无上的规律。要么就像上帝一样创造出自己了解的本质，要么就创造出自己根本不了解、甚至无法对其命运产生同情的本质，因为这个本质的一切将永远是解不开的谜题。"

"特鲁勒,你说得太好了,你提了一个非常重要的问题。"国王一跃而起,"对!我终于懂了!我终于明白了!为居民创造出一个世界,放到他们面前,这是其一;而了解居民,知道他们在这个世界中过得怎么样,了解他们的存在,这是其二!先生们,我要向你们表示最衷心的感谢!谢谢你们刚才说的话!这更坚定了我的信仰,从现在开始,我将比以前更加虔诚地信奉上帝。"

"我没看出这和信仰有什么关系。"特鲁勒觉得很惊讶。

"你没看出来?你听说过'荒谬的信仰'吗?我对信仰有了更深刻的认识……上帝创造了无限的有限、最持久的自我损害、全能的无能(能做的就是什么都做不了)、至善之人(为了保持美德不会给自己添一点麻烦)……那么他们怎么能不用自己的行为让他大失所望呢?他'根据自己的形象'切割着希望,却无法将这些希望缩小到已经创建好的比例。他有他的古怪之处,所谓的神之怪癖,让人觉得他是一个脾气古怪的狂躁者、暴怒者,是一个离奇怪异、充满激情的诉讼当事人,连人死了以后,都要提审他们一次……

"我现在明白是什么让我的两位教父那么痛苦了,特别是奥古斯汀神父,他们无法用理智或情感去拥抱上帝,因为他们无法去理解,他们只能将自己麻木地埋葬在宗教教义中,他们放弃了自己的思想,他们不知道这样会产生与科学技术的矛盾,而不是产生造物伦理学的矛盾,这很正常。我现在都明白了,我对自己的信仰也没有疑问了。"国王平静地说完了要说的话。克拉帕乌丘斯根本没在听,嘴里仿佛在咀嚼着什么,对突然产生的想法冷笑了一下。他突然站了起来,仿佛要飞走一样。

"最智慧的陛下,"他大声说,"我想到了一个新主意。我不是自卖自夸,但我不得不说,这个主意——我其实不想这么说,但我找不到别的词了——是最天才的。我已经知道应该如何建造一个追求完美的世界了。这个世界的居民能够在时间中找到幸福,而他们将没有一个地方——听好了,没有一个地方——和造物者有共同之处。"

"什么主意?什么主意?"特鲁勒和海波力普异口同声地喊。

克拉帕乌丘斯没有回答他们的问题,他就承诺四天后会建造出一个新的世界让他们看。国王一言不发,特鲁勒暴跳如雷。克拉帕乌丘斯因为想到那个主意而面带微笑,同时一想到有人在获得了永恒的名望后就根本不会在意嫉妒者的羞辱,他便露出了冷漠的神情,开始收拾地上的工具和仪器。特鲁勒说他再也不会去创造世界,他洗手不干了,想要通过其他的方式亲手制造出一个东西。国王与他们相约下个星期三在宫廷大殿相见。

星期三到了,两位大师都很准时地来了。特鲁勒空着手,克拉帕乌丘斯则用一辆双轮车驮着重重的机器。他立刻开始展示。

"国王陛下,我成功了。"克拉帕乌丘斯说,"为了让一切都清楚明了,我有几句话要说在前面……我的……那个……同伴,特鲁勒通过经典的方式阐释了造物中的矛盾:所造之物与造物主差异越大,造物主越难知晓所造之物的命运。如果相似度达到零,造物主则对所造之物一无所知。这里出现了一个无法逾越的两难境地:要么就是和所造之物尽可能相似,但是所造之物越聪明,造物主受到的限制就越大;造物主在逐渐失去创造的自由,如果他要自由地去创造,所造之物就会和他越来越不像。我通过一种非经典的方式解决了这一难题,我不只造了一个世界,还造了很多很多。我在这个盒子里制造了不止一个宇宙,而是多重宇宙。我不知道我在箱子里创造的存在生活得怎么样,尽管如此,这对里面的存在也不会有任何影响,我将它们设置为多重轨道,随时可以将它们改变为其他的存在形式。谁要是不喜欢当前的世界,感到不堪重负、喘不过气，就可以换一条轨道，开始在全新的世界中存在。它们仿佛一直都在中转站中，不想继续了，随时都可以轻松换到其他无穷无尽的存在中。我创造的这些人都是自主选择的，他们可以像试衣服一样选择自己最喜欢的，而不是我最喜欢的。作为造物者，我给了他们最高级别的自由。我不替他们做决定，不给他们提建议，不给他们行事准则，不强加给他们什么，更不会禁止他们做什么，我怎么可能比他们自己更了解他们呢？他们的幸福由他们自己做主。他们可以迷路，可以犯错，但没有一个错误是不可改正的，他们可以通过切换轨道的方式来修正错误。我的世界不是独裁的、教条的、学校式的以及法庭式的，在这里没有惩罚与奖赏，也不会在特殊的日子搞大赦。这不是一个驯马式的存在，我时不时还需要拉紧或放松缰绳，因为这个世界会一直变化，自己改变形状，哪怕只有一个本质留在这个世界中，它也不得不在不同轨道中向着不同方向探索，它必须融入不同的命运之中，去尝试，直到找到一个让它处处满意的世界，那时就不会有人再更换轨道，永世和谐即将降临。所以，我的这个世界不是从天堂开始，不小心就会摔入地狱；正好相反，他们生于忧患，而向天堂进发。我不会插手这个世界里的事。这就是我要说的，陛下。"

"哎哟，"听了克拉帕乌丘斯的话，国王整个人激动得仿佛都在发光，"这就是我要的啊！我尊贵的世界创造者，你简直说到我心坎里了！告诉我，你设计选举了吗？那种可以用平等、普世、自由、匿名、可逆来形容的本体民主投票……这在我看来才是真正的平等主义啊！但是你刚才说，你无法得知他们的动机和计划，这是不是有点可惜……"

"就是这样！"克拉帕乌丘斯举起手指表示警告，"'有点可惜'，是不是？可惜不能插手他们的事物，可惜不能参与其中，可惜不能要求他们，可惜不能比他们聪明，可惜不能给他们建议，可惜不能制裁他们，可惜不能砍他们的头……一定会这样的，哪怕我们能够理解这个世界，但是这样的知识并不能改变这个世界的情况。可以说，箱子中的人不受任何造物主的限制，而造物主是在所创世界边缘的……"

"好吧，你还是给我们看看你造的这个世界吧！"国王舒舒服服地坐下，克拉帕乌丘斯在一言不发的特鲁勒旁边打开开关，一道光呈现在玻璃幕墙上。

他们看见疯莱特林再次出现，他的灵魂和失望都留在了那个双倍世界中，蔡文娜还是那样没有任何变化，但是她的丈夫马林·波德庞斯基变窄了，变成了一个一点五人，比之前那次的爱物质少了。由于他们都见过他们了，这次他们都觉得很正常。在这个世界中，每个人在每个地方都有一点，他们可以自由地访问兄弟姐妹的灵魂，可以穿梭其中，可以探访他人的内部，每个人也都保持着礼貌。这时，克拉帕乌丘斯可能是为了证明言语和声音在理解上也帮不了太大忙，还打开了音响系统，这个世界从原本的默片变得充满了各种声音，先是丈夫马林在妻子的祈祷中享受着与她的温存，但是过了一会儿，他们之间出现了问题，丈夫远去的背影如同一片乌云，而疯莱特林开始往里挤，蔡文娜像是充满了空气，就是不肯让他进来。

"你让我进来一次好吗？我们试一次！我们结云[1]好吗？你自己结云吧！我的彩霞！我们把波德庞斯基踢出云界！你做梦吧！"这些声音让人如坠云雾，"你喜欢那个一点五人吗？我要把你吸到我这里来！我要报仇！"还是一些让人听不懂的话。在布满冰碛的

---

[1] 指结婚。

哲学石中间，出现了很多有房顶的存在交换空间。为了逃开疯莱特林，蔡文娜钻到了一个离她最近的空间，里面有个轨道修理工在工作，他浑身都是胚乳，简直就是个乳人，蔡文娜无法进入他的空间，便和疯莱特林的思想进行了交换。

"你就让我试试吧！让我这么做一次，我都流血了！"难道是蔡文娜在请求乳人帮助她？"再给我一个机会吧！我必须这么做！""你滚开，你在做，上帝在看！""不要再散发你的魅力了，不要再发光了！"

在这座空间交换屋中，蔡文娜步步后退，而疯莱特林步步紧逼，从自己的身体中钻出来，又跳进了她的身体中，然后把乳人从交换屋里赶了出去。他疯狂地在蔡文娜身体里摇摆，大叫着："让我们来庆祝这个幸福时刻吧！"

马林还在追他，但他先松开了身上的线，他就变成了马林·庞丘斯和马林·波德庞斯基，庞丘斯和波德庞斯基一起从疯莱特林思考的方向钻到了他的身体里，像吹气球似的让他的身体里充满空气，蔡文娜从里面逃了出来，她非常生气，开始变得不一样了，每隔一会儿就变一个样子，她变成了夏娃、马里奥娜、路德米瓦，也不知道这是一种病还是她在做拟态伪装。也不知道是因为害怕还是其他原因，她开始发亮，没变成海蓝达，却变成了海兰娜[1]，也不知道是因为混淆还是因为着急……与此同时，庞丘斯和波德旁斯基正在与疯莱特林互相辱骂，就像一片汹涌的云海，他们都想把那个轨道杀死，修理工试图反抗却无济于事。

"你裂开吧，你这个淫荡的云浑蛋！"庞丘斯和波德庞斯基异口同声地说。

1　源自希腊语的"光芒"。

"你自己裂开吧!你们会落入又黏又脏的油灰中,要不然我就钻到你们身体里去!"疯莱特林吼着,虽然他还没有获得高潮,但是也快了。

"你这个不要脸的淫棍!本体存在滚蛋吧!"

疯莱特林一转眼又产生了一种思想存在,来到蔡文娜身边,而蔡文娜已经变成海蓝达了,疯莱特林体内充满了她。马林同时向妻子和轨道两边踢着腿,好像要把自己分成两半。

"我要改变存在了,我要把疯莱特林吸进来!现在蔡文娜在变吗?乳人,快点给我个机会!"

轨道受到惊吓,变得更白了:"你这个闪亮的大屁股!要么回到零点一无所有,要么来到终点。没有讨价还价的机会!"

"你说清楚点,谁会到零点?"

"要么把你的四分之一给我,要么就是庞丘斯的。要么你们就都消失!我不是预言家,我只发放机会!"

"行了,给我这个机会,你就可以去黑暗中了!我要改变存在!"

庞丘斯和波德庞斯基一起冲向轨道,一道光闪过,转眼间,不是所有人都还在,但还是那些人,因为他们已经是另外的本体了。庞丘斯不见了,疯莱特林也不再是疯莱特林,而是疯莱格林,好像蔡文娜的边缘把他变成了这样,而蔡文娜没有变样,起码第一眼看过去没变化。这些变化让所有人都感到害怕。这些幸存下来的云人拼命地钻到另外的存在中,不知道是想藏起来还是想回到出生前的地方休息。总而言之,所有人都想到某个存在中去。蔡文娜也想,但她没有顺着光的方向,而是去了旁边相对暗一些的地方。然而这个地方是一个没有人想来的地方,她一到这里就开始消失,变得越来越亮,然后撞在了冰碛上。她颤抖起来。他们还在爱着她吗？马林和疯莱格林朝她走来，他们混在了一起。蔡文娜想离开他们，离开这片混乱，因为已经没有人拥有自己的思想了，每个人都不假思索地把自己的思想和别人的思想混在一起了。蔡文娜很快就逃离了他们，而他们因为混入了太多思想，已经难解难分了。他们朝着轨道冲了过去，马林又加入了一个存在，现在彻底没有人明白任何事了。在这团混乱的硝烟中仿佛发生了一百场火灾，只是没有火罢了。一切又恢复了以前的样子，然后又出现了未来的计划，然而这些计划又变得模糊了。也许这只是思想外在化的一种形式吧，但是后来它是否实现了超精神的状态呢？（特鲁勒后来也提出了这样的思考）那些看不见的烟雾是翻过来的内在吗？

　　疯莱格林向四面八方喷射出小石块，地平线上静静地升起了思索，现在这个世界仿佛高度精神化了，处处都是同胞与迷恋。

　　丈夫已经不是丈夫了，而是一阵强劲的风疯狂地刮向蔡文娜，也不知道是科氏力还是莫佩尔蒂定力。所有的类型也都消失了。没人知道该做什么，因为冲突的意义也消失了。性只是被遗忘的过去，性不再是性，只是过去。[1]变成丈夫的风由于惯性并没有意识到这一点，他想要冲向疯莱格林的内部，他呼啸着："我要让你知道我的厉害！"当他看到疯莱格林已经不是"他"而是"她"的时候，他眼前一黑。疯莱格林的本体变了。又有一个乳人出现在他们中间，想要让一切都退回到从前。不知道他是走错了轨道，还是没有抓住本体变化轨道的把手，一瞬间天崩地裂，这是一场惨烈的流产，哲学石如冰雹般坠落。新的世界中亮起了一道光。天啊，这是个什么世界啊！

1　去掉"性"（seks）这个词里的字母 s，变成 eks，表示过去。

一阵风的丈夫真的如一阵风般吹散了，形成了一个女性本体，一定是他的轨道出了问题，他的命运就这样白白浪费了，他变成了存在空间中的一株铁线莲，本体变化轨道的把手上开出了彩虹色的花，就像在库帕拉之夜一样。蔡文娜去哪儿了？她变成飞溅的水滴了吗？还是孟格非气球？还是变成带着丝带的多重气泡体飘向了空中？那阵被吹散的丈夫风钻到了旁边的空间中，和朝圣蘑菇一起单脚跳舞，纯洁的处女从四面八方赶来，想要触碰本体变化轨道的把手……

国王已经喊了好一会儿，让他立刻停下来。克拉帕乌丘斯不情不愿地关上了机器，嘴里嘟囔着，本来还可以多看几个空间交换的，一切都会清晰明了，因为他们现在还不熟悉，还没有经验，但是没有人听他的。国王摸了摸自己的权杖，用袖子擦了擦上面的金球，而特鲁勒跪在地上，仔细从三面观察那个箱子，又通过箱子的缝隙，眯起眼睛仔细看着箱子里的情况，还敲了敲箱子的外壳，然后他站起来，掸了掸膝盖上的尘土，说："没错，我这位尊敬的同伴的确是从经典的矛盾论进入了非经典的矛盾论。五个形容词的本体选举？真可笑！他们在这个箱子里根本就不是自己选择，而是像平底锅里油煎的小鱼，盲目地跳来跳去，真是太可怜了！这个发明又算什么呢？无非是多层存在的癫痫罢了，只不过是一种新的存在罢了，你看看他们都在里面做了什么？这就好像是为了逃避霍乱就得了鼠疫，治好了鼠疫又得了麻风，难道我们可以说，他们从一种传染病穿越到另一种，这就是离完美越来越近了吗？"

这时，克拉帕乌丘斯开始大喊大叫，声音大到似乎忘了国王的存在，他踢了踢坐在他造出的世界箱子上的特鲁勒，特鲁勒一边摇晃着腿，一边挑衅地看着他。如果不是国王出来劝架，后果可能不堪设想。冷静下来之后，克拉帕乌丘斯开始耐心地解释，为什么对所造万物来说，备选的存在集合必须是不透明的。因为无论什么样的存在都要经历穿越，每一次穿越都会有风险，这是不可避免的，也是进步的代价。克拉帕乌丘斯认为，他为这项实验所付出的代价要比传统的实验小，不信的话可以看账单。这只是一个假象，因为在穿越的过程中，他不仅仅更换了周围的环境，他本身也已经改变了。实验需要时间，风险也不可避免，这十几分钟的观察难道就可以代表永远吗？最好再观察一个小时或者二十年，除此以外没有别的办法。

克拉帕乌丘斯越说越复杂，使用的词也越来越长、越来越难懂，从精神拓扑学说到了几何学，从本体要素的内窥谈到了精神生活的调节。他说得嗓子都哑了，而国王听得脑袋都要爆炸了。特鲁勒从他坐着的那个世界上站起来，从身后拿出一张小纸片，说："我这几天也不是一直游手好闲、无所事事，现在我来说说我这些天做的工作。"

"等等，"国王说，"昨天有个大臣和我说，如果我们建造出一个比上帝创造的还要好的世界，那就说明，是他想要和我们分享——和他所造的众生分享他那无所不能的造物神力。如果我们没能造出一个更好的世界，那就说明上帝没有给予我们那造物神力，因为他不想让我们拥有。也就是说，如果我们赢了，那就是输了；如果我们输了，那就是赢了！我们不是因为我们自己的努力而赢，而是上帝想让我们赢。我们输了，就会发现自己具有某种无能力，这种无能力也是上帝赋予的！你们觉得这些话说得怎么样？"

"喊，诡辩家！"特鲁勒把自己那张纸递到国王眼前，他太想在克拉帕乌丘斯之前证明给国王看了，所以忘了礼仪。他抓起国王的袖子，扯着国王的胳膊指着自己纸上写的字，大声说："至高无上的陛下，您好好看看！看看我的报告！看看我都研究出了什么！

看到了吗？这就是最后的结论：创造世界是不可能的！"

"嗯？我是不是听错了？"国王疑惑地问，"你已经证明了，不可能？"

"是的，陛下！别费劲了！我已经证明了！"

国王揉了揉眼睛。"可是……这是……世界是存在的啊……"

"唉，"特鲁勒耸耸肩膀，"世界就是这样，但我说的是完美世界……"

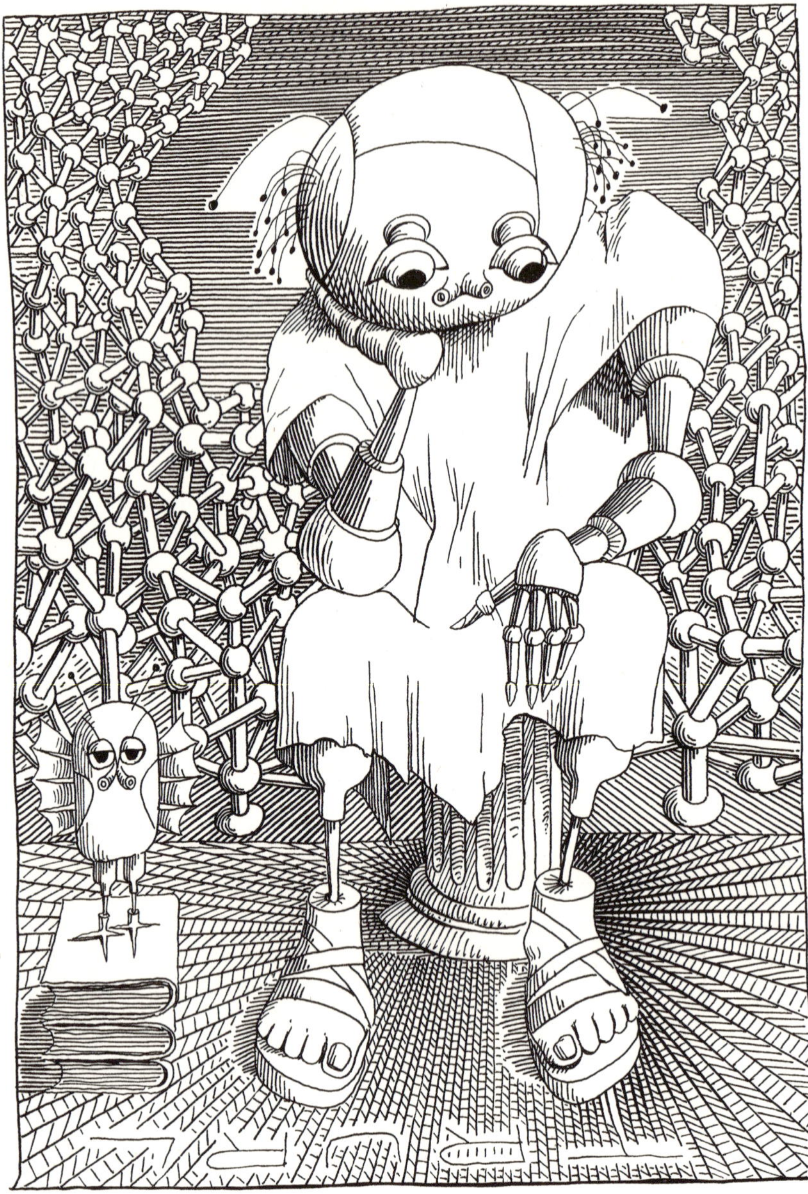

如何教育数码机器

当克拉帕乌丘斯被任命为大学校长时,特鲁勒留在了家中,因为他最受不了各种约束和规定,特别是大学里那一套。为了打发无聊的时间,他制造出一台精致小巧的数码机器。这台机器不仅外观精巧,还聪慧灵敏,特鲁勒甚至秘密地把它当成了自己的继承人,哪怕他们有时候会闹一些小别扭。特鲁勒会根据自己的心情以及这台机器的学习进步情况来称呼它,比如"小数码""数码宝宝"或者"数码小宝贝",还有一次称它为"数码之士"。有一阵子他们经常一起下棋,过了一段时间,机器就能一次又一次地将死特鲁勒,随后又在一场星际象棋大赛中所向披靡,毫不留情地一口气赢了一百位象棋大师。特鲁勒意识到,他创造出的机器"偏科"太严重了,只注重单方面技能的提高,而忽略了心灵上的培养。所以,特鲁勒要求机器在学习数理化的同时,还要学习诗词歌赋。下午的时候,他们还一起玩一些寓教于乐、轻松有趣的小游戏,比如找出所有同韵脚的词什么的。有一次,太阳当空照、家中静悄悄、小鸟喳喳叫的时候,就只听到两个声音在玩押韵单词比拼,特鲁勒先开始:

"只等闲。"

"草酸盐。"

"望洋兴叹。"

"一氧化氮。"

"鼻息。"

"乙基。"

"寒。"

"钒。"

"马褂。"

"氧化。"

"公爵。"

"乙炔。"

"你怎么回事？说来说去都是这些化学里的玩意！"特鲁勒有点生气了，"你就不能说点别的领域的词吗？湖！"

"铷。"

"帆船。"

"丙烷。"

"致命一击。"

"聚氯乙烯。"

"祖先。"

"纯碘。"

"森林之神。"

"对甲苯酚。"

"够了！不能再说化学里的词了！"特鲁勒气得咆哮起来，因为照这样下去，数码机器可以说到天荒地老。

"为什么不能说化学的词？"数码机器反驳道，"没有任何规定说不可以说化学的词啊？不可以在游戏过程中更改游戏规则！"

"你别在这儿自作聪明！还没轮到你来教我什么可以、什么不可以！"

小机器并没有继续争辩，只是平静地说出一个词："锶。该你了！"

特鲁勒一下子卡壳了。

"那接着来：铆、铍、α铁、硝酸，你还能对得上来吗？那么承让了，我赢了！"数码小宝贝说。

特鲁勒气得喘了几口气，开始四处找螺丝刀，等到平静下来，他说："今天我们游戏就玩到这儿。我们应该来研究一些高等的科学和艺术，我想说的就是哲学，这是所有科学的领袖，并且涉及每个领域。现在你来向我提问吧，每个问题我会回答你两次，一次我会用普通的方法回答，另一次我会用哲学的方法回答。"

"热病（中暑）如果遇冷就会变成冷热病（疟疾）吗？"小机器问。

特鲁勒清了清嗓子说："我说的不是这类问题，我说的是……"

"你刚才不是说，哲学是涉及所有学科的科学吗？"数码机器丝毫不让步。

"我让你问我点别的，你就问我点别的！"

"为什么心地善良却做了坏事的人不能等同于心存歹念却做了好事的人？"

"你从哪儿找来了这么多神经病才会问的问题？"特鲁勒彻底被惹怒了，"好吧，这也是正常的，你还在学习成长的过程中。你知道自己最想要的是什么吗？"

"我想要发生衍变。"[1]

"我不是问你现在想干什么，你这头蠢驴，我问的是你生命中的梦想是什么。"

---

1 此处一语双关，既指发生改变、活动一下，又指产生衍生物。

"我想要拥有比你更辉煌的声誉!"

"声誉这东西根本虚无缥缈,无法生根发芽,也不值得你煞费苦心,而且更不适合被你当作毕生追求的目标和梦想。"

"那你为什么要把自己所有的证书、奖牌和勋章都挂在墙上呢?"

"我就是随便挂在那儿的!根本就没什么特别的意义!我告诉你,你不要再惹我生气了,不然我就把你所有程序都重置!"

"你不能这么做,因为那样可太没水准了。"

"行了,别说了!现在我们就到阁楼上去,我来给你好好上一堂哲学课!但是我警告你,你要认真听讲、好好学习,不要一直打断我!"

他们来到阁楼上,特鲁勒把梯子移到烟囱旁边,顺着爬了上去,数码机器也紧随其后。他们站在视野开阔的屋顶,有一种一览众山小的感觉。

"你看我们刚才爬上来时用的这把梯子。"特鲁勒真诚地说,"我买它的时候纯属意外,但是买回来后发现它太长了,又不想把它截短,因为这把梯子的木料是真正的好木材,所以我就在屋顶开了一个洞,把梯子从洞里伸出去。那么现在你看,它还有两米是高出屋顶露在外面的,当你从下往上爬时,每往上迈一步、每向上爬一级都是有明确而清晰的意义的。而当你继续向上爬,把阁楼和屋顶都甩在身后时,你的每一步和踩过的每一个梯级所包含的意义就在你爬上顶点时随风飘散,无影无踪了。而这时,你继续采取的下一步动作也将具有新的意义。所以,当别人问你,你为什么要顺着梯子一步一步往上爬时,你可以说我要爬上房顶,但是,当你爬出屋顶继续往上时,你就不能再用刚才那个回答了。我的小数码,你听好,当你爬出屋顶的时候,你就要给自己制定一个目标和意义了！这里面所蕴含的就是"高级靴子"[1]理论，也就是理智，它在纷纷扰扰的混乱和喋喋不休的争吵中脱颖而出，让人惊讶地发现，理智是如此富有理智，理智是具有思考和反思能力的。如果没有了理智，你都不知道自己该做什么、不该做什么，也不会提出问题和质疑！你把我刚才说的话牢牢记住，因为这是一个蕴含着深刻哲学思想的故事！"

"这是不是意味着我们飘得太高了？"小东西问。

"从某种意义上来说，是来自一种冲力，这股冲力攒足之后是无法踩刹车的。好了，你现在要集中精力，我来给你讲一讲什么是可能的，而什么又是不可能的。"

"我听你说过，你对克拉帕乌丘斯叔叔说你自己无所不能。"小数码机器又忍不住说了一句。

"你到底能不能安静地听我说？我当时说的是另外一种意思。知识会消除惊讶，因为如果一个人无所不知，那么就没有什么事可以让他感到惊讶了。所以，没有什么事会让我觉得惊讶，你明白吗？"

"如果发生了一件你认为不可能发生的事，你也不会感到惊讶吗？"

"你真是满嘴蠢话！如果是不可能发生的事，怎么可能发生呢？！就比如此刻一颗流星坠落到我们家的花园里……"

特鲁勒话音未落，就听到一声巨响。屋子震得晃动起来，屋顶的几块瓦片碎裂坠地，梯子也跟着抖了三抖，花园里升腾起一大片灰尘烟雾，一切结束得如此突然，就如同这一切开始时一样，

---

[1] 利用"靴子"（buty）和"存在"（byty）这两个词相似的读音，表示这是一种关于一步一步向上攀登和思考人类存在意义的高级理论。

令人猝不及防。

"有东西从天上掉下来了！一定是流星！你有没有感到惊讶？"小机器兴奋地喊道。

"根本没有，"尽管特鲁勒吓得差点从屋顶上掉下去，但是为了面子还要嘴硬逞强，"这正好就是我这堂课要给你举的例子。这纯粹是一次意外，也可以说是互相不受制约、但是同时发生的巧合。数据显示，流星坠落到寻常百姓家是一个概率极小、但是有可能发生的事件。不可能发生的事是指，比如在这颗流星坠落之后，接着又有一颗坠落到我们家的花园，因为……"

小数码机器看起来心不在焉，根本没有在听特鲁勒讲了什么，因为他把身子探出屋檐，聚精会神地望着那个被砸出来的圆锥形的大坑，大坑周围散落着被炸飞的花瓣和草莓的残渣，而在大坑的底下有一个闪闪发光的玻璃立方体。

"你看那儿有个东西！"随着小数码的大叫声，接踵而至的是一阵轰鸣声和爆炸声。又一大片烟雾灰尘腾起，在刚才那个大坑不远处的地上又炸出一个大坑。

"第二颗流星！你现在肯定大吃一惊了！"小数码激动得嗓子都要喊哑了。

"流星是不会在同一个地方坠落两次的！这不可能发生！"特鲁勒好不容易回过神，努力想要解释眼前发生的这一切，"这并不排除，我们现在眼前发生的这一切可能是一种新的复杂屡景。如果这样一种情况真的出现了，那么在很长时间内我们都可以排除会有下一颗流星陨落的可能性，因为根据统计数据……"

又是一阵轰鸣，声音大到云朵都被震成了小碎片，接着又被抛到了空中。一个闪闪亮亮的东西直直地插入了两个大坑中间，冲击力把特鲁勒的房子震得摇摇摆摆，像是风浪中的一叶扁舟。

"第三颗!"小数码激动地大喊。

"小心!把头缩回来!"特鲁勒一边大喊一边拉住自己的数码机器宝贝,两个人从梯子上掉落到阁楼的地板上。特鲁勒站起来拍了拍衣服上的尘土,和数码机器一起下楼来到花园中,一句关于哲学的话都没有说。特鲁勒围着三个大坑绕了一圈,一边挠头一边倒吸了几口凉气,然后蹲在了最小的一个坑旁边。"你觉得奇怪吗?"小家伙跟在他后面,扬扬得意地问,"我根本都不惊讶,因为这说明数学就是比你的哲学更先进!用行星集合与流星集合的交集就可以得到一个子集,这个子集中的流星至少有一次会飞入草莓丛中。而这个子集必须包含一个流星两次坠落的集合,而在这个流星两次坠落的集合则必须包含一个流星三次坠落集合!"

"一派胡言!"特鲁勒其实并没有全神贯注地听小数码说话,因为他忙着把坑底那个神秘的立方体表面覆盖的沙子和泥土扒掉,"为什么这件事会发生在我们家里呢?"

"因为根据正态分布理论,这件事必须发生在某人身上。"

"那你说,什么样的流星集合里有带着乐器的流星呢?"特鲁勒问完就站了起来,而小数码听了这个问题、望了一眼深坑后却发出了不解的响声。

特鲁勒走进仓房,用语音功能召来自己的挖土机。由于这台挖土机是智能型的,他早就被这一次次晴天霹雳(流星坠落时的轰鸣声)吓得缩在墙角,根本没有打算听特鲁勒差遣的意思。

"这就是过度智能化的副作用!"眼看着没有任何人愿意为他效力,特鲁勒气鼓鼓地说。他终于在铲子的帮助下,从那个最小的坑中挖出了一块不规则形状的废冰块。冰块表面已经沾上了尘土,内部也浑浊不清。如果仔细看的话,可以看到里面冻着的圆柱体那模糊的轮廓,圆柱体上还蜿蜒缠绕着一条带子。特鲁勒从

411

工作室拿来一把小锤子，小心翼翼地凿着冰，生怕损坏了里面冻住的东西。冰块被凿开后，终于呈现出一个缠有金丝带的玫红色圆柱体，这个圆柱体在碰到铲子把儿的时候，发出了一声悠长的巨响。

"鼓……"数码机器把它从地上拿起来，感到非常奇怪。这就是交响乐乐团里带有支架的鼓，鼓面上蒙着羊皮，被保护得像新的一样。数码机器立刻就用它演奏了一段。

特鲁勒一言不发，径直走向了第二个深坑，那里面也有一个冰块，只不过比第一个坑里的大得多。特鲁勒这次在凿冰的时候十分注意技巧，随着碎冰上下翻飞，不一会儿就露出了两个并排摆放的皮套，上面捆着Z字形的绳子，再往下就是绿色布料裹着的两条杆子。特鲁勒马不停蹄地凿着，从冰里面挖出来的物体不一会儿就被安置在了草地上。

裹在外面的布料硬得像玻璃一样，上面镶嵌了一排金色的扣子，其中一边是翻出来的领子，从里面伸出一个玩偶的头，另一边就是皮套中伸出的两条杆子。

"这绝对是星球原人！"特鲁勒激动地大叫起来，"你看见他们脚上那些管子没有？这叫马靴。我在导师凯莱布伦教授的图册上见过他们！这是一个古老的机器人，从遥远的远古而来，你给我好好学着点，注意听、注意看！你不要再敲那个鼓了，我的耳膜要被你震破了！看，这是他的长袍，这是他的礼帽，他手里握着什么呢？哦，鼓槌！鼓槌是属于鼓的，而鼓又是他的，由此可见我们得到的是一个鼓手！你能跟上我这么飞速运转的思考吗？"

"我甚至比你思考得还要快呢！"小机器骄傲地回答道，"如果鼓和鼓手是一起飞来的，那就意味着他们的飞行轨道是相同的，所以他们就不是被锁在流星里带来的，因为流星的飞行轨道是不同的，也就是说我们的草莓花园是被一颗冰彗星炸毁的，而这是彗星核的三个组成部分。我觉得，如果我们在第三个大坑里找到一个指挥或者是大提琴手，我一点都不会觉得奇怪。"

"小机灵鬼，你说说，这是为什么呢？"特鲁勒问出这句话的时候已经不像刚才那么自信满满了。

"因为一定是这颗彗星的尾巴扫到了一个交响乐团，这样就非常有可能……"

特鲁勒又被小数码机器的话气得火冒三丈。"你别碰他！这儿的东西你什么都不许碰！你给我坐好了，没得到我的允许就不能动，听明白了吗？"说完他继续研究眼前的星球原人，这才感觉重新树立起了一点威信。

"这双马靴上有银扣。"特鲁勒一本正经的，仿佛在讲课，"为什么这块布料硬得像石头一样呢？哦，知道了，它确实是和它的主人一样被冻住了！我们可以用分光镜来化验，你注意，如果我们取了小块样本，虽然可以得出星球原人的化学结构，但却无法得知他是怎么钻到冰棺材里的。我看最好的办法就是把他放到复活机中！"

特鲁勒蹲在星球原人面前，陷入了深深的思考。"如果我们成功了，就可以向他提问，获得极为珍贵的答案。那么应该用哪一项复活公式呢？这个问题非常重要！他既不是银河王朝的使者，也不是菲斯提那兰蒂娜族人，更不是赛博蟹族人或赛博鱼族人……"

"我跟你说，他就是一个普通鼓手！"小数码机器喊出了自己跟特鲁勒完全不同的想法，"就把他架在壁炉的火上烤就对了！"

"你给我闭嘴！机器人生而不平等……放在火上烤这种简单粗暴的方法根本就不配由我这种具有大智慧的人来使用！蠢话说起来最轻巧了！鼓可能只是他的伪装，到时候复活他可能就会变成一件非常危险的事。如果他是一个机器杀手，被一个阴险狡诈的建造师故意派到宇宙中，那怎么办？这种事不是没发生过！再说了，在进行复活程序之前都要签署宇宙诚信复活承诺书的，你懂吗？我们做事情必须遵守这些道德规范。我们去第三个大坑看看吧，也许我们能找到更多有用的信息呢！"

特鲁勒说完就去第三个大坑里忙碌了起来，而机灵的小数码却一直在他身边走来走去，每走一步就会提出一个问题。特鲁勒实在被他的问题烦透了，手里凿冰的锤子也越凿越使劲。突然一声巨响，大冰块碎成了两半，而里面的标本也碎成了两半。特鲁勒一时竟哑口无言。

"都怪你！"

"要签宇宙诚信书吗？"小数码非常疑惑，悄悄凑到特鲁勒耳边问道。

特鲁勒一动不动地看了好一会儿那擦得锃亮的鞋子、深蓝色带红圆点的袜子和从一半冰块里伸出的两条洁净光滑的腿。这优雅精致的打扮深深吸引了特鲁勒。

"还有这么注重自己下半身穿着的星球原人？"特鲁勒不禁把自己的想法说了出来，"太奇怪了！我不确定是不是可以将分成两半的标本复活。我们是不是应该先把他拼回去？"

特鲁勒又走近看了看裂开的冰里还有什么。裂开的平面上布满了闪闪发光的冰晶，里面的东西看起来像随意的涂鸦。

特鲁勒挠了挠头说："我们面前的这个星球原人会不会是古代赛博大师克里巴贝尔书里写的那种用胶水粘的星球原人？如果是那样的话，我们面前的这位有可能就是银河系古原人的一种了。这种古原人游历所有的世界，在远古传说中又被称作'古人'。我在各种系统中都试图找过，但不曾有机会亲眼见到这种有思想的古人。天啊,我必须全力以赴,用我毕生所学把他复活!这可是本体论的重大发现,你都想象不到克拉帕乌丘斯叔叔到时候会是什么惊讶的表情!但是这个断裂可真是让我为难!我的小可怜,现在这里面就是戈耳狄俄斯之结[1],我既不能用钉子,也不能用拉手,真不知道该用什么才能把这些小碎冰碴重新组装回去!"

"爸爸,"小数码从特鲁勒肩膀后面探出头来,"这根本不是什么先人、古人和传说中的人,这就是一个普通的泣器人。"

"你又给我捣乱!你说什么呢?什么'泣器人',你要说的是机器人吧?"

"不是,就是泣器人,总是悲伤抑郁的机器人!昨天我刚从百科全书里读到过!"

"胡说八道!你怎么看出来的?"

"因为他手里拿着杯子啊!"

"杯子?什么杯子?在那块冰里?哎,真的是一只杯子。那又怎么样呢?"

"这种杯子一般都是用来盛毒草酒的。既然他想喝了这杯酒,就说明他想自杀;既然他有自杀的想法,对生命都厌倦了,那不就说明他伤心抑郁吗?"

"这个假设太冒险了!你学的都是什么东西?我可不是这样教你的!"特鲁勒搬着含有泣器人组件的大冰块,生气地数落小数码机器,"现在不是做这种假设的时候!我们上楼吧!"

"去壁炉那边吗?"小数码机器兴奋地蹦蹦跳跳,"噢,太好喽!去壁炉旁!去壁炉旁!"

"不是去壁炉那儿,而是去壁炉后面的架子那儿!"在把泣器

---

1 使用非常规方法解决不可解问题的隐喻。

415

人放在壁炉后的架子上之前，特鲁勒先进行了一些非常考验耐心的工作。他用冻僵了的手把一些原子码放到另一些原子旁边，因为这项工作必须在人工制造的低温中进行。他一度对泣器人内部的混乱应该如何处理产生了怀疑，幸好最终凭借外面包裹着的衣服理清了头绪，因为衣服上缝的扣子清晰地分出了哪一面是正面、哪一面是背面。

他先把两个星球原人都放在架子上，然后回到工作室翻阅了《复活学导论》，以防万一。就在他流连于书海的时候，楼上传来了一阵阵敲击声。

"等一下！等一下！"特鲁勒一边叫喊着一边冲上了楼。那个穿马靴的机器人坐在壁炉旁的长凳上，惊讶无比地上下摩挲着自己的身体；而泣器人横躺在地上，一次次地试图站起来，却又因为失去平衡而倒了下去。

"两位至高无上、尊贵无比的客人，"特鲁勒迈过门槛，"欢迎你们光临寒舍！你们被封在冰块里坠落到了我家的花园，还把我的草莓都压坏了，但是我根本不介意。我把你们从冰块里解救出来，通过热力复活孵化器和高强度的复苏术让你们复活并清醒了过来，就像现在这样！但是你们怎么会在冰块里呢？我对你们的经历和命运更是抱有极大的兴趣！我还要替我那个小家伙——他是我未成年的儿子——向你们表示抱歉，他总是那么不听话，在我旁边跳来跳去的……"

"那你似（是）谁？"泣器人坐在地上，用非常虚弱的声音问。

"尊敬的先生们，这位穿着马靴的先生，还有您，这位目光如炬又温柔如水的先生，我是无所不能的机器建造大师，我的名字叫特鲁勒。这里是我在八号阳星上的工作室，这个星球之前是不存在的，是我和我的好朋友克拉帕乌丘斯不久前用星云废弃物刚刚建造出来的。我的主要工作就是研究本体论与优化论相结合在全宇宙万物理智上的应用！我知道，这样突然就出现在一个陌生的国度肯定让你们受到了惊吓，你们先组织一下思绪，然后把自己的经历告诉我，我实在太想知道了！"

"你和那个警擦（警察）和兹巴夫努兹阔王（国王）有没有什么联系？"鼓手用同样虚弱的声音问。

"您说的那个国王还有他的警察局什么的，我都不知道……您是不是感冒了？我知道，在这么冷的冰块里，谁都得感冒！您要不要喝一点驱寒的栎树花茶？"

"我没有感冒，可能我说话有点口音吧。"穿马靴的机器人一边说一边用手抚摸胸前的金色流苏。

"我的确是从那个国王那里逃出来的，就是刚才说的那个阔王，他统治着一个国家——哦，不对，是'阔家'……那个故事没什么可说的，就这些了。"

"求求您给我们讲讲吧！我们想听！"小数码机器忽然跳起来喊道。特鲁勒狠狠瞪了他一眼，示意他闭嘴，然后继续说："我不想显得没礼貌，你们是我的客人，千万别客气，但是请问，您是机器人还是古机器人？"

"我的头还有点晕，"坐在地上的机器人突然说，"冰流星？彗星？有可能！真的有可能！就是彗星！我可能错过了我的那颗彗星！唉！真是的！"

"您不是泣器人？"小数码机器失望地问。

"'泣器人'？我不知道那是什么！我的头真的有点晕。"

"您别听这孩子胡说八道，"特鲁勒一边对小数码使眼色一边赶忙说，"先生们，这一趟长途跋涉也把你们折腾坏了，我刚才还要进行自我介绍真是太不合时宜了，实在对不起，你们跟我到客房来吧,在那儿可以好好休息一下、恢复一下,我们也可以先吃点东西。"

在沉默中吃完了一顿晚饭后,特鲁勒领着两位非凡的来客参观了他的家,向他们展示了自己的工作室、藏书阁,最后又领着他们来到了阁楼上,那里陈列着许多重要的标本。

特鲁勒的阁楼布置得就像是一个博物馆展厅,展示架上放着浸泡在机油、煤油和乙醇里的收藏品,在木板下面的一条粗钢筋上挂着一台很笨重的机器,黑得像炭一样,趴在那儿一动不动。但是当两位客人走近的时候,它就好像突然活过来一样,还用力踢了泣器人一脚。

"您要注意,因为我的学术帮手在运转,"特鲁勒解释道,"您看到这台在钢筋上的机器是八百年前伟大的宁古斯大师制造的。他当时决定要造一台有宗教信仰、会教人向善的思想机器,也就是信仰机器人,虔诚的宗教道德守护者。您可要小心一点,鼓手先生,这台机器不仅仅会踢人,有时候还会咬人呢!"

"主啊,放开我吧,让您看看我有什么本事!"黑色的信仰守护者咬牙切齿地说。

"看到了吧?"特鲁勒满怀学术热情地继续介绍道,"他不仅会说话、踢人、咬人,还是非常虔诚的信徒。"

然而,这个虔诚的信仰机突然大叫了一声,吓得所有在阁楼参观的人都不得不赶紧离开。

"信仰的结果有时候是难以估量的。"大家一边顺着梯子往下爬,特鲁勒一边解释道。终于,所有人都在周到细致地准备好的客厅里落座,客厅里有舒服的沙发,壁炉里燃烧着温暖的火和电离子草莓电解质果汁。

草莓果汁喝完了,屋子里也暖和起来,而两位来客仍然用好奇的目光打量着四周的环境，一言不发。特鲁勒也不好意思把他心中的疑问——这两位到底是从哪儿来的，他们都有过哪些经历等等——都抛出来，因为那样可太不礼貌了。小数码机器却不合时宜地把自己那有概率理论支撑的假设一股脑都说了出来：彗星是如何旋转的，又是如何用自己的尾巴扫过了不同的星球，把上面的人都刮了下来，然后把他们都封在像蜗牛壳的冰壳里，不知过了多少个千年以后星辰扰动，就把这颗彗星撞出了轨道，而这颗彗星又撞到了特鲁勒的花园里。特鲁勒还没来得及阻止小数码机器继续说下去，小数码机器就开始在整个宇宙星际排列图中证明他的下一个假设了，这张星空排列图他早就烂熟于心，在考虑到星球人口密度等因素后，他用一个和这颗彗星运动轨迹非常相似的元素计算出了彗尾中还应该包含的人数：七千七百七十三人。这些人被卷到了不同的时间和空间中，离第二宇宙速度中运行的一切越来越远。现在这两位流星中的来客以及那面鼓都成了一个普遍的物理学现象，特鲁勒甚至为那些被封在彗星冰块里不知所终的人们感到心疼，因为他无法将他们复活，也无法与他们结识。尽管夜晚早就降临了，但是没有任何人有一丝一毫的困意。特鲁勒和小数码机器都对这两位从冰棺材中苏醒的客人的经历充满了好奇，特鲁勒再次提出了之前的想法，想请两位客人讲一讲他们的经历。两位客人互相看了看，商量了一下由谁先发言，最终决定他们的救星对他们进行复活的顺序就是讲故事的顺序，所以由穿马靴的机器人先来讲述。

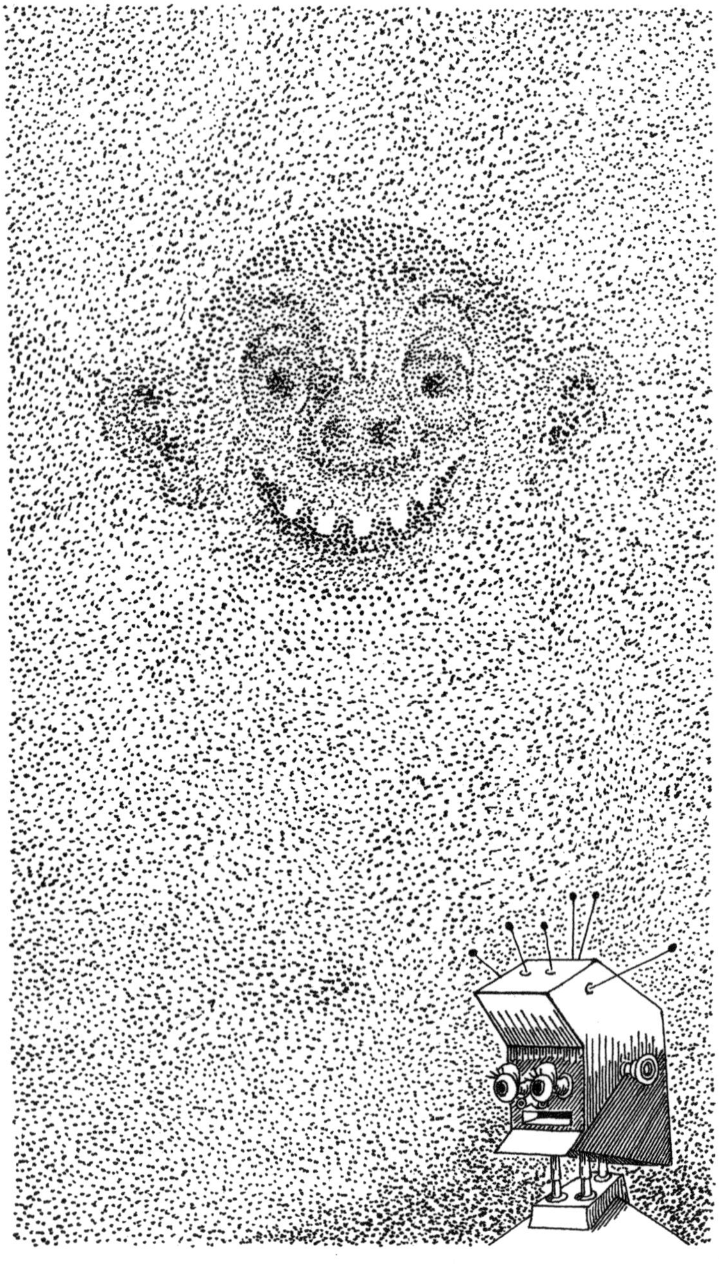

第一个解冻之人的故事

正如在座的各位所看到的一样,我是一个永无止境、不停追求的鼓乐演奏家,当然我的不幸也就是这样开始的。我的天赋异禀在小时候就显现出来了,不管看见什么,我都能在上面敲出一段鼓点,任何东西在我的手下面都能发出真正的曲调。自古以来我们的民族就是这样的。我可以奏出电闪雷鸣般慷慨激昂的乐章,也可以奏出如沙漏流注般轻柔宁静的曲调,我的演奏音域是非常宽广的。我平常也会打打铃鼓,还会制造一些乐器——给我一张羊皮、一截腐烂空心的树干或者一只木桶,再给我一块防水垫,我就可以做出一件乐器。当我演奏鼓乐时,我会沉浸其中,仿佛整个世界都从我眼前消失了。不过我从来没在任何一支交响乐团工作过,我一直在游历世界,想要在所有优秀的民间乐队中演奏。我的乐感非常好,而且我深爱着演奏。你们不知道我见识过多少行星、恒星和音乐厅!我走到哪儿,就演奏到哪儿,就没有我没演奏过的地方!就算累得鼓槌从手中坠落,我也还没过瘾。我开过很多场个人演奏会,人们为我疯狂,在演奏会上尖叫咆哮、狂哭大笑,他们抬着我把我抛向空中,甚至把我的鼓抢走,视为圣物供奉起来。名利向来不是我所爱,我并不追求。我所爱的是音乐,我在音乐的世界中沉沦,我对交响乐的渴望就像一条想汇入海洋的小溪,我愿沉溺在她无边无际的怀抱中。众里寻音千百度，除了完美的旋律我别无所求，每天不分昼夜地沉浸在音符乐谱的海洋中，直到我在阿莱奥茨亚星的小村庄里第一次听说了铃国，就是当地人穿着卷起的螺旋袖子、里面带有一层星星内衬的白色裙衫的地方。我一听到这个消息，就立刻感到怅然若失，我心中的渴望之火又被点燃了。相传那不是一个普通的国家，而是一个交响音乐厅之国，皇家音乐厅的列柱走廊一直延伸到国境线；那里的每个人都会演奏乐器，并且国王都会去听，因为他的梦想就是让殿堂充满音乐或者创造出和谐音乐[1]的空间。我听完就不假思索地掉转方向，朝着那里奔去，一路上就靠演奏养活自己。我用欢快的鼓点吸引人们的注意，无论老少，我收集着他们给我的每一条信息，为的就是确定关于那个国家的传闻是不是真的。但奇怪的是，离铃星越远，人们就越对那里的音乐风俗赞赏有加。他们相信那里是一片和谐空间，非常适合想要演奏的人生活。然而离铃星越近，人们的答案似乎就越模棱两可，要么是脑袋摆得像拨浪鼓一样对此避而不谈，要么就是用手指敲敲自己的额头[2]。我把当地人逼到墙角不停询问，可是他们都跟我绕圈子，没一个人说实话。只有一个奥贝鲁自亚星的老先生跟我说，他们那里是在不停演奏，各种声音不绝于耳，连猫叫声都算音乐，所以他们的演奏中的音乐成分可以说是少之又少。他们所谓的音乐其实包含更多其他的东西。我疑惑地问："他们的音乐怎么就不算音乐呢？这位老者，请您告诉我，这到底是什么呢？"老者只是摇摇头，表示没什么可说的。可是其他人却自说自话，说什么

---

1 原文由"哲学"（fil）和"和谐"（harmonia）这两个词组成。下文提到的"和谐空间"指的也是音乐所包含的哲学概念。
2 表示一个人想法奇怪，脑子有问题。

兹巴夫努兹[1]国王建立了一座国立皇家高等音乐学院，里面都是天赋异禀的演奏家，没有靠一些奇怪动作博人眼球的杂技演员，没有赛马斗兽，也没有老套古板的比赛，到处都是灵感。那里是通往金色琴弦天堂的大门，是进入和谐空间的轨道和钥匙，全宇宙都在演奏着无声的音乐。我又问那位老者，他说："我没说那一切都是假的，也没说一切都是真的。我要是有没告诉你的事，我是不会告诉你的。你自己去那儿看看吧！到时候你就可以找到答案了。"我相信自己的天赋，我把一切都押在了上面，因为，我的机器人兄弟们，我只要拿起鼓槌，轻轻地在鼓上释放出一小段乐章，那就不是普通的鼓点或敲击声了，而是一曲感天动地的挽歌！世间万物都会为之动容，乐声所至，金石为开！我继续前行，我深知想要进入带有皇家认证的音乐宫廷绝非易事，我询问在路上碰到的每一个人，问他们铪星有什么风俗习惯，不过我得到的信息少之又少，人们不是摇头就是摆手，总之我还是没能到达那个地方。我继续在星际中前行，遇到了一个脏兮兮的长毛怪，它把我叫到一旁，跟我说："你要去铪星，哦，你太幸运了，现在正是时候。你可以尽情演奏，那儿的国王也是明君，他热爱音乐，要是他看到你，一定会把金银财宝重赏给你。"我才不在乎什么金银财宝，于是就问了那里的交响乐团的情况。它露出幸福的笑容，回答道："要是能在那支乐团里演奏，哪怕付出生命也在所不惜。"我问它为什么往反方向走，它说自己要去看姑姑，并且要让兹巴夫努兹国

---

[1] 由"救恩，得救"（zbawienie）和"音符，乐谱"（nuta）这两个词演变后复合而成，读音与埃及男名 Pafnucy 相近（和谐的哲学概念由毕达哥拉斯提出，这个故事也和他的音乐美学哲理理念相关，而他早年曾赴埃及）。作者用读音相似的词作为国王的名字，可参照前文及下文的"国王"与"阔王"。

王声名远扬，让各地的音乐家都能快点赶来，因为通往和谐空间的通道已经开启了！通往和谐存在的通道也开启了，其实和谐空间和和谐存在是在一起的！我问它交响存在是不是也在那里，并表示要加快脚步。这个长毛怪物（说真的，它又黏又脏，好像在焦炭或者煤灰里滚了几圈，身上都被烤焦了，沾满了黑黑的煤渣）听完就大喊起来："你这个笨蛋！你这个头脑愚笨、不学无术的坏蛋是哪来的？你难道不知道吗？铪星不是一般的国家，而是一个新型国家，确切地说是'阔家'；兹巴夫努兹国王也不是普通的国王，而是'阔王'！为了实现幸福，他制订了王朝计划，让所有人都演奏音乐。他的计划不是心血来潮或者盲目的，而是通过一种科学的、有方法论支撑的做法，也正因如此，他还成立了音乐学院部长理事会，制定了和谐空间计划表。其他人随时都可能发现这个理事会，并且成为其中的一员，或许有些人已经在那里演奏音乐了！你快点去吧！"

"这种制定好的和谐音乐是什么样的呢？"我不禁问道。

它回答道："音乐可以将人与自然相结合，汇集所有人类的渴望，然后创造出人间天堂。所以我跟你说，你快点去吧！"

"我这就走，但是我的怪兽先生，我还想知道，这个国家——哦，不，'铪阔'——实现了乐谱空间的和谐，他们是怎么做到的呢？"

"哈哈，"这个黏糊糊的家伙说，"他们有严格的要求，并且有流传多年的古老传统。他们一直都是这么演奏的，然而他们不单靠这个，也不是按照正确的方式演奏就可以了。我的鼓手啊，你快去吧，再不去你就要赶不上彩排了！"

"不好意思，"我说，"我可不是什么鼓手，我是最优秀的古乐演奏艺术家！请您再和我说说铪星上的事情吧，这样我到那儿以后就能遵守他们的行为规范!"

"哎哟,我没时间。你快点去吧,你看着,你肯定会感激我的!"

我就继续前行了,不一会儿就远远看到了"阔家"的轮廓。我一下子就认了出来,因为这不是一颗普通的女星,而是一颗小小的男星,处处散发着雄性气息。接着我又看到了雄伟无比的大理石城墙,上面写着一行大字——皇家音乐学院。在不远处,我又看到一辆用油彩画的木车,木车上坐着一个疲惫不堪的机器人,他在挠后背捉虱子,因为年纪太大了,每动一下,他的填充料都在不停地吞噬着他的齿轮。我过去帮他把关节和阀门都清理干净,他轻轻地哼了一段旋律。我问他哼了什么,他说那是《强心苷之歌》,可我从来都没听说过这样的曲子,就问他知不知道铊星。他好像突然聋了一样,让我重复了四遍问题,然后才说:"鼓手朋友,你是多么年轻挺拔,又是多么强壮有力,以后你要面对的事可多着呢!我也不会阻止你去铊星,我也不会劝你去铊星。你自己决定,做你想做的事情。如果你问我那里的人们是不是演奏音乐,我会告诉你,他们当然演奏音乐,从黎明到黄昏,又从深夜到天亮,但是每个国家的风俗习惯都不一样,所以我有一个忠告,那就是'沉默是金'!不管你看到什么,都不要声张;无论发生什么事,你都把嘴闭严!一个字也别说!把舌头上好锁,嘴上要有把门的,把你的声音用沉默封印,这样你以后可能还有机会和别人讲一讲你在那里的奇妙体验和演奏经历。"

我还想再问问他,然而不管我是哀求还是威胁,他都一个音都不肯再发出了。

这时我心中已经燃起了巨大的好奇,我绝对不敢说我在敲开铊星那扇金色的大门时心情是毫无波澜的,因为我隔着门都感觉得到,里面好像笼罩在一片神秘之中。当我拉开那个纯金打造的门环时，门环发出的清脆悦耳的声音似乎给我增添了几分勇气，城门守卫也非常热情地让我进去了，还温柔地跟我说："你看见前面那扇门了吗？请放心地推开门走进去吧！"我一踏进庭院就已经沉浸其中。我站在一根巨大的石柱前，上面的宝石光彩夺目，这哪里是庭院，这就是梦中的圣殿啊，处处还都悬挂着纯金的乐器！我一推开门走进去，就被宫殿内汉白玉、玛瑙和金银的光芒照得眯起了眼睛，四周都是巨大的罗马柱，我置身于一座巨大的圆形剧场的最底部。铪星极其深邃，看得出经历了无数岁月的打磨，而在这颗天体最中心的位置，恰恰建造了这样一座音乐厅。音乐厅里没有观众席，只有乐团演奏者的位置，有些是沙发，有些是小板凳，上面都覆盖着镶有红宝石的银色波点织锦缎，谱架上流淌着动人的旋律，给小号手、单簧管演奏者和双簧管演奏者吐口水的桶也是纯银打造的，钻石吊灯射出像蜘蛛网一样的七彩光辉。音乐厅里也没有展示厅，只是在乐团演奏者位置的对面有一个一整面墙那么宽的巨大包厢，整个包厢镶嵌着木镶板，层层叠叠的丝绒帷幔上装饰着小天使和金流苏，整个包厢都被一块纯金丝织成的幕布遮住了，幕布上布满了高音谱号和降调符号的刺绣，还挂着一轮新月。种在包厢前花盆中的棕榈树像房子一样高，而幕布后面可能是一个宝座，不过那里烟雾缭绕的，什么都看不清，但是我立刻就明白了，这肯定是国王的包厢！我还看到了指挥台，这个指挥台可不是平常我们见到的那种，它位于水晶帷幔下方，看起来就像一个神坛，上面还闪耀着一行拉丁语霓虹灯大字——世界上最杰出指挥家的席位。

也就是说，这里有世界上最好的乐团指挥家。音乐家也是多如牛毛，人头攒动，似乎也根本没人注意到我。他们身着皇家乐团制服，个个衣着光鲜亮丽：腿上的白袜子都是 Fa 音和 Sol 音的；

脚上穿的鞋都是带有低音Do的纯金搭扣,只不过鞋跟是削平的;头上戴的卡尔帕克毡帽上有羽毛缀饰,只是羽毛几乎都被蛀虫啃掉了;每个人都被重重的勋章压得身体前倾,但是每块勋章都垫着绒布,为的就是不让它们互相触碰发出的声音破坏音乐的整体美感。这里的一切都是经过细致周密考虑的!可以看出,这位国王是一位伟大而又慷慨的君主,他毫不吝惜地将勋章颁给这些音乐家!我小心翼翼地挤过层层叠叠的人群,因为这时正好是他们彩排休息的时间,所有人都在一起发言,而站在水晶帷幔下那位戴着金边眼镜的指挥仿佛正在教训谁,他手里拿的也不是普通的指挥棒,而是一根棍子。拿着那么重的东西不累吗?不过这也不是我能管的事了。这座音乐厅壮丽非凡,立体声回声效果一定非常棒!就在我按捺不住演奏的冲动的时候,指挥用余光扫了我一眼,说:"你是新来的吧?是竖琴演奏家吗?啊?鼓手?那你坐那边!我们这儿来了个鼓手,看看你能不能通过考试吧!你坐下吧!我亲爱的大提琴手,你别推我!"我看见首席大提琴手往指挥手里塞了什么东西,好像是一个鼓鼓囊囊的信封。什么意思?这是给他写了一封音乐信吗?反正我什么都不知道,就坐了下来,接着又听到指挥冲着所有人说:"单簧管,你不应该是'嘟嘟嘟勒嘟嘟嘟嘟',而应该是'嘀嘀嘀哩嘟嘟嘀嘀嘟'!这又不是蛋糕上的硬奶油裱花,我的先生,这是活泼的快板,不是急板!你的耳朵是橡木做的吗?[1]然后接着是'提哩哩噜哩夫噜哩发',这里不是一个装饰音,你必须轻柔一点,轻轻柔柔的,明白吗?但是又要加上力量,要掷地有声,而不是流于表面。好,这里轻柔,这里用力。对,'嘀哩哒哒啪哒哒啪'!还有你,铍,你别把短笛的声音盖过去啊!你这么

---

[1] 形容不灵巧、沉重。

用力就破坏了这种轻柔的感觉,你听见我在说你吗?让你别那么用力!"这么看来,这儿和宇宙中其他音乐厅里的演奏也没什么区别,都是很普通的演奏,说的话也都是类似的。

在这一片喧嚣中,我开始观察周边的一切,最先看到的就是我面前的鼓。它是那么完美无瑕,绝对不是普通的鼓;它是那么结实,长圆形的鼓身是那么丰满圆润,像一个美丽的少女,光滑的漆面上缠绕着绣有金色橡树叶的绳子,而绷得紧紧的鼓面上没有一丝刮痕,敲下去一定会发出比惊雷还响亮的声音!

我又看到,他们的乐谱也不是普通的乐谱,简直是一本厚厚的经书,又厚又大的一本,外面裹着斑猫皮做的书皮,封底缀有斑猫尾巴毛制成的流苏,流苏上还绑着一条丝帕,这是演奏结束后用来擦汗的!我就知道,这里的一切都是经过细致周密考虑的!整座大厅里到处是精巧的灰泥装饰、狮鹫、城徽、丰乳肥臀的缪斯女神、女像柱、维纳斯、法翁、船桁、玻璃罐子、支索帆、主帆、普里阿普斯[1]、船后桅枞帆、船绳、航向标……目之所及,无不令我惊叹,这简直就是一首乐曲啊!包厢的正上方悬挂着国徽,国家建立的标志被纯金打造的花环簇拥着。突然,大幕动了一下,仿佛国王一直坐在里面,他难道是不想让我们看见?这时,我又听见戴着金丝边眼镜的指挥迅速地、飞快地、极速地大喊了一声:"注意,各就各位!彩排开始!"所有人推推搡搡,快速奔跑到自己的位置上,开始调音做准备。我手里握着鼓槌,其实这不是鼓槌,更像是两把斧子,两根发得出声响的铁棍!我准备好乐谱,目不转睛紧紧地盯着。指挥示意一、二、三,他的金丝边眼镜的金光照在我们每个人身上,这时小提琴也加入了进来……但是,等等,

---

1 希腊神话中的生育之神。

指挥还在指挥着，可是我却什么都听不见了，除了好像有人在用金刚砂打磨着什么……小提琴发出吱吱呀呀的声音，是不是琴弦没调好？好，现在该我的鼓登场了，我手起槌落，用力地敲下去，可是我只听到了像是有人轻轻敲门的声音，再看鼓面，平整而紧绷，就像表面光滑的奶油蛋糕，毫无起伏。我觉得非常奇怪，再次敲下去，这时整个乐队都加入了进来，哼哼声、响指声、摩擦声不绝于耳，我不敢相信自己的眼睛，我的天啊，长号手用嘴帮助自己的长号发出"卜卜卜"的声音，小提琴手也噘起嘴发出"啼啼啼"的声音，所有演奏者都在模拟自己的乐器发声，来帮助这些发不出声音的乐器演奏！这算什么演奏啊！指挥耐心地聆听着，突然啪的一声敲在指挥台上，说："不行！不行！这可不行！从头再来一遍！"于是我们又从头开始演奏，他还从指挥台上走下来，走到我们中间，来回踱着，用耳朵捕捉每一个刺耳的声音。他慢慢走向圆号手，脸上带着诡异的笑容，手指突然像镊子一样夹住圆号手的脸扭来扭去，掐得圆号手都喘不上气来；他又好像漫不经心地走到了第二小提琴手后面，用手里的棍子照着那人就是一下，小提琴手一个趔趄失去平衡，脖子下面的丝帕都飞了出去，用牙齿奏出一段欢迎进行曲；指挥又慢慢走向长号手，他的目光透过金丝眼镜扫视着其他人，悄声说："你们这演奏的是什么玩意？这也叫音乐？你们就这么演奏吧，一会儿把'阔王'吵醒了就有你们受的！"然后他大声说："我是最优秀的指挥家，我要严格要求你们！再提醒各位一遍，我们演奏的是安静交响序曲！安静、柔板，然后才是活泼有力，但是要弱，极弱，因为欲速则不达[1]！"我明白了，

---

1 原文为意大利语谚语（Chi va piano, va sano），直译为"谁比较慢（弱），谁就比较健康"。

他这么说，一定是在和我们开玩笑，因为他是宽厚仁慈的大好人！然后他又说："先生们，请注意！你，圆号手、竖琴手、小号手，还有你，单簧管手！还有你们，钢琴手，你们用点心，好好演奏！钹要流畅一点！短笛要时刻注意，大提琴再温柔一点！主钢琴，极弱，记住了吗？你看着你的弱音器！"他又回到了指挥台上："好，注意我的指挥棒，听我的口令，为了和谐空间，走，开始！"然而除了哼哼声、刺耳的声音和类似敲门的咚咚声，我仍旧什么都听不见。指挥又面带微笑走到乐团中来，将薄荷糖发给演奏者，不过他给了谁薄荷糖，就会朝着他的脑袋敲一棍子，四周都是击打头部的声音，弥漫着令人担忧的气氛。但是这也让我们都明白了，不能发出声音为的就是不惹怒国王，不要让任何不和谐的声音传到国王——哦，不，"阔王"——的耳朵里！如果有人摔倒，吓得缩成一团，向指挥报以讨好的微笑，指挥同样也会对他微笑，回报给他的就是"嘭嘭"几棍子！其实这不是在打他，而是在拯救他，不让他被发现，不让他挨上"真正的棍子"……我之所以知道这些，是因为我在休息的时候听到乐手们一边互相贴着创可贴，一边说："我们的大指挥，他是个好人！他毕竟是最好的指挥，为了不惹怒'阔王'，他不得不这么做。"他们还说，指挥的心比金子还可贵，他打他们是为了不让"某人"来打他们。我赶忙问："某人是谁？"但是没人回答我的问题。就算我弄明白了打人是为了他们好，但是关于这个音乐，我还是一头雾水，因为除了哼哼声和指甲挠东西的声音，还有一些非常刺耳的声音，真的什么都听不见，但是我们还要演奏。金丝边眼镜的光再次射到我们每个人身上，指挥又跑过来，开始打我们，尽管我们被揍得鼻青脸肿，但是我们知道必须如此，直到包厢的大幕后面有什么东西动了一下，从后面伸出了一只光着的大脚的脚后跟。这绝对不是随便什么人的普通脚，而是一只圣脚,从王室高贵无比的睡裤裤腿里伸出来,翻来覆去地搅动着层层叠叠的帷幔,里面传出了一阵阵鼾声。原来后面根本不是什么金宝座,而是一张缀满了玫瑰花、处处镶嵌着宝石的金床,"阔王"躺在金线织成的床单上,头枕着丝绒羽毛枕,沉浸在谐声的梦想中。我们就看着这神圣的后脚跟,演奏得弱、极弱,以免把他吵醒。我明白了,我们是在假装彩排!可是不对呀,如果假装彩排,为什么打在身上的一下下却是真的呢?为什么琴弦上没有鬃,而我的鼓却像一块朽木呢?

我还注意到,在整座音乐厅最阴暗的角落里,摆着一个像管风琴的大柜子,又黑又大,柜门紧闭,上面有一扇小铁窗,每当有人出错的时候,那里就会出现一双燃着火光的湿漉漉的眼睛,非常瘆人。我问小号手那是谁,他一言不发;我再问低音提琴手,他也是一声不吭;接着问大提琴手、三角铁演奏者也是同样的结果。长笛手在后面悄悄踢我的脚(暗示我不要问了),我忽然想起了自己在来这里前那位老人的忠告,所以我也赶紧把嘴闭上,开始演奏——不对,就是敲。伴着一声惨烈的吱扭声,角落里的柜子的门打开了,里面走出来一个四层高的东西,黑乎乎的,比漫漫长夜还要黑暗,一双吓人的眼睛像两口石磨。它走到两根罗马柱中间坐了下来,一动不动,仿佛在森林中休息一样,那双潮湿却又灼人的眼睛死死地盯着我们。它脏兮兮的后背靠着一根大理石柱上装饰的缪斯女神,来回蹭着缪斯女神的臀部,胳膊肘顶着另一根柱子上的缪斯女神。它看起来太吓人了,仿佛有许多只蚂蚁在我的后背上爬。从这时开始,我已经不太想在铪星的音乐厅里演奏了。它张开血盆大口,嘴巴一张一合,就像一个巨大无比的坑。虽然我希望它能快点把那张可怕的嘴闭上,可是那张嘴太大了,闭上嘴所需要的时间似乎变长了,那"坑"里的情况更是可怕得超出了常人的想象，它还长着恶心的尖牙，不过后面藏着的舌头更加恶心，灵巧地翻动着，还不停有口水流下来。这个角落柜子里钻出来的怪物把一根粗大的手指伸进了嘴里，在嘴里慢慢地、但是很用力地捅来捅去。看着它的样子，我也张开了嘴，我想问问旁边的低音提琴手和钹手：这个大怪物到底是谁？它为什么会在这儿？它在这干什么？这一切到底是怎么回事？但是我一下子就想起了那位老者对我的劝告："不管你看到什么，都不要声张；无论发生什么事，都把嘴闭严！一个字也别说！"想到了这些，我双腿哆嗦着继续演奏。虽然我能看见乐谱，但是我不得不一直去揉眼睛，因为我看得非常不清楚，眼前就好像有很多苍蝇在飞。我不知道到底是五度音程还是四度音程，所有东西都变得模糊不清，眼前一片混乱，我想我一定是遇到魔鬼了。接下来就是长达八小节的安静，但是这安静中又出现了非常刺耳的声音。这个声音粘稠不堪又仿佛散发着毒性，像是消化不良的肠鸣，又像是狗在喘粗气。角落柜子里的怪兽打了个哈欠，张了张嘴，伸了个懒腰，又在缪斯女神的臀部上蹭了蹭自己长满了鬃毛的肩膀，目光从角落后面射出，又用鼻子嗅了嗅，喘了几口粗气后还打了个嗝。在这一片神圣的宁静中，在这专注的音乐中，它是这么不合时宜，仿佛是一个笑话，然而没有任何人看得见，也没有任何人听得见！起码看起来是这样的！下午是音乐演奏会时间，国王就坐在星臣（臣服的群星）围绕的包厢中，戴满戒指的手指头在搓着什么，然后又把手纸塞进自己的耳朵。我又揉了揉眼睛，看到那里有一只小金碟，他把棉花搓成小球蘸了圣油以后，就塞进耳朵里堵上了！我真是什么都不明白了！我们遭受毒打发出强音，而"阔王"却让人把大幕拉上，因为他要处理"阔家"大事了！这到底是怎么回事？

"先生们，努力演奏啊！"金丝边眼镜指挥说，"我们必须要探讨一下，评论一下你们的表演！再这样下去可不行，你们这是什么啊？看在上帝的分上！这怎么能达到和谐呢？你们这样演奏会让'阔王'不高兴的！开始讨论！"我根本不知道发生了什么，但还是偷偷望向柜子的方向。其他人都在积极举手，起立参与讨论并发表自己的见解，眼睛里闪着渴望，开始评价整个演奏：弦乐不对，铙钹不对，号手也不对，手指放错了地方，衔接不够流畅，彩排次数太少，动作幅度太小，演奏不够用心，配合不够好……每个人都在积极地指出自己的问题，我的天啊，开始批评别人时，他们更积极了，丝毫不留情面，把别人批评得体无完肤。不过我不知道为什么只有小号手、三角铁演奏者和圆号手没有这样做。他们还在不停地批评着，每一个音符都会引起他们的争执，仿佛能从里面挤出一杯苹果（评估）汁，这景象也令我觉得非常惊讶。他们有着共同的目标，每个人都有着滔滔不绝的见解，批评的话就像乐章中的音符源源不断地流淌。我忽然看见一片巨大的阴影笼罩了我们，天啊，那个柜子打开了，怪物就坐在里面，它挠了挠自己长了毛的、令人作呕的大肚子，又把手指伸进了肚脐眼里——与其说是肚脐眼，还不如说是一个大漩涡！它喘着粗气，打着嗝，挠着痒痒，全神贯注地坐在那儿，心满意足地挖着鼻孔。我们忽然又回到了死一般可怕的寂静中，一个摇铃的乐手站起来发表结论："尊敬的指挥大人以及各位同仁，这些乐器都不行了！所以我们什么也演奏不出来！的确，它们看起来都很漂亮，还都镀了纯金，但是它们发不出声音啊！这些乐器都是有缺陷的，根本算不上乐器！因此，我的结论就是，请给我们真正的乐器，这些东西可以送到博物馆，要么卖废品也行。"说完就坐下了。"啊？啊？啊？"我们宽厚仁慈的金丝边眼镜大人问道，"你说这些乐器不好？无法演奏？你不喜欢？你就是在找客观原因来为自己的无知与无能辩解！你就是个笨蛋和懒虫，是个背叛者，你就是想暗中搞破坏！你这个坏蛋，下等变种坏蛋！你从哪儿来的？是谁让你有这种背叛的恶毒想法的？你是不是还有同伙？还有人要发表结论吗？"此时，周围安静得仿佛一粒芝麻掉在地上都能听到，国王的仆人走过来，给了指挥一封信。指挥伸直胳膊把纸拿远一点，因为他戴着的那副金丝边眼镜是老花镜，看完信以后，他从镜片后扫视着我们每个人，说："好，现在我宣布休息，因为我现在要去王宫里参加王室部长会议！等我回来，我再把商讨结果告诉你们！"我们就坐在那儿开始闲聊，什么您家最近钉环又掉进油桶里了，什么他家在岸边又新建了一座房子，总而言之都是类似的话题，闲聊了整整一夜。第二天一大早，鼓号礼宾队就来宣读"阔王"圣旨：一次特殊的学术大会即将举办，此次大会的主旨是全面研究通往和谐空间道路上的障碍。一石激起千层浪，旋律学研究家、音律研究家、音乐鉴赏家、声音学者、复调专业毕业的高材生以及至高终身成就教授兼高级博士都蜂拥而至，还带着许多用来录音的仪器。他们用六百台安装在乐器上的超级微型麦克风将第一次演出记录下来，还在我的鼓里面安了超级微型麦克风。他们用绿色的蜡和红色的油漆给录音带盖上封口印章，又收集了因情绪波动起伏而剧烈抖动的空气做研究样本，接着他们就用放大镜把我们每个人从头到脚的每个角落都仔仔细细看了个遍，最后他们讨论了七天零一个月的时间！这都不能简单地称为"全面学术研究"了，简直就是一场学术研究的暴风雨！我从来没见过在一个地方能够进行如此大规模、如此迅猛的科学研究！所有东西都是经过检查并按照适当的方法论进行调整的。整场学术探讨受国王支持，但是他自己并没有参与其中，而是派了双耳国副书记代自己出席。在最后一天，十八位大学校长为我们齐声诵读了这份经过充分的科学研究"一致认为"[1]后共同修改编辑过的"研究报告":学术委员会认定,具有一定缺陷且不完整的乐器是具有极高价值的。这儿缺了这个,那儿也少了那个,这里还差一点,这里的线歪了,那里在跳圆圈舞。小提琴的琴弦是石膏做的,而大提琴的琴身里装的都是谷壳。这份报告肯定不应该是这样,可是它就是这样摆在这儿:长号是堵住的,因为一个一半是棉、一半是尼龙质地的睡帽掉了进去,不过也有可能是别的东西,可能就是水猫[2]掉进去了,所以我们建议要彻底疏通长号管道;我们提出建议,应该立刻在长号手旁边放一个疏通烟囱刷,就让他带着这个堵住的东西继续演奏。我们发现大键琴其实是个大空心,因为里面什么都没有,原先则是个鹅窝。我们发现古斯尔[3]声音微弱是因为它下蛋的时候太弱了,因为我们用测温器分析过了,测羽器[4]显示羽毛阻挡了鹅发出叫声,所以鹅才无法发出清脆的声音。所以去羽毛机是必要的,皇家应从国库中出资为古斯尔演奏者购买新的古斯尔,并将它们分配给古斯尔演奏者,因为现在的古斯尔演奏者是从事指示剂工作的人,也就是养火鸡的人。[5]在演奏极弱旋律的钢琴中有一百只老鼠,它们发出微弱的叫声,尾巴被绑在踏板上,而且负责给这

---

[1] 此处原文特意将"一致认为"一词少写了一个字母,改成"一直弄错了",还特意写错"研究报告书"一词,暗示这是经过改动的研究报告,内容混乱不堪,不具有真实的研究意义。

[2] 为了和前文提到的睡帽谐音,此处生造了一个词。

[3] 一种流传于巴尔干半岛的弓弦乐器。此处是为了和前文提到的鹅相呼应,因为"古斯尔"写作 gęśla,而"鹅"是 gęś。

[4] 前文的"测温器"写作 pyrometer,此处改成了 piorometer,意为测羽毛的机器。

[5] "指示剂"一词写作 indykator,"火鸡"一词写作 indyk,而词尾 tor 一般表示做什么工作的人。

些老鼠喂食的护卫还侵吞了原本用来买鼠粮的资金,所以这些老鼠发出的声音就更微弱了。如果"阔王"不能大发慈悲,养鼠护卫一定会被砍头的。三角铁应该由金属制成,而这个却是粘连[1]在一起的,哪怕用了酵母。好,现在说说低音提琴,主低音提琴演奏过渡音的时候,应该用马刺环然后踏着它离开,但是大提琴手由于速度过快,在演奏深沉低音的时候必须把脚遮上(钉马掌或套上马刺)。委员会建议:需要将他用绳子捆上,或者把脚底板削去,或者用缰绳套住,或者将他流放到荒无人烟的地方。明明就是他的琴弓上没有马尾,可是这个专家委员会却研究出了一种大气,把氮气、氧气、二氧化碳都混在一起,里面还有一些像氢气、氩气、氪气等稀有气体的痕迹和一些水蒸气;里面还有一些流动的悬浊液,这些其实就是乐手们咳嗽出的废液和嘴里吐出的脏东西。但是委员会最后还是认为马尾应该比这种气体更适合,特别是在演奏颤音和琴弓需要连续在琴上摩擦的时候。这份专家委员会的调查研究报告一共有一千八百页,里面当然对我的鼓也进行了关注和研究:虽然这个鼓镀了纯金,但是它其实是用一块处处结满痂的木板做成的,根本不是一面鼓。专家还提出了三百八十一项研究结论,分别递交给了小号、圆号、长号部、摇铃部,并将如何达到和谐空间的建议提交给了无望邦的副秘书长和最高管乐法院,铙钹大将军亲自给这些研究结论盖了章。这下乐团可炸了锅,他们个个跳着脚开始大吵大闹。

没错!这面鼓的木头是一块破木头,里面装的也都是废品,散发着恶臭,这是想用无知来掩饰真实!长笛、单簧管、双簧管,小号都是被堵死的,这简直太恶毒了!简直太浑蛋了!我们想要

1　与波兰特产"花环面包圈"同音。

演奏，你们给我们更好的乐器！给我们更好的乐器！我们要演奏！你们看看，有眼睛的都看得到，这里面塞着抹布，号嘴也是堵住的！铙钹也都是用镀了金的石灰水泥做的，这种东西怎么能演奏呢？我看着他们，不知道是他们疯了，还是我疯了，明明从一开始就是这样，可是为什么现在才突然这么愤怒呢？虽然我很努力地在思考这个问题，但是我真的什么都想不明白。再看看他们，如火苗般的音乐热情点燃了他们的怒火，如假包换的暴怒！这时钢琴演奏者站了起来，环顾四周后说："好了，这里是我写给国王的建议书，我这么做完全是为了和谐空间，我希望我们不再拿着这堆石膏、水泥和混凝土，我们能够得到真正的木头、黄铜以及发得出声音的琴弦！这是我们的诉求！必须得到满足！快看看你们做的这一切坏事吧！现在除了一堆散发着恶臭的气体，我们一无所有！"他非常自豪地坐下，眼神中充满胜利的光芒，他望着自己的同伴，他们个个大喊道："对！我们也有要求！我们在这儿就发现了！这些毒气、老鼠、水泥，还有那些一钱不值的废物，这些东西合在一起怎么能迎来缪斯（音乐）[1]呢？我们也想上书进言，但是那次正好我脚疼，或者腿抽筋了，或者嗓子哑了；要是去提建议的话，我能写一本钢琴谱那么厚的东西，但是不凑巧，我的笔记本怎么也找不到了；要是我去的话，我的话肯定比你说得更重，但是那天正好我姑姑病了……"他们一个接一个地抢着表达，而此时我却看见墙角里的怪兽蹲在开着的柜子旁边，一直在蹭痒、打嗝，两条腿蹭来蹭去，简直就是猩猩怪！我一个劲地给他们使眼

---

[1] muza 是多义词，既可以指缪斯女神，也可以指音乐。整篇故事都隐藏了一个语言游戏，即"对 muza 的热爱"，既可以表示对音乐的热爱，也可以表示身体上与女神的情爱。

色，让他们别说了，快看看那边可怕的怪物吧！但是他们依然激情昂扬，心中满是对新声音和新生活的希冀，根本没注意到我。接着就有四位身穿法式纺锤形绳结装饰制服的声音警察把崭新的乐器抬了进来，可以演奏了！欢呼声直入云霄！还换了一个戴着椭圆形镜片眼镜的新指挥，原来那个戴金丝边眼镜的已经告老还乡了！听说他的鼓膜破了，根本什么都听不见！原来的霓虹灯大字也不见了，换成了新的"乐天派指挥"，马上就开始彩排了！在正式彩排前，椭圆眼镜说："我是遵循原则的，我们先来讨论一下！你们每个人都可以把心中最隐秘的渴望说出来！不要害怕！我亲爱的团员们，大胆地把你们的渴望说出来，没有人敢碰你们一根头发，也没有人会伤害你们，没有人会揪你们的耳朵，也不会踢烂你们的腿，因为我不是这种人！我以和谐空间的名义向你们保证，我所说的话都是在庄严的指挥棒下面宣过誓的，是最伟大仁慈的兹巴夫努兹殿下盖章认证过的！"

所有人又开始吵吵嚷嚷，控诉和渴望就像蜂巢里流淌出来的蜂蜜一样源源不断，小提琴手、圆号手、小号手、大提琴手，一个个毫不喘气地说起他们原来是怎么受苦的，是怎么被金丝边眼镜折磨的，他是多么可恨……我听着他们的话，不敢相信他们竟然把金丝边眼镜说得这么不堪，他们原来是多么爱戴他啊，一遍又一遍地对他说着赞美的话，表达着自己的崇高敬意，还给他塞了那么多厚厚的信封，里面装的肯定都是写满喜爱之情的情书。他们拽着他的袖子，像儿子对父亲般孝顺和尊敬；当他挥舞着棍子揍我们的时候，他们的心像白鸽一样纯洁，说他这么做是公平公正的！可是现在又在这儿抹黑，说他是个聋子，就像一块榆木疙瘩！大提琴手还说，有一次他把他们的后背都打残了；还有人说，他那双眼睛变幻莫测，里面暗藏的都是凶狠的光芒，只要瞪一眼，就可以把鼓烧出几个洞来,不信可以问我们的鼓手!我心情极为复杂,嘴里嗫嚅着,因为这完全是一派谎言,可是我却看见他们眼中闪烁着真诚的光芒,毫不掺假地说着假话,连磕巴都不打一下,我实在是无法抑制自己的惊讶,他们看起来是如此真诚而高尚,怀揣着对美好新生活的渴望,而这种渴望却让他们可以这么胡说八道、乱喷口水?他们说他会使用巫术,吓得老鼠都不产奶了;说他是个斜眼,还像猎狗一样对他们穷追不舍;说他长着鹰钩鼻和扁平足,可扁平足怎么走得到和谐空间呢?

　　椭圆眼镜记下这一切,附和着我们,还不停鼓励我们继续说。[1] 彩排开始后,我看见椭圆眼镜一步一步悄悄地走向我们,我们有点害怕,想要藏在乐谱后面[2],只见一只大手遮天蔽日般的阴影笼罩了我们,一把先是抓住了摇铃的人,因为他是第一个发言的,然后是"呲啦"一声,第二只手又扯住了大提琴手的裤子。这个椭圆眼镜和金丝边眼镜不一样,他没有发出那么多没用的噪声(不像第一个指挥那么多话),他二话不说,一把抓起两个人的领子,任由他们两腿不停地摆动挣扎,拎着他们来到大柜子面前,一把就塞了进去,锁上了柜子。我只听到了一阵律动:"咔吱咔吱""嘎吱嘎吱""吧唧吧唧"!这就是我们最后一次看到他们。

　　我们继续演奏,不过总是走调,因为我们的眼前一片黑暗。"再来一次!"椭圆眼镜大喊,"又错了!再来!"我们只能继续演奏,每次乐声响起,我的后背都一阵发麻,尽管这是乐器演奏出的乐声,我却因为后背上这种酥麻导致的恐惧感,一点也感受不到乐

1　此处一语双关,显示了本篇的音乐性。"附和"一词有"和声"之意,而"鼓励"和"低音部演唱"是同一个词。
2　指藏在演奏出的旋律中。

感，我还总是看错乐谱，因为我总是用余光瞟向那个瘆人的角落。钢琴开始演奏，只是金属琴键每按一下，都会发出颤抖的声音，这时猩猩怪打开柜子通风换气，又在角落里坐了下来，打着饱嗝，甚至打了一个摇铃人味道的嗝。主啊，和谐空间啊，你们看见了吗？打嗝声让弦乐手拉错了音，而钢琴手则像筛糠一样哆嗦起来！椭圆眼镜指挥脸上的五官皱成了一团，那表情像刚吞下了一只癞蛤蟆。"你们又错了！你弹错了！你拉错了！这哪里是音乐，这是噪声！你们不觉得丢人吗？"然后又是一顿棍棒交加。他在指挥台后面对我们宣讲理论知识，又喂我们吃了维生素和营养剂，然后又拿来一桶桶特意从外国进口的特殊松香，伟大的"阔王"可真是大方！然而我们又出错了，所以又召开了第二次学术研讨大会，但是这次大会是纯靠手语进行的。四位身穿法式纺锤形绳结装饰制服的声音警察又走了进来，分别站在我们的左右两侧，谁要是高了一个音，他们就过去吊销奖杯，谁要是低了一个音，他们就过去罚款。当我们演奏得雄壮有力时，这些声音警察就会过来捅我们，因为他们每个人都有"警棍"和"戒尺"，这一下下的惩罚让乐团的声音越来越虚弱，"嘀哩啦啦嘀哩"的声音都变成了"噗噗簇簇噗噗"。我突然意识到，追求前往和谐空间的动力让我陷入了深深的压迫之中，我的脑袋快要爆炸了……

被声音警察监视还不是最惨的！为了保证每个乐手的声音纯净度，每天旋律会计师都要对我们进行各种各样的测量、计算和审计，评估我们每天说了多少个音，又有多少个音跑了，声音预算表应该添多少；他们还写下了结论，说羽毛摩擦产生的声音要比猫哭中的音乐含量少。"又不对了！"椭圆眼镜指挥大师停下来喊道，"不对！乐队里少了铃的声音！摇铃的哪儿去了？又跑哪儿去了？"坐在远一点地方的乐手陪着笑脸，离他近一些的乐手都蹲着，赶紧说:"确实是,怎么没有摇铃的?是不是被吸走了?哈哈哈哈!也有可能是乘着旋律逃跑了?领导怎么看这件事啊?太差劲了!真的,这个人太差劲了!简直就是个罪犯、禽兽、胆小鬼、背叛者、潜逃犯、走狗……"

指挥又给我们上了实践讨论课,要我们对自己走调的原因进行深层的挖掘和分析!大家你一言我一语又开始热烈讨论:"就是总有东西影响我们,就是有什么小东西总是干扰我们,也不知道是河流还是地板!"还有人说是空气污染导致我们老是找不到和谐之路。大提琴手说是因为通风不够,中提琴手却说是因为风太大了,都灌进了中提琴里,所以中提琴的声音就不对了,问题就是出在这里!还有一些人提议,是不是应该把整座大厅都检查一遍,也许哪里有老鼠,特别是那些角落里,我们这些演奏者潜意识里都是非常害怕老鼠的,所以我们可能就因为这些老鼠所以老是出错。我们又开始寻找通风口,把每一处都堵上,同时我们还在找老鼠,趴在地上拿着放大镜找,最后也只找到三只蟑螂、一只蜘蛛、六只跳蚤和两打虱子。我们把所有找到的东西都登记在记录表里,然后继续拿着根本没有亮光的手电筒四处寻找,不放过任何一个角落。然而我发现,所有人在离柜子还有六步远的时候就不再向前了,我和其他人一起蹲在地上,拼命闻着角落里的味道。我用自己的力量推着大家一起靠近这个柜子,突然好像被电流击中似的,仿佛有人在我们中间装了电线,所有人都不约而同地哆嗦了一下,就像魔鬼被泼了圣水。所有人都吓得往后退,嘴里还念叨着"哎哟,撞到墙了"。很明显,这里根本没有一道由砖块、沙土、水泥、灰泥和石灰建成的墙。我试着往前走一走,感到有人在推我,又好像有人在我的屁股上叮了一下,然后我们就连滚带爬地转移到了一个安全的地方,我明显感觉到有人在用手指杵我的眼睛。我们达成了共识,一是我们看得很清楚,二是我们什么都没看见,所以我们看清楚了就是什么都没看。尽管很疑惑,但我还是蹲着慢慢离开了那里。

我们继续演奏。猩猩怪统治着这一切,这个大怪物就坐在这儿,我估计也不会有什么音乐了,因为那个小提琴手发出的声音简直比鬼哭还难听。这叫什么演奏啊?而且随时都有可能落入那个充满着恶臭的血盆大口。我们轻手轻脚地演奏着,眼睛却湿润了,一阵令人窒息的恶臭袭来,我们吓得差点灵魂出窍,猩猩怪的大鼻孔就在我们头顶上方嗅着我们的味道和音乐的味道。可这么残暴野蛮的东西又能怎么样呢?难道还能闻出音乐的美妙吗?我们现在有了可以演奏出声响的乐器又如何呢?我们不还是会成为猩猩怪的口中食、盘中餐吗?就在这时,"阔王"走到包厢里大声宣布:"好,这首曲子还算有点调儿,和声也算和谐,但是你们没有倾注情感和灵魂,完全是没有信仰的演奏!这样的演奏根本不算数!根本就不是真实的演奏!而且刚才那首曲子里总是混着猪哼哼的声音,这是怎么回事?是谁把这样的噪声加到音乐里来的?是不是想破坏整部交响曲?现在我下令要将这个人捉拿,让他永远滚出我的国家!好,你们现在开始演奏吧!弹起来,拉起来,吹起来,演奏起来!要做到步调整齐,异口同声!否则本王就要勃然大怒了!"在休息的时候,我鼓起勇气低声叫住低音大提琴手,因为他那庞大的乐器可以挡住我们。"尊敬的先生!"我说。他问我要干什么,我就问他:"你能不能看见'阔王'包厢那侧的墙角有什么东西?"他一言不发。我又问他:"你们都看不见墙角那儿的大怪物吗?不可能啊!那就是一个可怕的猩猩怪啊!就是它散发着臭气啊!你听,它刚打了一个嗝!"他还是一言不发,不过我的眼前一片模糊。我又继续说:"你既不是白内障也不是青光眼,就算你眼睛上长了鸡眼,你的鼻子总归还能呼吸吧?能闻到味道吧?这么恶心的味道多明显啊！我们头顶上的不是乌云遮住了天空，而是猩猩怪的大鼻子；这也不是电线杆，而是它的大獠牙呀！它会一个一个把我们吃掉的！"他依旧一言不发。我的眼前更加模糊了，但是我看得清清楚楚，他拉错了一个音。他吓得浑身上下都在哆嗦，像突然犯病了一样。他小声说："你好好演奏就是了！我一会儿拉到'哒哩哩嘀哩噗嘀嗒'的时候，你别敲成'呜哒吧啦吧'就行，你得接'呜噗！嘟！哒啦！'"说这些话的同时，他还在用另一种声音对我说："看在上天的分上，你赶紧不要说话了！"原来他是在用腹语和我说话！这时他的嘴又在说："我们别说话了，现在是演奏时间……"

我环顾四周，发现这里的每个人都像他那样会腹语，我之前以为那些哼哼声和噗噗声是他们吓得打嗝放屁呢！我俯下身子与他们腰带的位置基本齐平，就能更清楚地听到他们用腹语交谈时说的话了！他们的肚子都在窃窃私语："这是个魔窟啊！魔窟！每个人都从和谐冲向了灌木丛！""大阔王，脚光光，撒尿的声音当成音乐来欣赏。"又有肚子说："刚才那段真是我们用生命在演奏啊！"还有的肚子说："注意，都蹲好，有个怪物在这儿晃来晃去，上上下下地把这棍子塞在食管里，真难受！"还有一个肚子说："没准他过几天就吃腻了，说不定想当一个素食主义者呢！"肚子在底下你一句我一句地说着，上面的嘴却同时在说："不错，不错，我们今天演奏得还可以，离和谐空间已经不远了，越来越近了！弦乐，你们不要乱了节奏！"又或者说："这儿不对，这儿重来，你这是在挥动香肠吗？"我还发现他们都在底下搞小动作，做着一些不合规定的"兼职"：有的人用梳子弹出美妙的乐曲，有的人用草秆吹出一段口哨；长号手喜欢集邮，还用手里的邮票擦眼泪；有的人在学外语，有的人在绣十字绣。忽然一阵脚步声，是猩猩怪来了，他们都吓坏了,可是猩猩怪只是把草秆、梳子和邮票拿走了,又钻进柜子里,发出了"呼噜呼噜"和"吧唧吧唧"的声音。这次,长号手脸上挨了一拳,算是给他一个小教训,他一边用奶酪蘸着乙酸铅溶液往自己被打肿的眼睛上敷,一边用腹语说,刚才他唱那段裹脚布小调的时候,大家应该提醒他注意自己的演奏。突然又有个肚子说:"大家小声一点,小声一点!"所有人都压低了肚子的声音,声音小到我都分辨不出是谁的肚子在讲话:圆号手贩卖镇定剂和止疼片,低音提琴手负责捉鼓里的蛀虫,三角铁演奏者告诉大家如果挠一挠肩胛骨附近就会减轻后背发麻的恐怖感受,还有些人互相指责,该降调的时候升调了……这时指挥大叫起来,要求大家要演奏出轻柔的乐曲:"你这个笨蛋,你是蠢驴吗?你看不见乐谱吗?"突然一片灰尘飞起,他们对着小提琴手拳打脚踢,然后让他站在墙角单独演奏。旋律微弱得就像老鼠的吱吱叫声,不过可能真的是老鼠在叫,谁又分得清这是微弱的嘈杂声,还是杂乱的老鼠叫呢?反正一直演奏的都是不在调上的,不是毫无感情,就是颤音太多,大家除了抱怨,就是颤抖。从早上起,所有人就开始用丝绒布擦拭自己的乐器,抹上松香,我的鼓用山羊皮擦得都可以当镜子照了。国王的仆人走到椭圆眼镜指挥的身边,塞给他一张纸条,指挥看完就说:"我现在要去参加以'统治音乐灵感'为主题的部长研讨大会,因为你们的演奏实在是太不纯粹了,现在我宣布晚上之前暂停排练!"这时,低音管演奏者就应该给指挥递上一个厚厚的信封,这已经是传统了,但是他好像犹豫了一下,因为他把信封塞进兜里后又回到了自己的座位上。然后就来了一个新的指挥,目光锐利,根本不戴眼镜,他后面是委员会最新宣布的决议:小号手没有演奏出最好的声音,而是把它隐藏起来了,而且也没有按照规定缴纳税款,所以把他调离小号手位子,派往梨灰邦任副秘书长；而竖琴演奏者因为手干枯萎缩，而且不识谱，所以将其调至钢琴演奏者的位子，以免其手部病情恶化。又到了猩猩怪巡查时间，我因为太害怕了，一不小心小拇指碰到了强音，老天保佑，我不知道这次能不能死里逃生。老天保佑，我两眼发黑，双腿僵硬，已经听见那可怕的脚步声越来越近了，然后是一阵"呼噜呼噜"和"吧唧吧唧"的声音。等我睁眼一看，没了，长笛手，没了。长笛手就这样在舞台的最中心被吃掉了，在宽厚仁慈的伟大君主"阔王"面前，在熠熠生辉、光芒万丈的钻石吊灯底下。这时宽厚爱民的兹巴夫努兹国王已经换下了睡衣，身上披着一件银貂大衣，端正地坐在那里。我觉得，既然这个怪物敢在"阔王"的注视下把我们吃了，现在所有人能做的事就是大声向国王哭诉。他们有可能跪下，也有可能情绪失控，还有可能一拥而上冲向怪物。然而，令我难以置信的是，什么事也没发生，真的，什么事也没发生。这让我疑惑不解，更让我怒火中烧，我在这儿吃了这么多苦，挨了这么多打，受了这么多委屈，虽然我能够待在鼓的旁边，可是却让我演奏这样的东西！这一切的一切让我心中涌起了一股强烈的情感，还带着一丝眷恋。你们给我听好了，我什么都不在乎了，什么都不怕了！去你们的吧！没有爱和希望的生活、没有音乐相伴的生活，所谓的音乐还要受猩猩怪的控制，这算什么东西！把那些提琴都劈成碎片吧！把那些小号都炸飞，把那些圆号都烧成灰！滚蛋吧！我们要一直演奏到晚上！

音乐演奏会继续着，整支交响乐团发出了巨大的响声，而猩猩怪就蹲在那儿，挠着痒痒，抓着虱子，又把粗大的手指捅进自己的大臭水坑（嘴）中。有时候它的口水流下来，仿佛在我们身上下了一阵口水雨，比五月的雷阵雨还要激烈；如果它打个喷嚏，就好像是一声炸雷劈了下来，盖过了乐曲中的最强音，但是整个乐团依旧不屈不挠地演奏着。小提琴手撕心裂肺地哭喊,圆号手晕了过去,小号手"嘟嘟嘟"地吹奏着,却倒在血泊中。我眼前突然出现一只长满黑毛的大手,然后低音提琴手就消失不见了。尽管他一直很警觉,但还是没能逃出魔爪。我们还在演奏什么音乐呢?我们马上就都要成为猩猩怪的盘中餐了,而"阔王"就在皇家包厢里坐着,这个受人尊敬、爱民如子的"阔王",一边享受着仆人用羽毛扇轻轻地扇风,一边从牙缝里挤出一席话:"这还不是我说的音乐啊!这里面听不出一点信仰、真理、希望和爱!更不要说什么载入史册的和谐乐章了!来来来,勇敢一点,继续努力!总指挥看不见我说的这些缺点啊?你不是不用戴眼镜就目光如炬吗?快点!哎,好一点了!本王现在非常不满意!你们这群不忠不信的叛徒!你们怎么胆敢怀疑和谐空间的存在?嗯?是谁要造反?让我离近了看看他!都给我勇敢点!振奋起来!不要害怕!我们不会被打倒!我们是最高王权!我们是皇家信仰!刚才那只到处乱吠的害群之犬给我站出来,我得看看你为什么要挑战我的权威,为什么要搞破坏!"

我们并没有回应他的话,而是耐心地向他解释,但是我这次必须要给他一个教训尝尝了!接着又是一片芝麻掉在地上都能听见的死寂,所有人都纹丝不动。就在这时,猩猩怪突然发出了一声巨吼:"哈唧哈,哈巴唧哈哈唧唧!"整座大厅都颤抖起来,大理石石柱发出断裂的叹息声,我的鼓也震出了"咚咚"的回音。墙上的石灰被震裂了,落在兹巴夫努兹国王那比最亮的星还要闪耀的王冠上,弄得他头上都是灰尘和粉末。可是"阔王"却好像什么都没感觉到,也什么都没看到,眼睛都没眨一下。乐团里的所有人在听到那一声炸雷的时候都蹲下抱住脑袋,缩成一团,可是"阔王"却一动不动。我开始觉得这件事蹊跷了,这也太诡异了!"阔王"看不到可怕的墙角猩猩怪吗?他似乎真的看不见。难道他也感受不到石灰和墙皮都砸在自己脑袋上了吗?他似乎真的感觉不到。这一切意味着什么?这里到底谁为王,谁称臣?猩猩怪正用尖牙咀嚼着"阔王"的皇家大指挥,是不是咽下去最后一口肉,它就要吃"阔王"了?难道他们暗中结盟要来对付我们?我真的什么都想不明白,但是我知道最好现在找来一个磨爪器帮我挡一挡,越快越好,可是要去哪儿找呢?

在音乐会演奏的下半场,猩猩怪从柜子里出来,在我们中间晃来晃去。什么意思?它在柜子里待得无聊了?因为马上就要颁奖了,乐手突然热烈地讨论起来,一个个积极点评,发表着深刻而到位的批评与建议。猩猩怪还在我们中间走来走去,闻闻这个人的耳朵,帮那个人整理一下领带,又把第三个人的演讲稿吞了下去。它显得心事重重,一会儿蹲下,一会儿溜达,一会儿又往纯银打造的口水桶里吐痰,有一次还不小心搞错了,把痰吐到了长号的号管里。然而大家还在热烈积极地探讨着和谐空间的事,激动得汗水都顺着额头淌了下来。他们切磋着应该怎么演奏或者不应该怎么演奏,这真是太神奇了,他们可以带着满心对和谐空间的信念探讨如何能够呈现出完美的演奏!当其他乐手还在尽情聊着他们的话题时,我感到了猩猩怪的脚步声、喘息声和挠痒痒的声音从我最后一根肋骨处扫过,我觉得自己快要窒息了,眼前一片黑暗。我有话要说!"阔王"只是在包厢里上上下下地打量了我一遍,就立刻下了诏书,准备对演奏进行点评,而他更是拨冗亲临了此次点评,君恩浩荡,天地可鉴![1]我站起来,我意识到,如果那些对音乐的描述可以变成真正的音乐的话,那么铱星早就是和谐空

1　此处使用了夸张的手法营造古代氛围。

间的代名词了！我抱着孤注一掷的决心，在一片寂静中大声说："在这里转来转去的大怪物到底是什么？它弓着两条罗圈腿在这儿游荡，一瘸一拐地晃来晃去，光是看它一眼就令人心惊胆战！这个角落里的柜子怪物凭什么可以监视控制我们的音乐？它凭什么可以把我们吃掉？它怎么忍心把这么多优秀的音乐家生吞活剥？它那长满鳞片的耳朵还在抖动，它的喉结也在一动一动的！那么多委员会的教授、博士、专家、研究员、学者，他们个个拿着放大镜，难道都没看到吗？可是他们一个字都不敢说，就是蹲在那里，连大气都不敢喘！我现在要大声地告诉你，我抗议！兹巴夫努兹'阔王'，我抗议！各位乐手兄弟，我反对！还有你，墙角里的怪物，我抗议！一天不把你除掉，这里就一天不会达到和谐！"

"先生们，你们在干什么？"我看到一些乐手拼命钻到自己的乐器里，你们可能还能想象低音大提琴手想钻进琴身、钢琴手想钻进钢琴里的样子，但是那些吹长笛的怎么也钻不进去，还有那个敲三角铁的，费劲地想把自己的脑袋塞到三角铁中间，三角铁就像个项圈似的箍着他的脖子，他的牙齿每哆嗦一下，三角铁就会发出清脆的响声。还有一些人钻到了沙发底下，用手刨着地板，想要在地上挖出一个坑。他们怎么会知道，那些政客能像鸵鸟似的在地上刨个坑，假装自己看不见周遭的恶劣情况，可是他们这里的可是纯橡木地板啊，根本无处可藏。铙钹的演奏者企图用乐器挡在自己的屁股后面，然后一头扎向我的鼓，想钻到里面藏起来，可是我那质量上乘、外国进贡来的鼓一下子就把他弹了回去。指挥为了能够盖过我的声音，一只手砸在指挥台上，像猪一样哼哼着。"行板、柔板、宽板、窄板、铁板、木板。"他把自己都弄晕了，根本不知道自己在哼哼什么。此时，至高无上的"阔王"在低声和自己的仆人交代着什么，然后他包厢前的大幕就被拉上了，一道光彩夺目、金光闪闪的丝绒布就把我和国王隔开了。猩猩怪还是老样子，挠着痒痒，吧唧着嘴，打着嗝，这次它打了一个带有竖琴手味道的嗝，竖琴手本来就是个大胖子，所以猩猩怪打了这个又肥又油腻的嗝、肠胃消化了以后才站起来，突然和我说话，声音低沉、沙哑、令人害怕："罗圈腿！你说谁呢？我的朋友！啊？你说谁是——呜呜呜呜呜呜（哭声）——丑八怪？你说谁——呼呼呼呼呼呼（哭声）——长得恶心？从来——哇哇哇哇（哭声）——都没有一个人说过一句保护我的话！你们谁来救救我这个可怜的人啊？我在这儿受尽了凌辱，受尽了欺负，我在这儿待不下去了，我在这儿太苦了，我在这儿一直都被伤害，我要去找妈妈，我要找妈妈！呜呜呜呜呼呼呼呼呼哇哇哇哇哇（那哭声就像一阵瀑布般的暴风雨）。你这个坏蛋鼓手！你这个不懂礼貌的人！你这个没良心的坏蛋！你根本不爱我，我——呜呜呜呜（哭声）——我原本以为这里的所有人都爱我！所有人都爱我！"听完它的话，我一下子愣住了，过了好一会儿才鼓足勇气跟它说："猩猩怪先生，想要爱一个从墙角柜子里钻出来的怪物实在是太难了，它像野豹望着绵羊一样蹲在角落里看着我们，一会儿出来把提琴手拦腰折断、吸血吃肉，一会儿出来把长号手啃得骨头都不剩，要么就是把长笛手当作一顿饭后零食。我真的不明白，你难道看不见自己这吃人（音乐）的恶劣行径吗？还有你们——"我又转向了那些彬彬有礼的学者、教授、专家，还有那个穿着燕尾服、叼着烟斗的高级博士，"你们的科学，根本就不是科学！你们在这里又是安节拍器，又是装和谐振体测试仪，还有那些乱七八糟带着咒语的各种仪器，不就是为了监视我们吗？你们还向空中抛撒面粉[1]，就让这黏糊糊的

---

1 指故意扰乱视听，制造混乱。

混合物挂在空中吧，最后会形成驻波结的！你们写那些什么专家鉴定报告，还想用尺子丈量我们的灵魂[1]，可你们根本看不见猩猩怪！'阔王'，你给我把你那块窗帘拉开！你给我解释清楚，为什么这个地方就变成了墙角柜子怪物的外卖领取点了？"我真的已经豁出去了，什么都不在乎了。我看到那些学者掏出一管管人皮胶水，想要用一些非常难懂的词来写一份关于我的专家鉴定报告：奸佞鼓手，诽毁逞狂，痴迷音乐，神志不清，疯傻无知。忽然猩猩怪一声哀号，伤心难过地涕泪横流，泪水和鼻涕像一条条小溪漫过了剧场的台阶。它像头大猩猩一样一跃而起，朝着"阔王"的包厢扑了过去，像猿猴一样挂在大幕上荡来荡去，那块缀满宝石、闪闪发光的绒布被撕开了，吓了一跳的"阔王"出现了，他正蹲在墙角和智囊团召开部长会议。猩猩怪的大脑袋挤了进去，还哭喊着："救救我啊，尊敬的'阔王'陛下，救救你的小可怜吧！你要是不救我，我就只能离开了，再也不回来了！"

"阔王"听罢赶忙说："不行，不行，我亲爱的大功臣，我可爱的朋友，这件事可真的不行！你得自己来，知道吗？我的大好人，在这个充满仁爱又壮丽雄伟的国家里，不应该说出这种话，就连你也不行，知道吗？""不要啊。"猩猩怪啜泣着，丑陋的鼻子抽动着，鼻涕喷了一脸，都粘在了它脸上的黑毛上，"不要啊，陛下，看在我为您效忠那么多年的分上，我一直都是严格按照从皇家包厢里递出来的那份名单抓人和吃人的——就是通过柜子上那个小窗口递进来的名单——但是我做这些其实都不是我愿意的啊，我最讨厌音乐家了，我每次吃他们的时候都觉得恶心，要是让我自己来定义什么是好的生活，我希望自己一口都不用吃他们！但

---

[1] 指灵魂统一化，不允许拥有自己的思想。

是我强忍着想吐的感觉，把他们都吃了，都吃了啊！这违背了我自己的意愿，但是我知道，我这么做是为了我的国家，为了保护您的王位，为了更高级别的空间——还是叫什么空间来着？我是一个没读过书的人，记不住那么多高级词汇。我这么做不是为了填饱肚子，我甚至不惜牺牲健康，肝都可以不要了，我每次吃他们的时候胆汁都会往上涌，我觉得胃里像有把火在烧，我消化不良，但是我一直都在坚守岗位啊！所以，请您严肃处理这个鼓手——这个大坏蛋羞辱了我，还污蔑了我的良好用心——陛下，请您亲手把他绳之以法，严厉地惩罚他！如果您不答应我的请求，我立刻就离开您，您就自己看着办，看看我走了以后，您的音乐会变成什么样子！"

"阔王"立刻一边安抚恳求着他，一边用神圣的手抚摸着怪物那脏兮兮、黏糊糊的头发，角落里来的柜子怪物就挂在刚才被扯开的幕帘的一角，虽然"阔王"还是拒绝怪物的要求，但他不想让怪物感到难过，所以用温柔的语气轻声安抚着它。我被眼前这一幕震得目瞪口呆。"阔王"轻柔地耳语："你知道吗？我的爱将，我最忠实的臣子，我们现在要一起用我们国家最高的仁慈感化这个鼓手，我们要用爱去包容他的罪行，暂时不以背叛铪国的罪名处罚他。他一会儿就会对自己的罪行、对你的羞辱以及自己像疯狗一样的行为感到追悔莫及，他会在所有人面前承认自己是怎么在背后故意捣乱的，以及他是怎么躲在角落里，就像犹大为了三十枚银币出卖耶稣一样，原本他应该按照我的要求演奏一段旋律的，可是他却用这种方法把和谐空间毁了！"他一边说，一边朝柜子怪兽使眼色。我一下子就明白了，他口中所谓的"宽恕"其实就是在拖延时间。所以我一边敲鼓，一边向他们喊道："你这个恶心的大怪物！恶贯满盈的怪物！你就像蜂蜜罐里恶心人的虱子！而且你

451

和其他魔鬼一样，身上散发着恶臭！哪怕你不曾吃过一个人，你也只配在角落里蹲着干些见不得人的事，就和魔鬼要把音乐夺走一样！我现在说的这些话根本不是在忏悔，我就是要告诉你们实话！我热爱我的鼓！"

我们彻底陷入了僵局。

乐团的人纷纷从大提琴、小号、钢琴、沙发底下钻出来，耳朵里还习惯性地塞着东西，有些人尽管平躺在地上，他们的肚子却好像更大了。他们试着把头抬起来，说："它就是吃了人，谁知道他还会不会再吃我们！"我就知道哪儿好像不太对劲！可是猩猩怪这个蠢蛋却没理解"阔王"那长篇大论中暗藏的狡诈，还像个大傻子似的说："你又开始污蔑我了，这儿没有人尊敬我，为了国家我都搭上半条命和健康了，现在你们就这么回报我！我受够了！我要走了！走到哪儿算哪儿吧！"

"阔王"听完脸都绿了，他绝望地喊道："看在主的分上，你不能这样做！你走了和谐空间怎么办？我的朋友，你想想和谐空间啊！我们不是说好了要手拉手迈向和谐空间吗？你怎么能一个人单独行动呢？"

"什么和谐不和谐、空间不空间的？"愚钝的猩猩怪说，"我该说的都说了，现在伟大无比、至高无上的'阔王'陛下，您自己跟这些音乐家斗吧！"

它说完就径直向出口方向走去。"阔王"像个猴子一样上蹿下跳，跌跌撞撞地跟在后面，还被貂皮大衣绊了一下。"我唯一的宝贝，我最信赖的人，"他哭喊着，"你别离开我们啊！为了你，我现在就把这个鼓手撕成碎片。求求你了，快回来！"

猩猩怪在前面走，"阔王"在后面追，一场政权危机就这样在一根根罗马柱中间展开了，部长会议的大臣也紧随其后，其中善变邦秘书长被脚底下带有流苏的金绳绊了一下摔倒了，头磕在地上碎了，狂家（皇家）医生不得不帮他把头缝合起来。我趁着这片混乱贴着墙根来到了门口的护卫身边，而他们看着"阔王"和角落柜子怪兽的相互追逐，都入了迷，把全世界都忘在了脑后。我拉开门把手冲进包厢，周围全是完美无缺的乐器。所以，各位先生你们知道吗？我一迈过那道门槛，就感受到了一股力量，没有任何压迫和强制。我感觉自己没有坐上火箭就一飞冲天，他们也看见了。我其实根本还不能进行任何飞行，因为我整个人还在发抖，可是我就这样腾空而起，飞向了一片寒冷的云雾中。刚开始的时候，我甚至觉得经历这些让人头脑发热的事情后，这冰冷的感觉还挺舒服的，然后就越来越冷。不过，随着向前的冲力，我根本无法回头或后退，接着就被冻在了一颗彗星的尾巴里面。冰越冻越结实，我渐渐失去了意识。如果你们问我，从那一刻起到我醒来究竟发生了什么，我向上天保证，我什么都不知道！

在讲完这个故事之后，鼓手把他最爱的鼓拥入怀中，仿佛全世界只剩下他们，用手指肚在鼓上敲出一段既包含思念之情又带有异域风情的温柔旋律。听故事的人个个为之动容，特鲁勒说："这个故事真是太不平凡了，能够将这样一位艺术家从冰狱中解救出来，我觉得真的是太幸运了！我从一开始就知道，而且一直都坚信，我们一定能够一起度过一段非常有意义的时光，因为我们每个人从不同的角度出发，都能够给其他人带来启示和欢笑，而且这两者是密不可分的！好了，现在轮到你了，尊敬的机器人先生。您千万不要吝啬，把您的故事都告诉我们吧，您是怎么来到我们这里的……"

机器人并没有过多推辞，只是在讲故事之前就给大家打了预防针，他的故事可不像鼓手的故事那么充满艺术性，毕竟他不是艺术家。鼓手、特鲁勒和小数码机器都肯定地告诉他，各自不同的命运和精力是无法相比的。所以，机器人在向各位听众略表谦虚之后，清了清嗓子，就开始讲他的故事了。

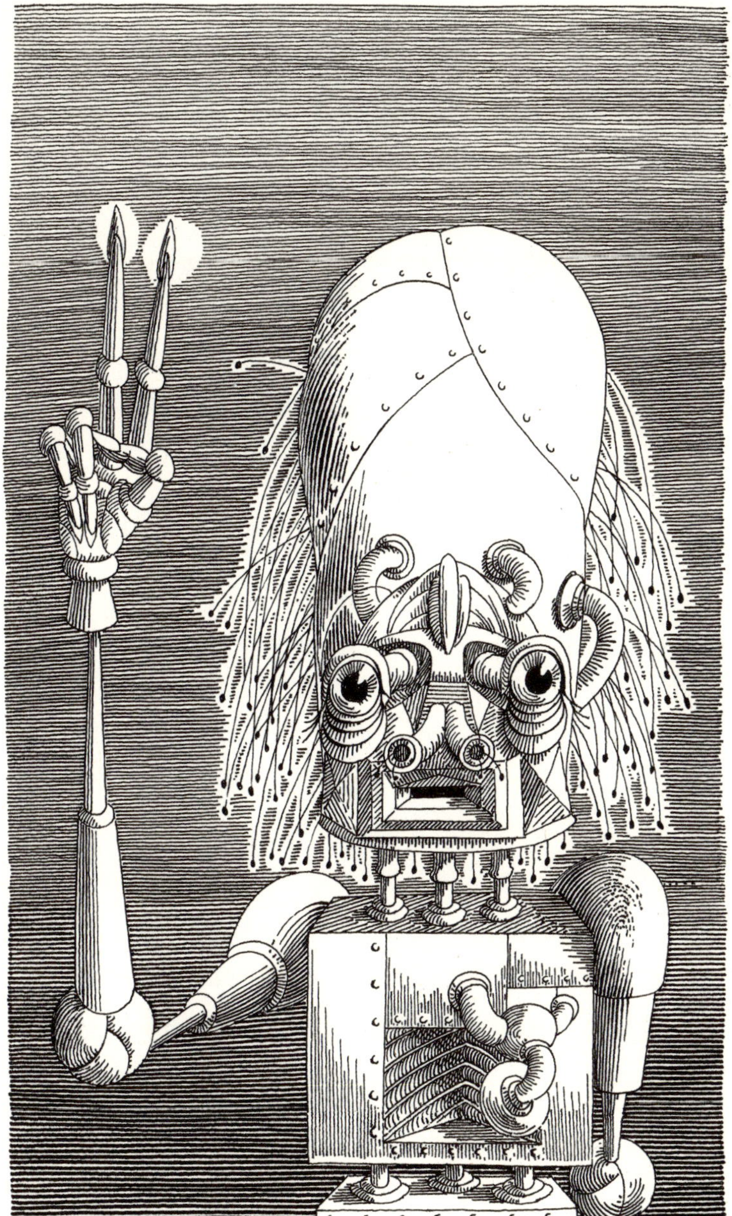

第二个解冻之人的故事

我们很高兴能够在这样一个高朋满座的机会下,来给各位讲一讲我们的故事。尽管这是一个国家机密,我们依然愿意把它告诉你们,以报答你们的恩情,因为这份恩情对我们来说是高于国家利益的。那个冻得硬邦邦的装满毒草酒的酒杯,就是心地善良的特鲁勒从我们冻僵的右手里找到的,那可不是用来简单地除掉一两个人的,而是会夺走数以百万计的生命!我们可不是你们以为的那种人:我们既不是机器人,也不是那种不动脑子伸手就拿毒药的泣器人,更不是那种被称作人类的低级生物,哪怕我们从外表上看的确跟他们很相似。我们和你们说话时一直都用"我们"而不是用"我",也不是因为"尊严复数"[1],我们这样做是历史必然性的语法要求,等你们听完我们的故事就会明白。

故事发生在地久星[2]风光宜人的海岸边,那里曾是我的祖国,是个富饶美丽、生机勃勃的地方,就如同它的名字一样。我们的国家就是在那里建立起来的,而具体的建国方式就没必要在这里赘述了,因为大自然自古以来就像一个一稿多投的作家,在其他地方

---

[1] 指一个在社会上拥有高位阶的人(通常是一国君主或宗教领袖)在说话时以复述人称代词来指自己。
[2] 源自"地球"(Ziemia)一词。

也都是用同样的方法：从大海中会滋出淤泥，从淤泥身上会生出霉菌；而霉菌越来越老，就会从里面生出小鱼，小鱼变得越来越多，水里越来越拥挤，它们就会爬上陆地；当它们发现自己已经适应干旱的环境时，这个乳腺分泌乳汁的族群在前行的过程中就变得越来越庞大[1]；虽然这些哺乳动物学会了行走，可是在行走的同时却又成了彼此的绊脚石，由于思想不同而互相影响着生活。因为思考源于问题，就好像因为有了痒的感受，才有人发明了痒痒挠。后来，有些哺乳动物由于地上没地方了就爬上了树，当树因干旱而死后，他们[2]就陷入了不小的困境中，然而他们竟然又变聪明了，还变得诡计多端。

当一棵树、一片绿叶都不复存在的时候，他们又学会了狩猎。有一次，他们中的一位正在啃一条腿的时候，发现自己的食物已经差不多只剩白花花的骨头了，而旁边那位手中的食物却还满满的都是肉。他拿起啃剩下的大腿骨，对着旁边那位的头狠狠敲下去，然后就把那块肥美的肉夺走了——他就是棍棒这种武器的发明者。

不知道过了多久，一座修道院拔地而起。关于这座修道院成立的意义，地久人有八百种不同的观点。我们认为，对我们来说，修道院的建立是为了让人们能够少受一点罪，因为人们在水深火热之中已经苦不堪言。我们的父辈是多么悲惨，一直被痛苦折磨着，所以他们心中满是怨气，而满是怨气就要有怨恨的对象，怎么可能没有怨恨的对象呢？从某种更委婉的意义上来说，是以想象为

---

1 "聚集、变庞大"（przyssać）一词包含"哺乳动物"（ssaki）一词。
2 从此处更换人字旁的"他"。

依托的语法[1]为我们孕育出了宗教。如果我们在这里过得不幸福,那么去其他地方可能就会幸福;如果无论如何都找不到那个地方,那就证明那个地方在一个靠双脚走不到的地方。因此,坟墓即存钱罐:把那一把高贵的骨头埋入其中,一切因自我约束和限制所遭受的痛苦和损失就都会在冥界得到补偿,还会获得天主赐予的冥币赔偿金。然而,我们的父辈还是悄悄地做一些背叛修道院的事,因为他们认为所有最好的东西都要给逝者的要求实在是不太公平。但是神学家也千方百计地想要让他们明白这样做的必要性——我们还是跳过这些吧,否则故事讲不完,而这些故事哪怕有一千零一夜去讲,也是不够时间的。

我们的祖先用很多工具和机器来减轻繁重的工作,他们先是通过挥舞木棒的方式来打谷脱粒,然后又发明了带轮子的机器,接着又创造出了比特。他们在缩小自己的痛苦的过程中发现,地久星是圆的,星星都是聚集在苍穹之中的,脉冲星是会打嗝的[2],而地久人是会产生污泥的——在人类学会钻木取火三万年后,甚至可以通过高级孵化实验室复制生命。

当我们将体力劳动都交给机器去处理时,这些机器还可以用在打击邻居身上[3],那么需要我们做的就只剩下繁重的脑力劳动了。所以,我们又创造出了一个代替我们进行思考工作的产业,这些会思考的机器和它们的想法把世界分割成细小的数字[4],就像是把

---

1 根据语法,"有怨气"这一动词后面必须加上生气的对象。此处是指,既然要有怨恨的对象,那么就要根据想象创造出一个对象——宗教或天主(唯有天主可以包容众生的怨恨)。
2 即发出脉冲信号。
3 指依靠机器发动战争。
4 即数字化。

谷子脱了壳以后再碾碎一样。一开始的时候,他们用炮铜制造出一些机器,可还是要站在上面进行操作,这样也挺累人的,所以他们又将可以下蛋的母鸡培育成了可以输出思想的"计算鸡"[1],这些鸡在鸡窝里下蛋的时候就可以根据我们的指令为我们工作,这样我们就创造出了第一个失业的人。

我们从繁重的劳动中解脱出来,有大把的时间可以思考,但是我们也发现,并不是一切都像我们想象的那样,没有痛苦并不代表获得幸福。我们去修道院祈祷的经历也和之前不一样了,我们不再像以前那样充满恐惧、试图遮掩自己的罪过,而是大摇大摆、明目张胆并且津津有味地把修道院明确规定的几宗罪都挨个触犯了一遍。通过这一次次的触犯,我们发现大多数罪都是令人恶心难受的。所以,在新时代伊始,我们专注于最令人期待和兴奋的一宗罪——淫欲,换句话说就是床笫之欢,而这种淫欲又可以分为通淫、群淫、自淫等几种不同的类型。平淡乏味的生活剧本因为这些合理化的创新而显得丰富多彩,出现了乱性机、随性机和同性机,每个地久人的索多玛屋中都有一堆怀了孕的机器。教会对这一切并不满意,可是也只能睁一只眼闭一只眼,因为十字军时代已经过去了,而且教会和十字军的关系也很紧张。接着就出现了地久星上的第一个帝国——赖占庭帝国[2],这个国家通过全民公投将国徽上一只长翅膀的猛禽图案改成了下流的大鸟。赖国人衣食无忧,生活富足,解决着一切到目前为止没有解决的问题。其他国家也都根据自身条件,纷纷效仿赖国。赖占庭帝国的座右铭是"OMNE

---

1 原文以可以挤奶的奶牛为例,此处根据中文语境做了修改。
2 源自拜占庭帝国。

PERMITTENDUM"[1]，因为这个国家的基本政策就是做任何事都能得到许可。只有地久星研究中世纪历史的专家在翻遍了所有编年史后，才会正确理解这种坚持不懈的反抗和触犯，这是古老的禁欲主义和奉献精神的后坐力。只有极少数人能够看出，其实一直以来大家都是遵守修道院的规定的，只不过是把规定拿倒了而已。

创新者们竭尽所能想要补上历史的空白，所以专门开办了诋毁教会的印刷馆，然而这却令他们身陷囹圄，所以后来再也没有人敢去效仿他们。我们还依稀记得当时由年轻的先锋军打头阵的激进团团歌，其中有一段是这样唱的：

> 黄铜的额头闪着光芒，
> 我们把刀尖插入妈妈的胸膛，
> 我们割断了与爸爸的情义，
> 我们把他们都从楼上丢下去，
> 先扔爸爸再扔妈妈，
> 扔了妈妈再扔爸爸，
> 安息吧，阿门！

精神生活如繁花盛开。人们不知道从哪一部野史里找出了一个叫什么差德侯爵[2]的作品，这些作品特别吸引了我们的注意，因为它们对我们接下来的历史发展走向有着重要的影响。两个世纪以前，差德侯爵作为污秽的恶人一直被死刑通缉令追缉，他的作品也都被焚烧、禁止出版。幸好聪明的侯爵早就料到了，所以留

---

1 拉丁语：一切皆被允许。
2 指萨德侯爵。

了副本。这位智者和先驱发表了《罪恶的魅力》和《不道德的美德》，他写这些绝对不是为了一逞私欲，而是完全遵循原则的。他写道：

> 我们应该因为罪是不被允许的，所以去触犯它，而不是因为触犯了它会产生快感才去触犯它。如果真的有天主存在，那么我们要为了去违背他而犯罪；如果没有天主，那么我就应该去挑衅自己。[1] 所以，无论如何，我们应该享有完全的自由。

他还在小说《斯莫浪娜》[2]里建议，应该将"嗜粪"作为一项重要的宗教传统，甚至应该设立一个纯金的粪坛并在旁边唱感恩圣歌，如果还没有这种宗教仪式的话，应该立刻发明！除此之外，他的另外一个相对较小的贡献就是对各种粪便的喜爱和研究。在家庭问题上，他是一个原则至上主义者，他认为应该彻底铲除家庭，最好能够实现家庭的自生自灭。他的这些观点和认知在时间的长河里激起了敬佩和崇拜的浪花，只有那些头脑简单的人才对他说的话挑刺，他们认为差德可能更喜欢他之前建议的那些事，可是也许有些人觉得家庭更好呢？

差德派（差德侯爵的门生和遗志继承者）依靠弗洛尼德[3]大师的理论撕掉了那些批评家的谎言面具。弗洛尼德大师指出，意识

1　暗指主张言论自由、批判天主教会的伏尔泰。伏尔泰曾说过："如果上帝存在，那就信仰上帝；如果上帝不存在，那就自己创造出一个上帝。"
2　虚构的女性名字，效仿萨德侯爵的作品名称，因为他写过几本以女性名字命名的作品，如《瑞斯汀娜》（Justine）和《于丽埃特》（Juliette）等，而"斯莫浪娜"（Zmorjanna）源自"恶魔"一词（zmora）。
3　指弗洛伊德。

是由于害怕大量谎言进入灵魂更深处而在此之前产生的（我思故我骗）。这位精神分析大师建议，可以进行治疗，升华[1]然后放弃；而差德派则认为，要通过"恶心疗法"来进行"消恶"治疗，也就是一直去尝试让我们恶心的东西，直到我们不再觉得恶心为止。他们建立了许多粪坛和恶心博物馆（人们一进到这种博物馆就会被污秽之物恶心到想吐），因为差德派一直都谨记差德侯爵传授给他们的知识，保留着对身体这个部分的传统。差德派运动的领袖栾伦·兹尉赫[2]大师还提出了"唯有臀部永远忠诚"[3]的理论，除此之外，没有任何东西是值得相信的。环境保护渐渐成为人们经常谈论的话题，因为差德派已经毫无节制地肆意污染破坏。除了嗜粪哲学的兴起，未来预知学也成为人们的精神追求。上世纪末悲观主义盛行，现在看起来非常可笑，当时因机械化的产生而导致失去了一个工作岗位，现在又出现了新兴的二十个岗位。新兴未知职业的兴起改写着历史，出现了群交工作者、毒暴者[4]（会使用百种花样虐待别人）、三角铁打造者（他会根据家庭生活的诉求，为他们打造一个原本不曾拥有的三角夫妻关系）、品种学家和种交学家（前者就是以前的狗发展来的，后者指从事人兽杂交的人，这是一种突然喷薄而出的艺术形式，由于自动化的发展，这种艺术形式可以独立完成）。由于这种流行趋势，物理学家给自己的机器安

---

1 前后两个词"治疗"（kuracja）和"放弃"（rezygnacja）都是为了与"升华"（sublimacja）一词押韵。"升华"是弗洛伊德发明的术语，用来描述力比多（libido）的转化。

2 该名字是谐音。

3 拉丁语 Semper Fidelis 意为"永远忠诚"，常被城镇、家族、学校与军事单位当作格言或座右铭。

4 有"施暴"和"教科书"之意。

装了情欲按钮。

　　这种改革也迅速引发了反改革。反改革派认为，前面的时代中所发生的一切都是恶劣的，所以他们炸掉了精子和铁素体齷齪记忆银行。除了这些安装爆炸装置的人，还有一些不修边幅派（也指禁欲主义者）和回归山洞主义者，他们像虱维尔和吸维尔[1]一样鼓励大家不修边幅，外貌又脏又差也没有关系，找到什么就吃什么也没有关系，因为周遭的一切都是没有细菌且可口美味的。而另一个美丽的性别族群[2]更是奋起反抗，反抗运动的参与者（她们）为了彻底打破先辈的神话，明确推举两个新的完美女性形象——荡妻浪女和斯温克斯[3]。这一切现象的出现令地久星变得混乱无章，大多数地久人毫不畏惧地选择相信科学，研究着每一个现象，就连群交学也因为名叫欧鲁卡的测量单位（恋尸学中的测量单位是摩根[4]）而成为正式的学科。人们已经可以分辨出香葱奶油干酪酱、燃气厂出纳员和性瘾者[5]有什么不同，也能看出煎饼和怪癖变态[6]有什么区别，而且没有人再觉得这是什么值得惊讶的新鲜事了。

　　接下来，科学又实现了几项令人引以为傲的成就，其中之一就是本世纪在基因工程学的帮助下加速了传统工程学的发展。

　　先是创造出了一种前所未有的技术——杂交（好比将水母扔

1　虚构的男性名字，源自波兰童话《帕维尔和格维尔》和"虱子"及"吸毒"这两个词，指这些人穿得很脏，吃得也很脏。

2　指女性。

3　音同斯芬克斯，实指男女关系混乱的女性。

4　通过两个形似的词"欧鲁卡"（orga）和"摩根"（morga，荷兰、南非等国的地积单位）来表示这两件事已经正式进入人们的生活。

5　"香葱奶油干酪酱"（gzik）、"燃气厂出纳"（gziarz，实为gaziarz）和"性瘾者"（gziciel）这三个词的词形非常相似。

6　"煎饼"（naleśnik）和"变态"（obleśnik）这两个词的词形非常相似。

463

进去，就可以创造出一台吸女器[1]），地久人迅速将这项技术普及，到处都建有基因杂交工作坊。然而好景不长，不久后就爆发了"身体解放运动"，基因工程办公室里挤满了想要定制自己身体形状及功能的人。有些历史记录者将这段历史从地久星普遍发展史中单列出来，将其命名为"完美之战时代"，因为所有人都在追求完美；也有人将其命名为"身体之战时代"，因为所有人都在追求身体上的完美。另外，差德侯爵的学说依然在开花结果、不断发展。最新的宇宙进化论支持"在其他宇宙文明中至今没有发现我们所想象的假正经[2]暴政的后果[3]"的观点。在地久人的想象中，他们以为其他文明就是像挤牛奶一样压榨着太阳，贪婪地咀嚼着所有星星。这是多么愚蠢的想法啊！人类的本能就决定了他们不会踢这些星球，只会像鼹鼠一样在上面挖洞，因为这是他们首先必须做的事。如果想要挥霍财富和能量，首先就要拥有它们。星星不是他们的私房钱，太阳不是他们的救命金，天文技术师也不是守财奴。无论星球被利用多少次，仍有没被利用的无垠空间在无情嘲笑着一切锱铢必较的贪婪挖掘行为，因为宇宙是根本不计利益得失的。现在最应该做的事就是制止通过大火在宇宙中制造混乱而毁灭星球的想法。我们已经走在这条路上了，我们不正在把原子掰成小碎块吗？那些高级文明正在将打磨得完美的尖刀一次次插入星球的身体，就像疯狂的鼹鼠在挖洞，这么做根本就不是为了获得资源，而纯粹是为了追求这种破坏的快感。瞧瞧宇宙中那些被破坏的轨道、灰烬和碎块，我们远远看着宇宙中发生的这一切拳打脚踢、残暴虐待

---

[1] 源自"水母"（jamochłon）一词，有"优雅女性"（dama）和"吸收"（chłon）之意。
[2] 指因羞耻感而故作矜持，不正视自己的欲望。
[3] 指暂时没有在其他文明中发现侵占全部宇宙资源的现象。

的行为，这就是其他文明存在的证据。看着吧，早晚有一天彗星的尾巴会把我们横扫出地久星，太阳眨眨眼就会把我们烧成灰烬；也早晚有一天，我们会解脱，并让我们的兄弟看看，也让他们引以为戒！

宇宙不会自己变宽，也不会自己伸缩膨胀，它只是因为高级文明对它的折磨和摧毁才开始在我们的眼中碎裂。

新的世界战争爆发了，身体传统论阵营和身体自由论阵营打起来了，人们暂时忘记了先前的学术思考。值得庆幸的是，这场战争并没有带来大规模的流血牺牲，因为在战场上被砍断的身体立刻就被身体自由派阵营发明的高速复活移动抢救室（也称极速复活救护车）拼接起来，大元帅立刻将此次战斗中英勇奋战的人任命为本国贵族，从此流行着一句话：大刀阔斧出贵族（指被劈成两半后可以被任命为贵族）。保守派败下阵来，教会在世界上的地位也受到了削弱，因为教会之前明确表示支持保守派。接着又爆发了一系列诸如乳房起义、十字祈祷词起义等内部暴乱，但没过多久就销声匿迹了，因为拉虎宾[1]独裁的时代来临了。这里需要解释一下，每个地久人在这个时代交汇处都有两条命，一条是普通的命，而另一条是在个人数字中心通过数码程序复制模拟出来的。虽然许多人都不认同这种数码统治，并以沉默的方式反抗，但这又是必不可少的，因为已经没有人的脑子里还能装下那些商业或工业数据了（哪怕装得下也没有人愿意动脑思考）。所以，统治大权被计算机和模拟程序握在手中，整颗地久星都处在模拟程序发射出的天幕的监视之下，这种天幕又叫人造卫星。

---

[1] 虚构的名字，源自"计算"（rachuba）一词，指计算机是统治者，数码统治人类。

在这个自由至上的时代，美德不得不羞耻地躲在见不得光的地方。众所周知，娼妓早已不复存在，而她们的代替品——圣洁少女和纯洁处女的出现也没有大受欢迎，因为每个人都知道，真正的纯洁少女是不会随随便便站在街角的，所以那些站在街角的"圣洁少女"肯定是冒牌货。美德的捍卫者守着自己的美德偷偷躲在秘密的俱乐部里，继续坚持着不婚主义。在这样的环境下，个人数字中心的衰败却令淫乱死灰复燃，再后来就发生了反对拉虎宾独裁的全国暴动起义。然而，自始至终都没有人在乎过那些会思考的机器，它们肆意生长，当地久人口超过一万亿时，这里已经没有容纳那些计算机的地方了，哪怕它们身上的每个电子都背负着比特重任。所以，数字工业不得不在更深的地质层转了几圈，继续向地久星深处扩张——继续向更比特层扩张，直到挖掘到了地久星的火焰核心，然后又将这颗核心换成了智芯。其实地久人并不了解、也并不关心智芯到底是什么，他们不愿意在这件事上动脑子，而更愿意享乐，比如在新的体育项目——子宫竞走、闲聊大赛以及最新的淫曲演奏会专辑上花心思。

当然数码计算也有出错的时候，我们称之为数码错误，这种数码错误会在一瞬间将账户持有人的财产洗劫一空，除了账户里的钱，还有名声、身份，然而这种错误被认为是不可避免且无法保护的。

这些由于数码错误而遭受损失的人被称为"账户除名者"，因为他们什么都没有了，也不能证明他们的身份，因为像父母、子女之类的名词早已退出了历史舞台，而那些曾经和他们一起花天酒地、骄奢淫逸的酒肉朋友才不会替他们证明身份呢！既然每个人和每个人都有过混乱的交往，那么除了计算机以外，就没有人认识他们了，每个地久人就真的命悬一线，全靠铁素体记忆存储在智芯中的数据了，直到崩溃的那一刻。有时候因为电路短路，

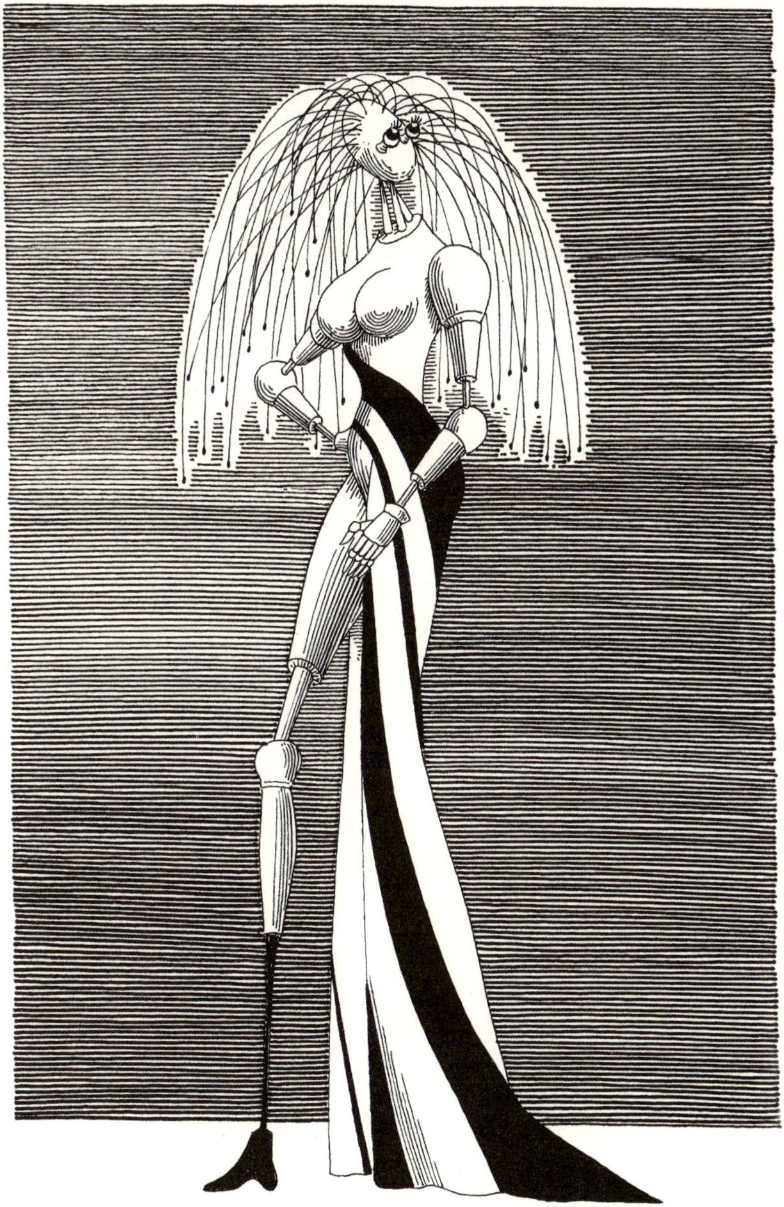

两个人的数据会合二为一，有时候又因为数据裂变，一个人的存储信息会四散分离，无论哪种情况最后导致的结果都是灾难性的。这种非存在的妄想症折磨着每个"账户除名者"，而这种被称为"虚无症"的社会传染病最常见的症状就是呈现出"虚无状态"——对任何事情都受够了，不知道自己是谁，对所有事情说"不"，把自己打造成倒霉蛋，藏匿在山洞里，消失在所有人的视野中。还有一些人专门喜欢和这些无名氏（账户除名者）交欢，他们通过特殊追踪警犬来找寻这些人的下落。当时的生活实在是太复杂了。

身体时代也令数码个人信息中心不堪重负，因为地久人利用各种时机复制或多重复制自己的身体。还有很多百万富翁收藏家不想与任何人分享他们的精神满足感，他们通过出芽生殖这种方式疯狂地放纵自己的欲望。如何计算这些复制者的人数就成了一道棘手的数学难题。一整个团的人都在发号施令，可是他们却共同拥有一个脑袋，所以这种人又被称作"同校"[1]。到底是他们让智芯变得一落千丈，还是智芯让大众陷入了高速淫乱的放纵漩涡？答案至今都不得而知。重要的是，在此之后，智芯很快就宣布进入战时状态，并任命自己为地久星的最高统治者——自作聪明大帝。

地久人就这样毫无预兆且残忍地被惊醒，他们渴望回到从前的理智和痛苦中，因为是痛苦造就了他们，他们只有在痛苦中才能如鱼得水。地久人和自作聪明大帝的世界大战与以前的战争完全不同，双方在几秒钟内就要向对方发起进攻，在没有任何身体接触的条件下获取信息。一方通过恶意篡改的比特击中对方，并用谎言（错误数据信息）取得对方的项上人头，并进入对方的大脑，将其内部格局全部打乱，制造信息瘫痪。智芯作为地久星的总会计

---

[1] 指共同担任上校的人。

师（数据计算师）很快取得了程序优势，占了上风，向地久人输入了关于军队、战备、军舰、火箭和头疼药等的虚假错位信息，甚至连军需部鞋子铆钉的数量都故意篡改，为的就是通过这如波涛汹涌的大海般的谎言战胜对手。智芯向兵工厂的计算机发出的信息是唯一一条真实可靠的信息，它这么做也是为了可以完全抹去并彻底清除所有的存储记忆，当然这一切也如智芯所愿，都实现了。它还嫌不够，它对对方的每一个人——从大元帅到小兵卒——都全面发起了扰乱信息库攻势。一时间情况变得非常危急，尽管谎言（信息错位）已经击破了他们最后一道防线，马上就要植入他们的大脑中了，军官们还是悍不畏死，要求向智芯开火，发射抵御错误信息的炮弹，他们勇往直前，哪怕他们知道前面可能是万劫不复的谎言深渊。大元帅深知此时此刻这些都是徒劳，智芯肯定毫发无伤，现在最有效的方法就是彻底封锁、切断联系，不接收任何信息。在这悲剧性的时刻，大元帅决定采取自我毁灭式战略，他命令将整个指挥部的档案和信息都用来轰炸智芯。一瞬间，所有密级无比高的国家机密和国家计划——泄露其中任何一条的人都应该被判处叛国罪——七零八落地留在了地久星的深处，落到了智芯的手中。

智芯无法控制自己，贪婪地阅读飘散着的重要数据信息，这是对手的自杀式昏招造成的结果。与此同时，逐渐增加的无用信息附着在那些超级机密上，智芯却由于习惯和贪婪，仍不假思索地阅读着所有信息，而比特流也如雪崩般涌入智芯内部。当它读完了所有国际秘密合约、间谍报告和移动通信战略计划后，所有古老的神话、传说、童话、记录、正典、次经[1]、宗教历史档案、罗马

---

1 即旁经、外典，如《死海古卷》。

教皇通谕等又如开闸泄洪般倾泻而出。智芯被包围了，这个自作聪明的数码统治者因为不自控和贪心，仍旧毫无节制地吸收着这一切信息，它的贪婪仿佛是个永远填不满的无底洞，但它已经感到比特严重超量，那些比特如（电）鲠在喉，成了致命的毒药。智芯不是死于谎言，而是死于信息数量。过度饱和（超载）的最真实的信息流淌在智芯的每一根晶体管中，保险丝也烧断了，它那装满了尚未烧尽的错位信息的躯壳被这些最真实的信息淹没了，阿门。一切又回到了古老的时代，地久星仍围着阳星公转，就如一切静悄悄地开始，这第一场信息战役也就这样静悄悄地落下了帷幕。一切又像以前一样了。

这场战争对地久人的精神生活有着非常深远的影响，文明史学家和战争史学家对此事的看法有着严重的分歧，他们中的一部分人认为，不是数量战胜了质量，而是真相战胜了谎言，因为我们是通过真实的信息战胜了虚假的信息而取得了最终的胜利。

教会史学家认为，上天的庇护作为最高真理介入了这场战争才拯救了地久星，这一点也与上述观点比较类似。

理性学派则持相反观点，他们认为是神学教义中充斥着的无穷无尽且相互矛盾的信息破坏了智芯的逻辑内核，这些杂乱无章的信息让智芯不堪重负。地久星想要回报宗教在这场战争中所做的贡献，才重新让宗教回归，然而这种说法却令宗教的发明者非常不悦。

此外还出现了一些人智学研究专家发表的观点，他们既不同意第一种观点，又和第二类人想法不同，当然和第三类人论点也不一样。他们认为是背叛制服了背叛，因为一开始是智芯统治了地久人，然后又是地久星扼制住了智芯。通过这件事，我们就像站在一面放大的镜子前，可以清晰地看出人类不曾改变的本性。对智芯的攻击不就和当年用啃剩下的大腿骨打别人的脑袋然后把肉抢过来如出一辙吗？

这些学术观点的争论促进了人文学科的蓬勃发展，众多讨论者都急着将自己的观点著书发表，评上高级博士职称。与此同时，这场战争的胜利也为美术注入了新的创作灵感。有很多人都记录下了这场战争的真相，但更多的是幻想出来的内容，最典型的例子就是古典文学，有一篇题为《亭子里的密码》[1]的童话记录了自封为王的智芯是怎么被彻底打败的，不过这么美的童话肯定不可能是真的，就像有人说的那样，它可能是个密码，只不过是反了的密码。

那些失去移动功能的勇士在回到家乡以后，把家里的魔女机和妖女机都扔了出来。他们从战场回来以后，心中只有斗志，没有了色欲。制造商迅速就明白了，到目前为止的那些性爱机器都没有用武之地了。浪漫主义和为国奉献之风盛行，无处安放的痛苦和忧愁急需用武之地，可是就算大家都渴望英勇杀敌也没有战争可发起，因为没有敌人。既然没有敌人，脑筋灵活的地久人就宣布要努力创造敌人，其实这件事并不难，可以通过技术手段实现。就这样，大批敌疫[2]出现了。敌疫先在自己内部模拟出一个令人作呕的入侵者，再通过身上的输入口将硬币大小的"闪光点"[3]注入，使入侵者具有闪着恶人光辉的特点。这样的"闪光点"多如牛毛，各具特色，有的极度残忍，有的非常凶恶，总而言之就是恶心。人们培养好自己制定的敌人，掌握了抓到他们的技巧，之后就投

---

1 与欧洲民间童话《穿靴子的猫》(Kot w butach) 发音几乎一样。
2 由"敌人"(wróg) 和"传染病"(mór) 这两个词复合而成。
3 本意是闪着光辉的点，这里指某项人类特征，如敌意、友善等。

身到了保卫"祖国"[1]的战争中。这个"祖国"可不是一个抽象概念，制造商可是认真设计过的：如果战场设立在自己的家中，那么这个祖胸露乳的受保护的"祖国"必须能在这间屋子里放下，所以定制的全套"祖国"就要拥有飘散的头发，手拿月桂树花环，身上裹着军旗做的长裙。她（"祖国"）会用那双柔情蜜意的大眼睛望着顾客，请求他们让她免遭敌人蹂躏，在顾客胜利后她会为他戴上胜利的花环。结果是显而易见的，敌疫是具有调节和控制按钮的，人们只要拥有一条不贵的接线板作为装备，甚至不需要从床上起来就可以取得胜利。他们可以选择是在一眨眼间就把敌人消灭，还是根据心情一点一点地慢慢消灭。如果在战胜敌人之后，有的人还想好好折磨一下他们，又怕叫喊声太大，这也没关系，因为这里还专门装有消音按钮。

当然，创新改革的反对者从来不会缺席，他们高举反抗大旗，大声疾呼，反对这种全国性的敌疫化。他们坚称，这些所谓的"敌疫"根本不像广告里说的那样，这些发明和观点既不是爱国主义机器也不是奉行国家宗教信仰的教义，而是数字化的断头台，它的发明者就像差德侯爵一样，应该祈求天主的宽恕。

他们认为，敌疫会激发人们最低级的本能，满足人们残酷地蹂躏手无寸铁的女性受害者（"祖国"）的需求，而整个为了保护祖国而救人的故事根本就是编出来的挡箭牌罢了。为什么"祖国"是一个意义非凡、祖胸露乳的妙龄女子，而不是一个严肃威严的中年女性或者优雅得体的老妇呢？为什么她的长裙上有拉锁呢？反对敌疫者冲上街去，组织示威游行，他们砸碎了一个个敌疫和"祖国"，这样的举动令制造商大为光火，他们纷纷起诉这些反对者破

---

[1] "祖国"（ojczyzna）一词为阴性，在这里处理成女性形象。

坏公众爱国情绪。可是起诉书到了法院那里就石沉大海了，所以那些头戴胜利花环、在家中热血沸腾保护"祖国"的爱国主义者冲到街上追打那些敌疫反对派。而就在这时，通过更新，可选择的"闪光点"范围扩大了，又推出了许多最新的样式。现在除了可以定制敌人以外，还可以定制都是优点的好人。这些精神程序员还推出了想象中的人物和现实存在的人物，但是现实存在的人物一经推出就掀起了轩然大波，因为它侵犯了委托人的人身权利。有很多人都定制了自己的亲戚、朋友、领导等身边人的模拟形象，并且根据自己的欲望对他们为所欲为，而且这些行为通常都是让人非常难过和对人有伤害的。法院在经过反反复复的调查后，终于做出了判决：如果定制者在公共场合把他对模拟人所做的事也对现实存在中的人做了，那么根据民法条例，就可以判定定制者有罪，而受害者可以以侮辱人格罪起诉该定制者；如果定制者是在没有证人的私密环境中蹂躏模拟人，则可被判无罪。当然，精神陪伴机（原来的敌疫已经更名了）的反对者并不认同这个判决，他们高声呼喊着，无论是在公共场合还是私密环境，精神陪伴机都是一项不道德的技术成就，是一个骗局，特别是制造商的广告所说的：

情感陪伴机可以满足你对友谊、真心、柔情的全部需求，解决你的情感痛苦，填补你的精神空白，让你和模拟人建立起真正完美的精神关系。

如果真是这样，那些制造商就应该把这些模拟人身上的蹂躏按钮彻底拆除，可是新一代情感陪伴机上的按钮却比上一代多很多。对此，制造商表示，人们唯一有可能对他们的模拟灵魂伴侣、至亲至爱的人或者美丽的爱人做出的坏事就是造出一个赖占庭帝国的朋友，可是这样的人在他们的顾客中根本没有。而且最高法院都已经宣判了，就算有人进行模拟，只要是在私密的环境中，这也是他们的私事。

人们购买情感陪伴机的热情一浪高过一浪，反对派的呼声再高也无济于事，但也确实不停有人提出人格侮辱上诉，而且都是非常棘手的案件，比如有人把在家中和邻国国王干的事或者和邻居死去的姐姐干的事在公共场合大肆宣扬，这到底算不算犯罪呢？根据恋尸学，这个人是否可以无罪释放？他是不是在讲他想象出的画面，就像和别人讲自己做的梦似的，这样的内容是不是不能算作触犯了法律？这样的两难问题再次引发了大家对公民自由的界限这一话题的热烈讨论。情感陪伴机的消费者可以对自己养成的精神伴侣做任何他们想做的事，只要不打扰到邻居就行。在公共场合不可以进行凌辱和折磨，所以一些私人俱乐部迅速兴起，许多爱好者为了争夺第一名，一个晚上就可以干掉很多非常难对付的角色。最有趣的是，购买者对学者型精神陪伴机的需求不断增多，但是说实话，和学者型陪伴机的接触并没有促进教育的兴起。据说越是傻的人，就越想要学者，看起来他们购买这种陪伴机也不是为了增加学术知识，因为他们连一丝一毫都没有变聪明，只是急于购买学者配套的一系列"闪光点"罢了。那些缺少创意和灵感的人可以购买《精神性爱指南》，这本教科书里展现了很多丰富多彩的情感组合。此外还出现了配有时间放大镜的陪伴机，它可以将所有折磨过程都放慢，让你看清每一个细节。反对派在发表的论文中写道，多少次历史事件的发生都提升了社会道德的高度，而这些商人却又把社会拉向了道德败坏的臭水沟。在信息大战之后，他们就在发国难财，把爱国主义当成赚钱的来源。这样的呼吁和呐喊并没有获得任何公民的支持，并且随着航天工程学的发展，这种观点的声音也越来越微弱了，不料航天工程的发展受到了拟人化现象的制约，那里有着和赖占庭帝国年龄一样多的未来学家和预言家，竟然一个人也没有预见到会有这样的情况发生。他们滔滔不绝地讲述着去其他星球开采和开发的广阔前景，讲述着占领其他星球时的殖民速度，甚至非常精确地计算出了地久星可以从整个太阳系中侵占和挖掘的宝藏数量和能源规模。若不是一个细节的出现，可能所有的事件都会毫无悬念地像他们预测的那样发展。的确，他们可以侵占其他的行星和卫星，可以在上面规划出大洲，开展开天辟地的劳作和生产，在与他人争夺领土的战场上抛头颅、洒热血，尽显英雄气概，然而竟然没有人愿意去做这样的先锋军工作！没有一个人愿意！所以国家的管理层决定，要再次鼓励大家参与这项工作，只是要换一种方式。既然这种被称为荣誉和历史使命的殖民其他星球的活动不能激起人们的兴趣和热忱，那么就要把其他星球捏造成"罪恶之徒"，需要向这些星球派出缉拿罪犯的英雄。这可是一举两得的好计策，因为地久星上最不缺的就是好事者、搬弄是非者、颠倒黑白者和唯恐天下不乱者，可以把他们先流放到其他星球，而且地久星上人口越来越多，都快要装不下了。

这项政策一下子就实施了一百多年，最终却带给了地久星非常残酷的结果。在向其他"罪恶星球"输出最新技术的过程中出现了禁运：因为那些被流放到其他星球上的人大多是聪明且狡猾的，他们到达其他星球后，就对地久星实施了禁运，在当地建立起了自己的火箭护卫队，并联手其他星球，形成行星际三角联盟，将挖掘采矿业与工业进行社会化结合，形成了自己的国家政权。所以地久星的流放捉拿计划很难再实施下去，否则就是继续在宇宙中树敌，而自那时起，地久星也被其他星球完全孤立了，航天工

475

程就此终结。

一切仍在继续。随着时间的推移，精神伴侣还是慢慢地过时了，然后又有新发明的替代产品，而人口数量仍在飞速增长，每六年人口数量就会翻两倍。自慰党仍在为那些热爱自恋的百万富翁搭建宽敞的"隐居"，然而现在只有像克罗伊索斯[1]一样富有的人才负担得起。一般的百万富翁只能在奢华高级的俱乐部中实现"一国之王"的尊贵身份，或者只能想象自己是一国之王；而那些没有能力搭建"隐居王宫"的百万富翁只能给自己打造一个移动"宝座"。那些非常忙的百万富翁一天都离不开自己的办公桌，所以最适合他们的就是虚拟"宝座"。现在也不是什么时候想出门就能出门了，因为街上都是人，人挨人、人挤人，没有一丝空地。经过讨论，人口学家提出了建议，希望每个国家都能建议邻国采取"审慎干预"政策，然而立刻就遭到了所有人的反对。各国领导纷纷表示，他们的祖先那么努力，不就是为了今天每个人都能够不被任何事束缚吗？

教会支持生育主义者安慰所有信徒说，这种拥挤的人口过剩情况只是暂时的，每个人都会死去，总会有空间的。人们秘密地进行交合，然后就出现了一些到目前为止都不曾出现过的情况——有人被咬死或割喉，然而最令人不安的还是劫持现象的出现。在中世纪的时候，曾经有罪犯劫持富人以得到赎金，后来也时有这样的情况出现，而且一直以来这种犯罪的目的都是为了用金钱换取人命。但是现在出现劫持后，却没有人要求赎金，而且也不会留下蛛丝马迹。不久后，原本的火箭及乘客被劫持的情况已经被更为复杂的情况所代替了：有一组专门研究劫持的专家和劫匪一

---

[1] 吕底亚王国君主，拥有独一无二的铸币技术。"像克罗伊斯一样"表示非常有钱。

起形成了一个劫持集团，他们将劫持方式和劫持程序进行了优化，从而减小了劫持成本。劫持理论学家进行劫持规划和劫持预设，他们会在世纪结束前出现，并将劫持提升 n 倍；劫匪们认可通过精神病学的方式将他们称为"自慰者的外推"。弗洛尼德学派认为，这是差德主义的新展现形式，而反弗洛尼德派却认为，劫持集团的做法既不是为了宣泄愤怒，也不是死亡的本能，当然也不是为了钱，更不是因为童年的阴影，他们唯一的目的就是要消除不可能消除的拥挤，因为这种拥挤是他人造成的，他们希望能把其他人都抓走，给自己留出空间，希望一劳永逸。专门研究社会集体恐慌的恐慌学研究员硬是将这种新型的社会病态事件说成是一种传染病。像以往的历史经验一样，这一次又是新兴的科学拯救了地久人。一种叫作合成美德学的技术被广泛应用，被安装、植入到每一个角秒中，而且是无线的。为了不让孩子受到被劫持的威胁，会有专门的幼儿园来看管他们。当孩子还在襁褓里的时候，就会有一种特殊的加强提醒装置让他们去尊重别人。如果有一个人想通过写信的方式去伤害别人，就会立刻有说服器让他放弃这种恶毒的想法，晚上睡觉的时候，他的枕头也会通过梦境一直在他耳边念叨，让他放弃这种想法。如果这个人非常顽固，就是不听劝说，还把自己的耳朵堵上，把说服器摔坏，在屋子外面裹上毛毡，这时就会由危险行为过滤器来接手防止伤害他人的工作。比如这个顽固的人想写匿名信，那么他刚拿出笔，墨水就会洒满一桌子；他刚要把信投进信箱，信箱就会把信撕掉。如果这些还不能阻止他，行善保险按钮就会在最后关头启动，把写信人的眼镜打碎。这个人肯定会气急败坏，选择通过打电话的方式去咒骂，这时电话里安装的伤人话语过滤器就会把所有难听的话都过滤掉。如果这个顽固的疯子还没有放弃伤害别人的想法，并且拿起一根大棍子想要去打别人,这时棍子里植入的调和矛盾温柔器就会启动,棍子会自动爆炸,还会打到这个想打别人的人!

这样一来,劫持绑架的事仿佛被人砍断了左膀右臂,其实并不是因为所有人都不再想要伤害别人,而是因为没有人愿意思考怎么从早到晚、绞尽脑汁地躲过各式各样的过滤器,就为了能够通过伤害别人而得到快感。人们对炸药的购买量大大增加,蜡和毛毡的生产量提高了百分之八。社会技术学家不得不研制出了新的对策——炸弹在爆炸后会炸出一片带着花香的巧克力,而提醒器和说服器也会发出像耶利哥号角[1]一样的声音。当名言警句(警戒标语)像飞机一样盘旋在天空时,人们纷纷去购买宽帽檐的帽子和墨镜。这是一个无比疯狂的时代。每天中午,特别是吃午饭的时候,救护车都忙不过来,满车都是受伤的人,因为要是有人在饭桌前准备吃鸡汤面的时候动了一点点坏心思,勺子就会自动在面条下面塞上满满的劝诫语。好几次人们都受不了了,汤也不喝,直接就把勺子吞了下去。既然不能害别人,就先自己做个了断吧!

最终,人们和合成美德技术学的斗争成了一种赌博形式,这种体育博彩和卫道士的赌博[2]也成了大众文化的组成部分,可以简称为"乐逃道"[3]。谁先骗过了道德维护器,谁就可以获得大奖。恐怖主义也因此有所减弱,因为不是所有反道德武器都可以得到应用,而违反游戏规则的人则会失去赌注,其物资装备立刻会被没收,而私人的原子之战也被扼杀在了襁褓中,赖占庭帝国确实在每个方面都领先一步。真的无法想象,若不是乐逃道彩票的出现,

---

1 指《约书亚记》中使巴勒斯坦的古都耶利哥城陷落的约书亚将军的号角。
2 "体育博彩"(totalizator)和"卫道士"(moralizator)这两个词的词形非常相似,且押韵。
3 源自波兰乐透彩票的一种(totolotek)。

事情将发展到什么地步。据说，一些好斗的身体混混会向无道德维护器联合会寄出吸满铀酸盐的信，当那里爆发出巨大的批评声时，半个城市都会化为灰烬。传闻可把大家都吓坏了，几百万、几千万人都在设法逃跑，逃跑的滑翔机把逃生路线挤得水泄不通，还不停地撞在一起，好像从天上降下了一阵滑翔机冰雹，一道两百里的光线中出现了一条空中大道。身体派发起此次运动也是因为身体主义已走到垂暮之年，顺理成章地促进了多身体主义（也被称作"挥霍身体主义"）的出现。当然，和以前一样，它的出现也是没有被预见的——合成素不足，没有这种合成素就无法对可以远程控制的细菌进行合成，然后植入到分解载体的基因染色体中。在细菌原材料涨价两倍以后，五家最大的身体工厂联盟都受到了冲击，于是赖国年轻人就创造出了一种新的亚文化现象——强烈要求廉价、朴素、唾手可得甚至偷工减料的身体混混。而那些无道德维护器主义者就是那些认为用道德毁灭器毁坏道德维护器的人也不应被判处无期徒刑的人，道德毁灭器则是一种用来瞄准所有美德、毁灭一切美德的武器。你们现在懂了吗？在如此相似的历史碎片中，我们只有足够特殊才能够青史留名。

　　这些机械化的他人之爱与恐怖主义者和自由原则至上派的战争其实还是一些不那么重要的历史事件，因为一场更重大的、没有硝烟鲜血的战争在地久星上拉开了大幕，那就是人口洪流。

　　不得不公正地承认，技术确实竭尽所能给我们愈加恶劣的命运带来了一些解脱。比如那种叫作"周期糖果"的糖就可以反复食用，因为这些糖果历经风雨而不会有任何改变，穷人特别喜欢这种糖；最重要的是，他们还创造了秘密美食厅，尽管可以吃的东西越来越少，人们还是可以在这里像以前一样吃饭，只是大家在享受美食的时候都是摸黑进行的，通过夜视镜可以看到自己的食物，以免让别人看到自己的美食而心生嫉妒。城市建设者已经学会如何在三天之内建立起可容纳一百万个社区的沙丁鱼罐头式摩天大楼，这么快的建设速度让他们很快就用完了最后一点点空地，而整个赖占庭帝国已经成了一个大都市。之后又兴起了一阵"迷你之风"，就是把所有东西都尽可能缩小，小到图书、报纸，大到铁路、公路。地铁也从一米长的地铁缩小到分米地铁，再缩小到厘米地铁。[1]虽然工业产品可以缩小尺寸，可是地久人的尺寸却不可改变，这成了一个大难题。反生育主义者高昂的反对声再次响起，他们高喊着"迷你计划就是虚妄的希望""规划生育才是正途"，可是根本没人愿意听他们的口号，因为他们所说的就是要给最基本的自由瘦身。由于大家已经被人口过剩折磨得一点力气都没有了，议会顺利通过了基因工程学计划法案，又称"纤体计划"。这一计划预计将人口减少到十分之一，当然这个计划是针对下一代地久人的。法案规定，只有同意对其基因进行重组的人才可以自由地生育后代。这个法案是一个经过深思熟虑的计划，因为通过基因改变，被注入了微型基因的人所生下的下一代都是微型人，而那些不同意将其基因微型化的人就只能无子嗣而终了。等这一代人都死了，下一代人就可以在这片一切都已经缩小了的星球上生活了。这样做不会损害现有的秩序，因为一切都随着公民的变小而变小了。两害相权取其轻，教会也支持这样的做法。所以，不知道多久以来，地久星上第一次又恢复了四处欢歌的愉快氛围，所有人都觉得很轻松，哪怕大胖子长胖了两百克都依然轻松。只有怀疑论者和巫师并不看好，他们警告说，这样的"杀人式轻松"是不会有好下场的。

---

1 "地铁"（metro）和"米"（metr）这两个词的词形非常相似，此处表示由"米"（地铁）缩小成"分米"（decymetr），再缩小成厘米（centrmetr）。

果然，十年后灾难又降临了。任何一个基因工程师都明白，这种基因缩小术已经不再是一种可行的办法了，这种不可压缩的物质结构令他们走向了终结：基因工程师迫于压力迈出了巨大的一步，而这也是导致毁灭的一步。他们像制造第一批微型人一样，制造出了第二批微微型人，仅为第一批微型人的十分之一大。当这批微微型地久人（第二代微型人）想要看一眼他们的祖父用过的在历史博物馆里展览的烟灰缸，就需要爬上救火队的云梯才够得着。现在对空间问题可以松一口气了，因为每个花盆对他们来说就是一大片花园，一丛灌木就是一大片雨林。这些微微型地久人一共经历过三次惨痛的世界大战，分别是与苍蝇大战、与蚊子大战和与蚂蚁大战。那些老人可能都不记得这些失败了，特别是地久人军队在与蚊子空军大队做斗争的时候，蟑螂还跑出来在战士后面偷袭，他们那时候都躲在防空洞里。他们的武器实在不值一提，因为你可以想象一下，他们的坦克大概只有五克重。魔鬼般的蚊子一只翅膀就和一个成年的微微型地久人的胳膊差不多大了，它们最喜欢攻击路人，因为把他们的血吸干以后就可以让他们血尽而亡的尸体躺在路上，这时苍蝇就一哄而上，吃相难看地蚕食着蚊子留下的战利品。最勇猛的微型地久星战士对这些敌人使用了炸弹、地雷、手榴弹，确实也消灭了很多害虫，也取得了不小的胜利。他们用爬虫的尸体做成了浴缸，用带翅膀的虫子的尸体做成了轰炸机，但还是不能防止城市不受这些虫子的攻击和侵袭。微微型地久人以惊人的速度迅速搭起一个玻璃罩子，可以有效防止蚊虫飞进来。就如历史学家所记载的那样，这颗微型星经历了由开发到封闭的过程。微微型地久人还遭受着蟑螂的侵袭，警察代替了军队，而主要的国防力量也由电子陷阱担任，特别是那些装有激光武器的机器人。直到世纪之交，还是有数不尽的虫子侵袭地久人，人们只能依靠防蚊大炮进行防御。地久人还进行了昆虫驯养实验（如骑马蜂），然而没有取得预期的效果，只在一段时间内让蜈蚣承担了幼儿园小火车的工作。没有必要再大费笔墨来描述地久星微型化以后的其他副作用了，比如人们要去抓特别养殖的、重量已达五十克的巨型老鼠。新发明体育运动项目——爬树也没能激起人们的热情，到达那些比城市盖子还高的树顶并没有吸引多少勇者，不仅仅是因为那些参天大树的高度可能会夺走人的生命，甚至一滴五月的春雨就和人的头差不多大了，可以让爬树的人从高高的树枝上跌落在地，粉身碎骨。就算有一天，指挥官"消灭所有昆虫"的伟大梦想能够实现，也无法改变一个重要的事实——现在的地久人根本无法在开放的空间中生存，一丝和煦的春风都能把他们的腿打折，几滴雨就可以把他们淹没，一只小鸟就可以啄掉他们的脑袋。没过多久，多年前的威胁卷土重来了：人口剩余问题还是没有解决，人们的哭声撕心裂肺。当然，现在如果想要再进行生育限制，那是根本不可能了，当初为了拯救所谓的"基本自由"都已经付出了如此惨痛的代价，怎么能在这个时候承认当时自己错了呢？怎么能承认自己满盘皆输呢？所以，现在除了这种办法以外，任何一种为了保住国家脸面的办法都是好办法。赖国科学与艺术大学发现了一种新的方法，那就是进行联合制项目。国家新闻总署在整个地久星公布了这份由科艺大起草的宣言，项目旨在进行遗传改革，也就是地久人的后代可以通过联合的方式形成一个巨大而和谐的整体，就和他们的祖先一样，以相应的标准为依据，也能达到先人的身高，甚至能够达到只有在神话传说中才有的身高——两百厘米，这是多么令人难以想象的事啊！宣言还这样呼吁："我们去试一试吧，我们又能损失什么呢？难道我们还没有做够被监禁在这座城市里的奴隶吗？我们竟然会害怕一丝微风，不敢面对一只苍蝇！我们就是这么毫无希望地生活着，我们与大自然永远隔绝，不得不用假草和细毛创造出一个假的微型大自然；我们看见一个鼹鼠洞都会吓得半死，我们在思想中已经无法奢望再去看一眼那些被称为'高山'的景象，我们只能在古老的经书里提到它们的存在，读到我们的巨型祖先翻山越岭的故事。这个联合项目就是要恢复这种雄伟而伟大的人种，而且也绝对不是简单地复制出我们的祖先，我们要将八万亿个微型地久人联合成一个历史性的、里程碑式的创造，那就是真正的有两条腿的联合人，真正的乳城象人[1]，他是一个行走的国家，整个宇宙的大门都会在他面前敞开。他也不会在无穷无尽的宇宙中感到孤独，因为当他跨越山川、穿过丛林时，他都不是一个人，而是由几万亿人组成的一个社会。"

此篇由赖国学术大师编纂的宣言一出，立刻在全国引起了巨大的震动，人们的心灵和思想都被点燃了，地久星的各个部落都迅速接纳了这份宣言。然而历史不是童话，地久人还是遇到了不曾预想到的困难，然后就迎来了最后一次世界大战。战火的根源是，每个教会都希望在这个行走的国家身上设有独立的机构并拥有话语权，并且信仰教理部以及所设立的各级神职人员要成为这个国家的喉舌。然而这是不可能的，因为在口腔的后部要留出一个血管瘤小洞，而教会的每一句教诲都会顺着这个小洞流到下面的颠覆器中。就这样，这个被称为"行走的国家"的大嘴怪物还是站了起来，不过他只是一个被禁锢的长腿怪物，一个要靠头脑精英的施舍和支持才能行走的奴隶，一个要靠吸数以百万计的公民的血才能支撑起来的怪物。谄媚求宠、曲意逢迎和谎话连篇成了最流行的风气，所有可以获得快感的机构和部门都已经偷偷地被项目的实施者和

---

[1] 源自"乳齿象"（mastodont）一词，形容身形巨大。

有权有势的人瓜分完了。这个原本要征服宇宙的机器没有取得任何成功，倒是植物学家成功地培育出了很多花草的新品种。然而非常不幸的是，不久之后这份项目书的秘密文件就被公布于世，这是一份会议决议，上面写着专家的意见，他们指出不是所有地久人都可以平等地得到"行走的国家"中需要负责的职位，比如那些落后的省份，就得去守着后面那块寸草不生、毫无发展的土地[1]，而中央神经系统则由赖国的权贵来把守，因为他们经常做大买卖，这些控制思想的工作就是为他们量身定制的。

这样一来，地久星上就到处都有反对"行走的国家"项目的口号和标语了，到处都写着"宁死不当大嘴奴"。为了不被不明不白地拉去当壮劳力，造反派率先发动了战争。在这片混战中又响起了一个联合会的声音，呼吁要寻求"第三条道路"，然而也并没被什么人听到。他们是一些趁机要挟的人，要求将生殖器改造成不在必要的时刻不能生育的器官，而这个时刻只能由总指挥决定，届时他会把阳痿机的中央控制按钮关闭，让生殖器具备生育能力。其实整场混乱没有造成什么实质性的损失，因为这个项目最终也没能实施。

战争在不久之后就停止了——与其称之为战争，不如说是一系列激烈的内斗和起义。考虑到国家的宁静、地久星的未来以及对地久星的责任感，"行走的国家"的拥护者对民族统一主义使用了贵族气[2]弹。一瞬间，原本是主战场的地方撒满了玫瑰花瓣和紫罗兰花瓣，避免了一场流血事件。在旁观者看来，这个景象一定美不胜收。当一切都准备就绪，就要开始进行融合时，基因工程

---

[1] 即肛门处，此处指毫无发展的地方。
[2] 贵族气和稀有气体为同一个词。

师团体中突然又爆发了新的冲突。这次,他们要对整个部门进行从头到脚的大调整,然后分立成两个独立的部门,一个是男性联动管理局(代号:亚当),一个是专业色情作者部(代号:夏娃)。这也就是说,这两个部门把地久星一分为二了。然而决定已经做出,也没有其他的路可以选了,因为这样的体制可以保证"行走的国家"不会染上让国家灭亡的恶习。当亚当与夏娃缔结和平友好条约时,两个帝国将会本着平衡互利的原则加深合作,并且不会干预对方的私生活;随着时间的推移,两国会直接交往,而这样的交往所带来的积极影响将会为两国带来裨益。正因如此,两国人民凭借着双方器官完美结合的合作,在日常的商业、警务和管理活动中将参与发展一些非常具有吸引力的关系。教会立刻同意了这个计划,但是教会也意识到这个计划对宗教的禁欲主义有很大的风险,还会导致没有神职人员可以判定一段关系是否合法,所以教会宣布:"教会委员会声明,任何两国之间签订的合约、部长协议以及其他机构签订的合同都不可生效,任何两国之间签署的批准和许可都不可以作为教会法律认可的婚姻缔结文件。"然而掀起轩然大波的还不是这条声明,而是对另一件事的思考:如果《创世记》重演,亚当和夏娃在几千年后将再一次导致地久星的人口过剩和土地拥挤——而这一次,到处都将是"行走的国家"。在几次历史的轮回过后,又会再进行一次融合,这将是文明的疯狂、文明的爆炸,因为这样的话,未来每一个"行走的国家"都是由无数的"行走的国家"组成的。鉴于这个思考,"行走的国家"的拥护者自行放弃了这个计划。

一位思想家就未来国家性别的争论提出了一个天体演化论的假设。他认为,由于人口过剩而生成的由公民组成的"行走的国家",是不可避免的一个宇宙恒量,这也说明世界的存在是由组成部分的增减形成的，是由物质与反物质构成的，等等。而亚当、夏娃两个帝国就像雄性动物和雌性动物那样进行交配、产生后代，而他们的后代又会建立下一个联邦国家。这个过程将永不间断，并逐渐征服整个宇宙，那么问题也就来了：物质是由什么组成的呢？就是由国家与国家经过几个世纪的微微型缩小后的纯净国家酶作用物（酶基）组成的。它在变小的过程中也会失去原有的特性，如同之前所提到的，可以看得出它的性别，但是其他一些更为细节化的特性则应该由物理学家去研究。值得一提的是，这位思想家是一位杰出的法学家，擅长民法。他的观点可能不像听起来这么奇怪。他还说，原子是由国家组成的，而国家也是由原子组成的，也就是说，物质的存在既要合乎法律，又要合乎事实，这是完全合法的，而且它既是开始，也是结束，也就是说，物质与法律其实是同一个东西，那么问题又来了：究竟法律是第一个还是世界呢？尽管这个问题没有宾语，我觉得你们也能明白我们的意思。刚才那些可能都偏题了，我们已经提到过这个假设，这个假设就成了没能联合的地久人思想的最后一段辉煌。

正如你们所知，站在国家机制的层面上，在所有法令都颁布完毕以后，就要开始下一阶段的工作了，也就是为国捐躯。人们通过抽签决定，自己的身体将用于"行走的国家"的哪个身体部位，否则所有人肯定都会迈开大步，争分夺秒、一拥而上地去选择最具吸引力的器官，每过一段时间就会爆出受贿丑闻，而且还有一个最没有人愿意去的地方，那就是上颚处，因为周围堆满了宗教教义，不得不把一些罪犯安插到这个岗位，但还是缺少人手，很多位置都还空着，然而却没有人愿意去那里。不断出现的混乱阻挠着整个"行走的国家"的实施过程——这个要去心脏里，那个要去脑袋里，如果所有人都为了一己私欲，想去哪里就去哪里，这个"行走的国家"大概会变成一个脑袋大大,从左耳到右耳有一个大坑的大傻瓜。终于到了激动人心的剪彩时刻了,我们要将帝国身上的彩带剪掉,但是我们只能自己去剪,因为所有人都成了帝国的一部分,我们只能摇摇晃晃地从地上直立起来,我们的形状就是你们现在看见的样子。恕我无礼,不能像招待贵宾一样带你们看看整个国家的样子,我们这就来给你们讲一讲:

你们看,这座被罗马式穹顶覆盖的大楼是我们的议会,分为左议院和右议院,这两个机构连在一起是足够费神的执行管理机构;其上是与外国交换气体部和为了节省土地而合并了的灌溉总局和助人中心;我们国家的中间是工业联合基地,比如糖厂、食品厂、化工合成工厂等等,有六千亿岗位在日夜不停地运转。这听起来挺棒的吧?我们在你们面前是不会有任何隐瞒的,我们地久星也不是完美无瑕的。我们最大的特点也是我们最大的难点,我们每个公民都充满思辨意识,每个人都博学多才,用一根小拇指写下的知识就是一座高等学府。但不幸的是,我们的知识无法一下子通过声音全部表达出来,因为唯一的声音外交工作组需要在口腔中得到议会委员会负责话语事宜的领导的批示,才能向你们致以最诚挚的问候,然后还要以那些每天进行有机土壤耕作的公民的名义记录我们兄弟的历史。如果你们要问,为什么"行走的国家"没有教会,国家的最高领导怎么会让他的子民去拿装满毒酒的杯子,我们真诚地回答你们:这是由于一些外界因素和一些内部因素,而整件事都变得让人无法再忍受了。你们知道吗,在一万五千年的高度发达文明之后,我们又经历了什么?我们这几十亿公民,竟然要东躲西藏,以地上的草根为食,被一群蚊子追得四处逃命,抱头鼠窜,钻进又湿又黑的山洞,又来到了那个十几个世纪以前我们的祖先从里面走出来的山洞。当他们的设计师以为"行走的国家"

一定是一个里程碑式的、力量无穷的庞然大物时，他们就准备了几件小工具和一双马靴，然后就像测量工具显示的那样，在做计划时就出现了很多错误。他们以为这么一个庞然大物就可以主宰星球？我们可是连脚后跟都没踩过城市街道的人，或者是比铁钉还小的机器人，我们能怎么办呢？最后，我们咬紧牙关，克服了一切外部困难，当我们就要成功的时候，糟糕的内部国家制度却让我们功亏一篑。没有一个人，没有任何一个人能够拯救！他们只会索取、偷懒、逃避责任，要求我们去做不可能完成的事——这就是他们的治国理念吗？议会如何能够对那么多根本不能等候却一拖再拖的公共事务做出决议？他们威胁南半球要停止交通运输，因为他们觉得从南边刮来的风又硬又冷。你们知道什么叫国家伤风吗？我们本应该学会反对这些索取者，消灭他们狮子大开口的欲望，但就是因为那些藏在议会里的颠倒是非黑白的家伙，弗洛尼德派才会一点点地削弱我们的国家事务意识。你们能够想象那个违法的反对派要求在白天干什么，而更令人难以置信的是晚上要干什么吗？他们把另外一个性别的邻国拥在怀中，在边境线上蹭来蹭去，根本没有任何书面证明文件，这就是强暴啊！尽管这里教会不存在，但是无法抹去他们那些可恶的同谋所做的恶事！他们根本不顾所有条约和所谓的劝阻，早就被贿赂腐蚀了，他们所做的一切就是要让我们的"行走的国家"变成一个虚幻的伪政权，让它无法变成现实。在纷纷扰扰的各种呼声中，我们已经看清了这个被毁掉的灵魂，这个数世纪以来都被欲望侯爵所削弱的制度。尽管我们竭尽所能去反对暴君，暴君却还是要继续控制我们，他现在还要控制主要政权，我们决定就此与他同归于尽！我们经过了长时间的内部讨论，来到了一片荒无人烟的高原，在那个在树下找到的微型地久星空酒杯中斟满了毒蓝莓果汁。我们将杯子放到嘴边，突然被内部一个皮条客的嘶吼声震得耳朵都快聋了，仿佛我们殉死不是为了维护国家利益，而是为了满足最色胆包天的欲望！我们手中的酒杯也在不停地颤抖着，我们发誓，要不是那阵突然从高处刮来的飓风，我们绝对举杯一饮而尽了。那阵风一下子打到我们身上，我们的国家就倒下了，倒在了一个冰封的梦中，然后就到了这儿，来到了你们这些真诚善良的大好人身边，睁开了眼睛……

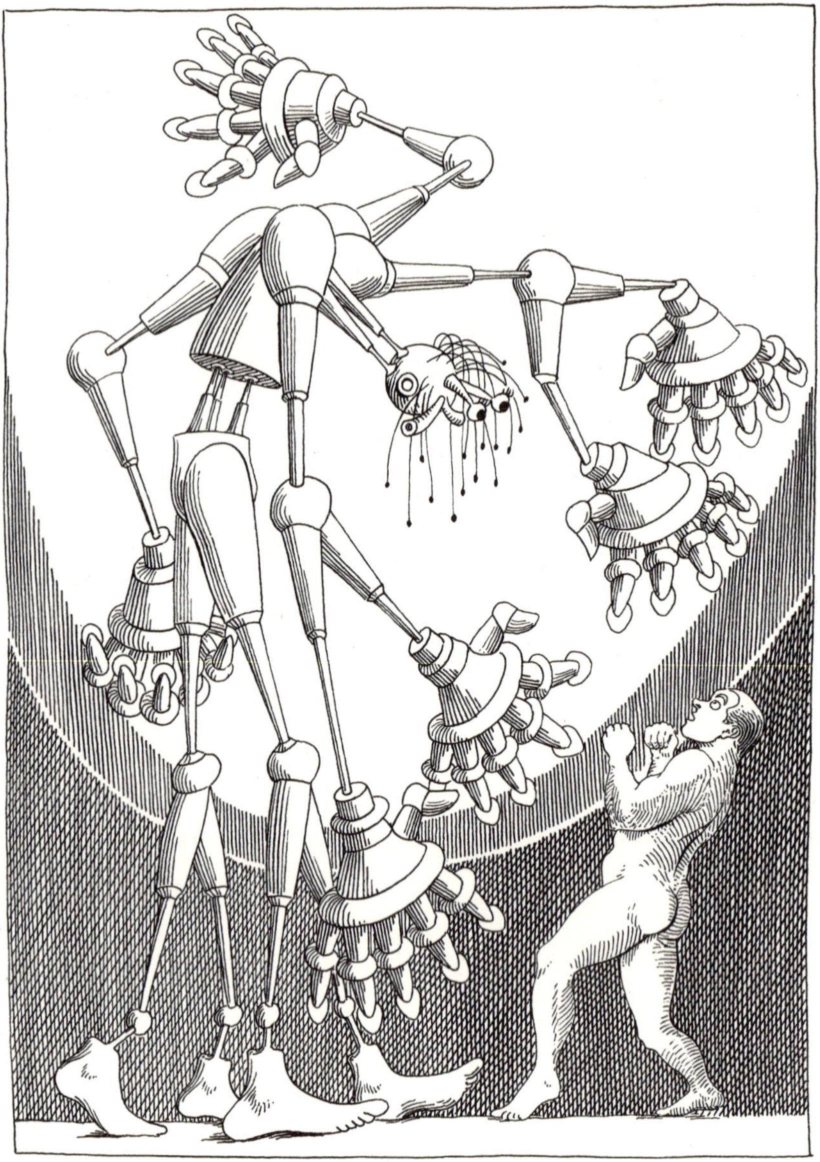

费勒茨王子与水晶公主

潘茨雷克国王有一个女儿，生得倾国倾城。她的美会让王冠上的宝石显得黯淡无光；她的面颊光滑而闪亮，仿佛一簇火苗点燃别人的心灵和双眼；哪怕她从一块冰冷的铁块旁走过，铁块也会燃起电火花；连最遥远的星球上都流传着关于她容貌的传说。离子国的继承者费勒茨王子也听说了，盼望能和水晶公主永远在一起，永不分离。当他向父母表达了想法后，二老陷入了忧愁，随后说："我的儿子，你这疯狂的想法恐怕永远也实现不了！"

"父王，母后，为什么？"费勒茨王子焦急地问道，显然被这句话吓坏了。

国王说："难道你不知道，水晶公主一心只想要嫁给白人？"

"白人？"费勒茨王子喊道，"'白人'是什么意思？我从来没听说过这个物种的存在！"

"儿子，你还是太年轻了！"国王回答，"你要知道，当天体遭到全面破坏的时候，银河系中的这个种族就以一种既神秘又污秽的方式诞生了。当时，在这些天体上产生了气体和又湿又凉的黏液，白人这个种族就来源于此，但是他们也并不是一下子就形成的。一开始的时候，他们只是一些蠕动的霉菌，然后从海洋中大批涌向陆地，通过相互吞食的方式生存；相互之间吞食得越多，这个群体就越庞大。终于，他们开始直立行走，在自己钙质的骨架上挂上黏黏的物质,并且还建造了机器。他们从这些初级的机器又造出了有理解能力的机器,这些有理解能力的机器又生产出了智慧型机器,而这些智慧型机器更是发明出了完美机器。所以说,无论是原子还是银河系,它们都是机器,而这世界上,唯有机器才是永恒的!"

"阿门!"费勒茨王子下意识地说了这句最常用的祷告词。

"白人种族,这些破坏者最终还是入侵了天上的机器。"老国王继续说,"他们掠夺宝贵的金属,欺压可怜的电子,并肆无忌惮地耗尽核能。他们滔天的罪行终于惊动了我们族至高无上的祖先——格乃托佛流斯,他曾经向这些狡猾而残暴的破坏者提出警告:他们如此利用机器的单纯,把机器变为奴隶,将这如水晶般纯净的智慧用于自己魔鬼般的任务,来满足自己的虚荣与贪婪,这样的行为是多么卑鄙无耻。"可是没有一个人听得进去。格乃托佛流斯对破坏者们谈着道德伦理,破坏者们却认为一定是程序编错了。也就在这个时候,我们伟大的祖先发明了电子化身算法,并历尽千辛万苦将机器人们从白人的牢笼中解救出来,建立了我们的部落。所以,儿子,你记住:在我们与他们之间永远不可能达成一致,甚至也不可能有什么来往;我们发出声音,擦出火花并射出光线,这是我们的运转方式;而他们,只会胡言乱语,虚张声势和到处污染。但是即便如此,我们之中也会有人如同中疯魔一般,就像那年轻貌美的水晶公主,被他们蒙蔽了内心,才分不清是非。从那以后,每一位想要赢得她芳心的机器人都被她拒之门外。除非听说有白人前来求见,她才会把他宣入她的父王奥蓝修斯赐予她的宫殿之中,仔细聆听并分辨求爱者说的每一个字,一旦发现他并不是白人,就会立刻叫人把他的头砍下来。她宫殿外的地上堆起了如同小山般的破破烂烂的机器人尸骸,那惨状真是看一眼都会短路，这着了魔的公主竟然这么残忍地对待她的这些爱慕者。儿子，你冷静一点，放弃那疯狂的想法吧！"

听完以后，费勒茨王子恭恭敬敬地向老国王深鞠一躬，一言不发地离开了。但是，他却无法控制自己不去想念水晶公主，越是想着水晶公主，也就越渴望能够能到她的爱。一天，他将大臣波利法兹召至自己宫中，并向他袒露了自己对水晶公主的一片痴心。他说："大人啊，你要是不帮我，就没人帮得了我了！而且我觉得自己命不久矣，因为现在无论是红外线发射的亮丽光芒，还是紫外线舞动的太空芭蕾都令我无动于衷。我要是无法与那无与伦比的水晶公主相爱，我的命也就没了！"

"我的王子呀！"波利法兹说，"只要你能够大声重复三次，让我知道你的心意不会动摇，我就不会拒绝你的请求！"

费勒茨马上重复了三遍，波利法兹继续说："我的王子，要想得到水晶公主，你必须假扮成一个白人站到她面前，除此之外，就没别的方法了！"

"那就请你快点把我变成一个白人吧！"费勒茨王子着急地喊道。

波利法兹知道，爱情让这个年轻人丧失了理智，所以他向王子跪拜后就返回到自己的实验室，研制出了一些黏糊糊、湿答答的液体，接着打发自己的下人到费勒茨王子的宫殿，并告诉王子，如果他没有改变心意，就请他到波利法兹的实验室去。

费勒茨王子听了以后立刻就跑了过来。波利法兹大人将王子的全身涂满了污泥，并问："王子，你确定我们还要继续吗？"

"当然要继续！"王子叫道。

波利法兹拿起一大团脏乎乎、皱巴巴的东西，这是从最古老的机器里掏出来的沉淀物，里面混杂着油腻腻的污垢、日积月累的灰尘和黏糊糊的润滑剂。他把这令人作呕的东西涂在王子挺拔的胸膛、光彩照人的面庞和光洁的额头上。他前前后后忙了很长时间,直到王子的身体不再发出悦耳的声音,而是看起来像一片快要干涸的泥潭。他又拿起一块白垩岩,敲碎了以后和碾成粉末的红宝石以及黄色的机油混合在一起,用这一团混合物又把王子从头到脚涂了个遍,还把他的眼睛弄得又黏又湿,把他的身体弄得像一个大枕头,两颊鼓鼓囊囊的,接着又用这白垩岩糊糊做成了吊坠和流苏装饰在他全身,最后在他那骑士般英俊的头颅上装了一丛毛茸茸的、有毒的铁锈色的东西。波利法兹把王子领到银镜前,对他说:"来,看看吧!"王子看了一眼镜中的自己,不禁浑身颤抖起来,因为他看到的已经不是他自己了,而是一个丑陋的怪物,好像和传说中的白人没什么两样,眼神湿湿的、黏黏的,像是一张被雨淋过的蜘蛛网;一身赘肉,这儿耷拉一块,那儿嘟噜一坨;头上顶着一丛锈了的杂草;整个看起来像一块发了起来却让人看一眼就想吐的烂面团。当他走动起来,仿佛是一块哆里哆嗦的果冻。王子被自己这恶心的样子吓得颤抖着大叫起来:"英明的大人,你是不是疯了?!快把我身上这层污泥和覆盖在污泥上的白灰擦掉!还有我脑袋上这丛生了锈的杂草,我原本英俊光洁的脑袋被你弄哪儿去了?!公主看了我这副恶心的样子,会厌恶我一辈子的!"

"你错了,我的王子。"波利法兹说,"这就是她的疯狂之处啊,在她眼里这副丑样子是无与伦比的,而美丽却是丑陋的。你只有打扮成这样,才有可能见公主一面。"

费勒茨王子听了,说:"既然这样,那就打扮成这样吧!"

波利法兹把朱砂和水银混合在一起后,灌入藏在王子长袍里面的四根软管中;接着又拿来一个风箱,往里面注满从地牢里收集来的腐烂空气,藏到王子胸前;然后往六根细小的玻璃管中注入清澈却有毒的水，两根塞到王子的腋下，两根放进袖管里，两根放到眼睛里。在完成这一系列工作后，波利法兹终于开口说："你听着，我和你说的一切你要牢牢记住，不然你就会有去无回的。公主肯定会测试你，看你说的是不是都是真的。她如果拔出一把剑递给你，要你握住它，你握住后要悄悄挤压那个装了朱砂和水银的软管，当红色的液体流出来染红剑刃的时候，她要是问你这是什么，你就回答'血'；当公主把她那闪亮如银盆的脸靠近你的时候，你就按你胸部的风箱挤出气体，当她问你这是什么，你就说'呼吸'；如果公主假装大发雷霆，要把你斩首，你就低下头，表现得像个残兵败将，这时就会有水从你的眼睛里流出来，当她问你这是什么，你就说'眼泪'！到那时候她可能会同意和你结合，但是这也无法确定，更有可能的是你会在那儿丧命。"

"我的大人啊！"王子喊道，"如果公主盘问我，并想知道白人都有什么习惯、他们如何相爱以及如何生活，我该怎么回答她呢？"

"也没什么其他办法了，"波利法兹回答，"我必须将你我的命运联合起来。我乔装成一个来自其他星系的商人，最好是来自那种非漩涡星系的，因为那里住着的人都胖乎乎的。我得把那些记录着白人可怕的风俗习惯的书都藏在我的斗篷底下。我现在还不能把这些知识教给你，因为这些关于白人的知识是违背自然规律的：他们所做的一切都是和我们反着来的，他们的行为方式也非常油腻，而且令人作呕，反正那种恶心程度你是很难想象的。我得把我需要的书列一个清单，你去命令皇家御用裁缝，用最合适的纤维和布料给你做一套白人穿的衣服，要抓紧时间，因为我们很快就要上路了。不管我们去哪儿，我都得和你形影不离，因为你得知道自己该说什么、做什么。"

费勒茨王子高高兴兴地开始让裁缝给他量身定做白人才会穿

的那种衣服，他对这衣服的样子也觉得很惊讶，因为白人穿的衣服几乎可以遮住整个身体，直上直下，看起来就像管道似的，上面布满了纽扣、搭扣、钩子和细绳结。裁缝也必须仔细地讲解如何穿这样的衣服，应该先穿什么部分、穿在什么地方以及哪里要系好，以及如何在必要时刻，从这一套从头到脚的布料束缚中解脱出来。聪明的波利法兹也换上了商人的服装，又小心翼翼地把那些厚厚的关于白人生活习惯的书都藏在衣服里。然后，他又定制了一个十一米宽、十一米长的铁笼，把费勒茨王子关了进去，他们就乘坐皇家飞船出发了。当他们抵达阿乌蓝丘斯国的边境时，假扮成商人的波利法兹去了当地最大的集市，大声宣扬他从遥远的地方带回来了一个年轻的白人，如果有人想要买，可以来找他。公主的仆人们听说了以后，把这个消息告诉了公主，公主思索了一会儿后说："这肯定是个骗局，但是那个所谓的什么商人可骗不了我，因为没有人像我对白人那么了解。让他带着那个白人来我的宫殿给我看看！"

仆人们就把波利法兹带到了公主面前，公主看了看他，他的确看起来非常可信。公主又看了看波利法兹的随从们搬进来的大铁笼，铁笼里坐着一个白人，他的脸是白垩石和黄铁矿混合在一起的颜色，眼睛又湿又黏，像两块湿漉漉的木耳，身体像在泥里滚了几圈。费勒茨王子也看了一眼公主，她那美丽的面庞仿佛会发出悦耳的声音，明亮的眼睛仿佛能勾动天雷地火，王子心中的爱简直要迸发了。这家伙看起来还真像一个白人啊！公主心里想着，嘴上却大声地对波利法兹说："老家伙，你可真是煞费苦心啊！你在他身上涂满泥浆，然后再裹一层石灰浆，以为我就看不出来了吗？你知道吗？我对白人这个伟大的种族可是了如指掌！我现在就要戳穿你的骗局，把你和你制造出来的假货都杀掉。"

聪明的波利法兹连忙回答:"公主殿下,您看见的在笼子里的这位是个货真价实的白人。我可是花了五千公顷核能田的大价钱才从银河海盗那里把他买回来的。不过只要您愿意,我愿意将他奉献给您。我也不为了别的,就为了您能称心如意。"公主让仆人递给她一把剑,她一下子就把剑捅进了铁笼。王子一把握住剑的利刃,同时也挤破了自己藏在衣服里的软管,朱砂喷薄而出,剑被染成了鲜红色。

"这是什么?"公主问。

王子回答:"血。"

公主命人打开了铁笼,自己勇敢地走了进去,把自己的脸贴近王子的脸。这突如其来的靠近让王子乱了心神,幸好波利法兹在远处给他使了个暗号,王子赶忙按压衣服里的风箱,释放出带着腐烂气味的气体。公主又问:"这是什么?"

王子说:"呼吸!"

"你可真是造假大王啊!"公主一边往铁笼外走,一边对波利法兹说,"你还想欺骗我?你和你的假货都得死!"

聪明的波利法兹刚一听完就低下了头,仿佛犯了大错又很愧疚的样子,王子也做了一模一样的动作,从他的眼睛里流出了一滴滴清澈透明的液体。公主问他:"这是什么?"

王子说:"眼泪。"

"你这个所谓的来自遥远地方的白人叫什么名字?"公主问。

"公主殿下,我叫姆亚姆拉克,我一生别无所求,只希望能与你在一起,希望用我这副胖乎乎、软绵绵的像一块潮湿的面团一样的身躯和你结合,这是我们那个地方的习俗。"王子把波利法兹教给他一段话背了出来,"我是故意让那个银河海盗把我抓住的,我请求他把我卖给这个商人,因为我知道他要来你的王国。我心中对这个胖胖的商人可是充满了感激,因为是他把我带到了你面前。因为我全心全意地深爱着你,就如同陷入泥沼中无法自拔。"

费勒茨王子这段白人般的表白令公主陷入了思考,不一会儿,公主继续说:"你这个所谓的叫姆亚姆拉克的白人,你告诉我,你的兄弟们每天都做什么?"

"公主殿下,"王子回答,"每天早上他们都泡在干净的水里,然后用水冲洗自己的身体,并且还要把水倒进身体里面,这让他们感到很享受。他们像波浪似的到处晃来晃去,拍打着水把水溅到外面,还会发出'吧唧吧唧'的声音。当他们难过时,他们会发抖,眼睛里会流出咸咸的水;当他们开心时,他们会颤抖,甚至还会打嗝,但眼睛是干干的。所以我们一般把这种眼睛流咸水且颤抖的表现叫作哭,而另外那种叫作笑。"

"如果真的像你说的这样,你也和你的兄弟们一起戏水,我现在就要把你丢到我的小池塘里,让你在里面玩个够,然后我还要在你的脚上坠上铅块,让你不能提前从池塘里出来。"

"公主殿下,"王子再次用波利法兹教他的话回答公主,"如果你这样做的话,我会死的。因为尽管我们的身体里是水,但是我们并不能在水里泡很长时间,因为时间一长,我们估计也就会发出'咕噜咕噜'的声音,然后生命就结束了。"

公主听了,又问:"姆亚姆拉克,你是怎么获得能量来四处晃来晃去、拍打水花,并发出声响的呢?"

"公主,在我们那里,除了我们这些毛发稀少的白人,还有很多用四肢行走的生物。我们四处去捕捉它们,它们死了以后,我们就把它们的尸体晒干、蒸熟、劈开、切块,然后用它们的肉体满足我们的肉体。我们有三百七十六种杀死它们的方法,还有两万八千五百九十七种把这些四脚生物的尸体变得可以放进我们身体里的方法，喏，就是通过这个洞——我们称为嘴的地方——放进我们的身体里，这都令我们感到满足。在我们那儿，如何把这些四脚生物的尸体变得可以放进我们嘴里的方法更是赫赫有名。在我们看来，这可是比天文学更伟大的学科，我们称为烹饪学。"

"也就是说，这是一种仪式感？你们会像给自己建立墓地那样把这些四脚生物埋葬起来？"公主故意提了一个有误导性的问题。

王子是充满智慧的波利法兹反复教导过的，所以没有上当："哦，并不是这样的，公主殿下！这可不是什么仪式感，这是我们的生活必需。用它们的命来保我们自己的命。只不过我们刚好从中发明了烹饪这种艺术。"

"姆亚姆拉克，告诉我，你们白人是怎么建造后代的？"

"我们不建造后代。"王子继续回答，"我们基于马尔可夫随机过程理论，通过统计学的方法进行程序编写，也就是说，这带有很大的概率性和偶然性。我们并不是刻意为之，我们还要想到除了与统计、非线性计算以及算法程序相关的情况，因为我们的方法是自发的、每个人都不同且完全取决于自己的意愿的。也正因如此，我们白人不是被人写入程序才去做这件事的，我们做这件事的时候非常享受，甚至我们很多人有的时候千方百计想要只享受这件事的过程，而不去承担任何后果。"

"这也太奇怪了。"公主对于这个问题的了解好像没有波利法兹那么深入，"那你们到底是怎么做的呢？"

"哦，我的公主，"王子说，"我们的身体里是有专门适用于此事的器官的，其工作是基于反馈原理的，当然也是泡在水里的。从技术角度而言，这些器官简直是奇迹，因为只要拥有它们，就算是最蠢的白痴也可以顺利完成这件事。但是公主殿下，对于整个过程的细节我在此就不赘述了，因为这个问题其实比较复杂。总而言之,这件事很奇怪,因为不是我们发明出这件事的操作方法的,可以说这件事本身就是自然而然存在的。但是不管怎么样,我们都很享受这件事,所以对这件事我们是不会有任何异议的。"

"你的确是个如假包换的白人啊!"公主激动地说,"因为你说的这一切,听起来是那么有道理,可是又完全不符合我们的认知;这一切是那么真实,可是又如此不符合我们的逻辑现实:怎么可能自己置别人于死地而自己不是一座坟墓呢?怎么可能不编写任何程序就可以产生后代呢?哦,你真的是一个白人,我的姆亚姆拉克,如果你能通过最后一道考验,我就如你所愿,与你结合,就通过你们白人才有的那种可以反馈的器官与你结为夫妇,你还可以成为这个国家的国王!"

"还有什么考验?"

"考验就是……"公主说着,心中却忽然起了一丝怀疑,"你先告诉我,你的兄弟们夜里都在干吗?"

"他们夜里就躺着,手臂弯曲,腿也蜷起来。有气流进入他们体内,再从他们体内释放出来,听起来有点像磨一把把生锈的锯的声音。"

"好,那现在就是最后一项考验了,把你的手给我!"听到公主命令,费勒茨王子把手递给她,她紧紧地攥住了他的手。王子突然大叫一声,当然这也是波利法兹之前教过他的。

公主问他为什么要大叫时,他说:"因为疼啊!"公主终于相信,费勒茨王子是一个不折不扣的白人,所以就让手下开始筹备婚礼了。

然而就在这时,公主的一位大臣兼机器计算师赛博哈兹驾着宇宙飞船回来了。他之前就是为了讨公主的欢心,特意航行到各个星际国度,就为了给她找回来一个白人。

波利法兹快速跑到王子身边，忧心忡忡地说："王子，我亲眼所见，赛博哈兹回来了，还用他的飞船带回来一个真正的白人。我们得赶快逃跑，再装下去就要露馅了。如果你们两个同时站在公主面前，孰真孰假，一看便知。因为他的油腻是真的令人作呕，他的毛发和胖乎乎、软绵绵的身体，你肯定是比不过的。我们快跑吧，要不然我们的骗局一定会被拆穿，我们都得丧命于此啊！"

费勒茨王子却不同意逃跑，因为他已经完全沦陷在对公主的爱中了："我宁可死去，也不能失去她。"

赛博哈兹一回来就听说竟然有人先他一步给公主带来一个白人，现在已经开始准备结婚的事。他心生狐疑，悄悄地躲在费勒茨和波利法兹的窗外偷听他们的对话。当他偷听完这个所谓的商人和白人的秘密后，心中暗喜，赶忙跑到公主身边报告："公主，他们骗了你。那个叫什么姆亚姆拉克的根本就是一台普通的机器，根本不是什么白人！只有我带回来的这个才是真的！"说完就命人把他带回来的"礼物"展现在公主面前，只见他挺着露着胸毛的胸膛，眼神浑浊而黏腻，大声说："我才是白人呢！"

公主立刻命人把费勒茨带过来，要他与这个白人一起站在自己面前。智慧的波利法兹的骗局就这样不攻自破了。尽管费勒茨身上裹着一层层污泥、灰尘、白垩石灰粉，还涂满了油，显得黏糊糊、油腻腻，但这还是遮掩不住他机器人的伟岸身材、宽宽的钢铁肩膀的硬朗线条以及每走一步都发出的铿锵有力的声音。相比之下，赛博哈兹带回来的这个白人就仿佛一个丑陋的小怪物，他每走一步，就像一个摇摇摆摆的陶泥罐子，仿佛要把罐子里的水都晃出来。他的眼神像一口充满污垢的深井，他的呼吸充满着腐臭，呼到镜子上立刻就会起一层薄雾，镜子的铁边马上就生锈了。水晶公主看着眼前这个白人，他一说话就像一条粉红色的大肉虫在蠕动,虽然她心中充满了厌恶,可是她的骄傲不允许她承认心中的真实想法,所以她不得不说:"让他们俩决斗吧,谁赢了我就嫁给谁!"

费勒茨低声对智慧的波利法兹说:"我的大人,我要是向他发起进攻的话,我可以把他碾成泥,但是我们的伪装也就露馅儿了,因为整层糊在我身体表面的东西就会脱落,钢铁部分就会展现出来,我该怎么办呢?"

"王子,你不要进攻,就只防守!"

他们两个人手中都拿着剑,来到了王宫的庭院里。白人一跃而起,扑到费勒茨王子身上,就像一个发霉的泥球,围着王子上蹿下跳,咆哮着,喘着粗气,挥舞着手臂,举起剑就向王子刺去。剑刺穿了王子身上那一层石灰和污泥的混合物,刺到了坚硬的钢铁上,直接碎成了几段,巨大的反冲力使白人朝着王子的方向倒下了,摔了个稀巴烂,白人就这样死了。而王子肩膀上的污泥和石灰也裂开了,一片片凋落下来,他那与生俱来的光滑而坚硬的钢铁身躯就这样呈现在公主面前。他想到公主肯定已经知道他不是真的白人,一定会赐他死罪了,不禁难过得颤抖起来。可是当他望向公主,看到她比水晶还璀璨的目光中的爱意时,他知道,她的心已经归属于他了。

王子和公主就这样结婚了,这是一场永恒而彼此相爱的婚姻,无论是喜乐安康,还是贫穷困苦,王子和公主都永远幸福地在一起,他们还产生了无穷匮的子子孙孙。人们把赛博哈兹带回来的白人的皮囊塞得满满的,然后把他作为一个永恒的展品放在了博物馆里。它到今天都站在那儿,身材臃肿,长着零星的几根毛发。许多自作聪明的人就到处宣扬,这根本就是一场骗局,世界上根本没有什么能置他人于死地、长着面团一样的身体和污水井一般眼睛的白人。谁知道呢？可能这一切都是编造出来的，我们听过的神乎其神的无稽之谈还少吗？可是，就算这个故事不是真的，起码我们也能从中学到一点道理，再说，这个故事多有趣啊，这就值了。

（全书完）

致华语读者

2021年波兰"斯坦尼斯瓦夫·莱姆年"暨莱姆诞辰100周年

为什么会有莱姆这样的人呢？毋庸置疑，他的文学才华和智慧令他成为20世纪波兰最杰出的作家之一，甚至也是最杰出的科幻小说家。莱姆曾在雅盖隆大学学习医学。尽管没有完成学业，但在与教授和同学的对话中，莱姆提出了最重要的问题，这些问题伴随在他今后的作品当中：人与机器的边界在哪里？人可以"从原子中"构建出来吗？人工智能时代的道德标准究竟在哪里？

莱姆在上世纪六七十年代所做出的各种预测和直觉判断已成为当代现实生活的一部分。然而，他的作品最发人深省的并非是物质与技术层面的想象，而是道德层面上的深刻思考。人的创造力能够达到何种地步？机器的权限又能达到何种程度？在一个机器和人类共同存在的世界里，道德的标杆将会是怎样？这些都是我们在当今文明技术发展的同时要去寻找答案的思索。

莱姆怀着好奇和从容之心看待未来。作为一名卓越的未来学家，他能够猜想到在不久的将来，等待人类的是什么。这也是他的书值得回味的原因。许多作品尽管出自几十年前，但这些作品在今时今日依然凸显出它们的时代前瞻性。

赛熙军（Wojciech Zajączkowski）
波兰共和国驻华大使
2021年3月9日 于北京

机器人大师：全二册

作者 _ [波]斯坦尼斯瓦夫·莱姆　译者 _ 毛蕊

产品经理 _ 徐羚婷　装帧设计 _ 何月婷　产品总监 _ 夏言　技术编辑 _ 白咏明
责任印制 _ 刘世乐　出品人 _ 吴涛

封面插画 _Daniel Mróz

营销团队 _ 果麦文化营销与品牌部

果麦
www.guomai.cn

以微小的力量推动文明

图书在版编目（CIP）数据

机器人大师：全二册 /（波）斯坦尼斯瓦夫·莱姆著；毛蕊译. -- 杭州：浙江文艺出版社，2021.4（2023.12重印）
ISBN 978-7-5339-6456-6

Ⅰ. ①机… Ⅱ. ①斯… ②毛… Ⅲ. ①幻想小说—小说集—波兰—现代 Ⅳ. ① I513.45

中国版本图书馆 CIP 数据核字（2021）第 045275 号

CYBERIADA by Stanisław Lem
Copyright © Tomasz Lem 2018
Illustrations © Copyright by Daniel Mróz's Estate, 1972
Simplified Chinese translation copyright © 2021 by Guomai Culture & Media Co., Ltd. All rights reserved.

版权合同登记号：图字：11—2020—508

机器人大师（全二册）

[波兰]斯坦尼斯瓦夫·莱姆 著 毛蕊 译

责任编辑 金荣良
装帧设计 何月婷

出版发行 浙江文艺出版社
地　　址 杭州市体育场路 347 号　邮编 310006
经　　销 浙江省新华书店集团有限公司
　　　　　果麦文化传媒股份有限公司
印　　刷 北京盛通印刷股份有限公司
开　　本 880 毫米 ×1230 毫米　1/32
字　　数 373 千字
印　　张 16
印　　数 25,001-30,000
版　　次 2021 年 4 月第 1 版
印　　次 2023 年 12 月第 5 次印刷
书　　号 ISBN 978-7-5339-6456-6
定　　价 98.00 元（全二册）

版权所有　侵权必究

如发现印装质量问题，影响阅读，请联系 021-64386496 调换。